이형기 시인의 시 쓰기 강의

◆ 일러두기

　　이 도서는 1991년 6월 5일 초판 발행 이후 독자들의 꾸준한 사랑을 받아 2판 6쇄가 발행된
《당신도 시를 쓸 수 있다》의 신장 개정판입니다. 시대의 흐름에 따라 내용을 대폭 수정·보완
하여 2018년《이형기 시인의 시 쓰기 강의》라는 제목으로 새롭게 발행합니다.

이형기 시인의
시 쓰기 강의

이형기 지음

문학사상

시인 지망생들의
친구 같은 시 창작 지도서

김광림(시인)

　요즘은 마음만 먹으면 언제든지 시의 길로 접어들 수 있는 기회가 많아졌다. 각 대학의 문예창작과도 많이 생겼고, 문화센터나 각종 기관에서 시행하는 문예 강좌인 '시 창작 교실'도 많이 마련되어 있다. 쉽게 시를 접할 수 있는 시대가 된 것이다. 하지만 몇 십 년 전만 해도 시작詩作의 길잡이 노릇을 해줄 스승이나 책을 만나기 어려웠다. 시적 재능을 계발하기 위해서는 지연이나 혈연 또는 학창 시절의 인연을 빌어 스승을 찾아나서는 수밖에 없었다.

　이렇게 쉽게 시를 배울 수 있는 시대가 되었음에도 불구하고 여전히 스스로 시를 깨우칠 만한 좋은 시작 교재는 찾아보기 어렵다. 어쩌면 지금까지의 우리 시가 너무 자연발생적인 데 의존하여 시의 이론에 소홀했기 때문인지도 모른다.

　시의 이론이 시 창작에 직접적인 도움을 준다거나 좋은 시를 쓸 수 있는 여건을 마련해준다고 고집할 생각은 없다. 하지만 시의 이론이 시의 이해와 감상에 도움을 준다는 것은 부인할 수 없다. 어차피 시는 개성의 산물이므로 백인백색의 다양한 견해를 접할 수 있다면 그만큼 좋기 때문이다.

대학에서 시를 가르치는 많은 교수가 자신의 강의 노트를 정리하여 시 감상을 곁들인 시작법을 펴내고 있다. 이런 책들은 저마다 조금씩 다른 입장과 시각이 드러나 있어서, 시인 지망생들이 시작의 방향과 시관詩觀을 정립하는 데 많은 도움을 준다.

월간 〈문학사상〉에 '시, 어떻게 쓸 것인가'라는 제목으로 연재한 이형기 시인의 글은 그런 시작법 중에서도 손에 꼽히는 역작이다. 이 글은 '어떻게 하면 시를 잘 쓸 수 있을까' 고민하는 시인 지망생의 안타까운 속마음을 명쾌하게 풀어준다. '시의 본질이나 원리보다도 막상 시를 쓰려고 할 때 당장 직면하는 표현 방법상의 어려움을 시 창작의 여러 가지 구체적인 방법론을 제시하여 해소해주려는 데 이 글의 목적이 있다'는 작가의 말로도 충분히 짐작할 수 있다. 이를 집대성한 것이 바로《이형기 시인의 시 쓰기 강의》이다.

저자는 이 시 창작 지도서에 상당한 자신감을 드러내고 있다. 그도 그럴 것이, 이 책에서 그는 시 창작에 직접 도움이 되는 것이라면 무엇이든 빠짐없이 들춰냈기 때문이다. 게다가 실제 시 작품을 구체적인 예로 들어가며 여러 가지 표현 방법을 알기 쉬운 시론으로 전개하고 있다. 정말이지 어느 것 하나 소홀히 넘길 수 없게 만들어놓았다.

그가 예로 들고 있는 시 작품은 시대와 국적을 뛰어넘는다. 해외 시인의 작품은 물론, 국내 시인의 작품도 폭넓게 다루고 있다. 이미 정평이 나 있는 작품은 새롭게 조명하고, 잘 알려지지 않은 작품은 새로 발굴해서 빛나는 생명을 불어넣는다. 심지어 이론 전개에 걸맞은 것이라면 시조도 예시의 대상으로 삼고 있다.

좋은 작품이 좋은 평자를 만드는지, 좋은 평자가 좋은 작품을 발굴해 내는지는 논란의 여지가 있다. 릴케나 횔덜린 같은 시인의 작품이 없었 다면 하이데거의 실존주의 철학이 제대로 전개될 수 있었을까, 생각해보 면 전자 쪽에 더 비중을 두고 싶다. 하지만《이형기 시인의 시 쓰기 강의》 에서 예로 든 작품들을 보면 그것들이 새삼 보석처럼 빛나 보여서 후자 쪽에도 수긍이 가게 마련이다.

이와 같은 관점에서 이 책은 훌륭한 풀코스 식단 같기도 하고 뷔페 같 기도 하다. 처음부터 끝까지 순서대로 맛볼 수도 있고, 원하는 대로 골라 음미할 수도 있기 때문이다. 이는 독자의 식성대로 선택하면 된다.

일찍이 발레리는 시인의 위대함을 "정신이 살짝 엿본 데 불과한 것을 그들의 말로 사로잡는 일"이라고 했다. 평자의 위대함은 아무리 엄청나 고 훌륭한 사상 체계라도 지금 막 눈으로 본 것처럼 선명하게 말로 사로 잡는 시인의 일을, 그것이 어떻게 시인의 포에지poesy로 승화되어 표현에 이르렀는지를, 손에 잡힐 듯 제시해 주는 데 있다고 할 것이다. 다시 말하 면 아주 사소한 일, 혹은 사라져가는 것에 커다란 의미를 부여할 수 있는 시인의 일을 알아내고 논증해주는 것이라 하겠다.

단적으로《이형기 시인의 시 쓰기 강의》는 시인이자 평론가인 이형기 교수의 명석한 머리와 뜨거운 가슴으로 빚어낸 이 시대의 명저라 할 수 있다. 이 책에는 시 창작의 비밀이 유감없이 펼쳐져 있다. 시인 지망생의 답답하고 안타까운 속마음을 착실히 풀어주는 친구가 되어줄 것이라고 믿어 의심치 않는다.

시, 어떻게 쓸 것인가
―시를 쓰려는 이들에게

　'시, 어떻게 쓸 것인가'라는 제목으로 18회에 걸쳐 월간 〈문학사상〉에 연재했던 글이 한 권으로 묶여서 이 책이 되었다. 그리고 이 글은 내가 대학에서 맡고 있는 강좌의 하나인 시 창작법의 강의 노트를 바탕으로 해서 쓴 것이다.

　학교에서 강의를 한다고 했지만 실상 시에는 수학의 공식처럼 정답을 보장하거나 정해져 있는 창작 방법이 없다. 모든 시인은 각자 자기 나름의 개성적인 방법으로 시를 쓰고 있다. 그러니까 시의 창작 방법은 필경 당자가 스스로 터득하는 것이라 할 수밖에 없다.

　그러나 그런 개성적인 방법은 저절로 획득되는 것이 아니다. 사람에 따라 늦고 빠름의 차이는 있지만 상당한 기간의 수련을 거치지 않으면 안 된다. 그것은 일종의 기초 훈련 과정이다. 이 과정은 모든 수련자가 옆에 조언자가 있었으면 좋겠다는 생각을 하게 한다. 나 자신도 시에 발심 發心을 했을 때 조언저를 간절히 원했다. 어느덧 세월이 흘러 그 간절했던 조언자 구실을 내가 직접 해보겠다고 쓰게 된 것이 바로 이 책이다.

시의 창작 방법이란 구체적으로는 표현의 기술을 의미한다. 그렇기 때문에 이 책에서는 일반적으로 수용하고 있는 이른바 시의 여러 가지 표현 장치들이 실제로 어떻게 사용되어 어떤 효과를 거두고 있는가를 살피는 데 1차적인 중점을 두기로 했다.

그러나 그런 태도로만 일관한다면 시에 대한 이론적 이해를 소홀하게 만들 우려가 있다. 표현의 기술은 이론에 종속되는 것이 아니지만 그렇다고 이론이 표현의 기술을 저해하는 것도 아니다. 저해는커녕 오히려 그것은 표현의 기술을 보다 높은 차원으로 발전시키는 힘이 될 수 있다. 그 힘은 이론이 시에 대한 이해를 심화시키고 아울러 그 창작 방법을 합리적으로 반성할 수 있게 해주는 데서 우러나는 것이다. 일가를 이룬 시인들이 으레 자기 나름의 시론을 소유하고 있는 것은 그 좋은 예증이 된다. 그래서 나는 표현 기술의 트레이닝을 위한 조언과 함께 또 이 책이 쉽게 풀이한 시론이 될 수도 있도록 하는 쪽으로 집필의 방향을 잡았다. 이것은 딱히 시를 쓰려는 사람만이 아니라 시에 대한 교양 지식을 얻고자 하는 사람도 이 책을 읽을 수 있다는 사실을 의미하는 것이다.

그러나 우둔한 나의 재능으로는 자칫 상충되기 쉬운 두 가지 요소, 즉 기술적 트레이닝과 이론적 이해를 제대로 충족시켰다고 생각할 수 없어서 걱정이다. 그래서 이 점은 많은 독자에게 너른 이해와 양해를 구한다.

3장
은유의 세계

4장
음악 같은, 때로는 그림 같은 시

5장
그가 한 편의 시가 되기까지는

제1장

시를 쓰는
마음의 자세

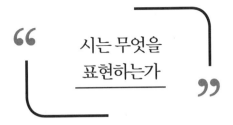

시는 무엇을 표현하는가

시에 공짜는 없다

시는 오직 인간만이 쓰고 있다. 인간 이외의 다른 존재는 일찍이 시를 써본 일이 없다. 컴퓨터가 쓴 시는 뭐냐고 할지도 모르지만 그것은 인간이 컴퓨터에 시를 입력시킨 결과일 뿐이다. 제아무리 정교한 컴퓨터라도 인간의 입력 없이 스스로의 의지로 시를 쓰지는 않는다. 그러므로 시를 쓰는 능력은 인간을 인간이게 하는 특질의 하나라고 할 수 있다. 바꿔 말하면, 모든 인간은 — 정도의 차이는 있겠지만 — 시를 쓸 수 있는 능력을 가졌기 때문에 다른 존재와 구별되는 특이한 존재이다.

실제로 인간은 그 끝을 알 수 없는 아득한 옛날부터 현재에 이르기까지 무수히 많은 시를 지어냈다. 물질문명이 고도로 발달한 지금은 시가 발붙일 곳이 없다는 한탄이 이곳저곳에서 들리지만 오늘날 시의 생산량은 줄어들기는커녕 오히려 늘어나고 있다. 이러한 시의 줄기차고도 유구한 역사는 어느 시대에나 시를 쓰려는 사람들이 끊임없이 나타난다는 사실을 말해주는 것이다.

오늘날 우리 사회도 예외가 아니다. 일반적으로 막연하게 추정하는 것보다 훨씬 더 많은 사람들이 도처에서 남몰래 훈련을 거듭하고 있다. 그들의 가슴속엔 '어떻게 하면 시를 잘 쓸 수 있을까' 하는 안타까운 소망이 큰 자리를 차지하고 있다. 그런 안타까움은 시의 본질이나 원리보다는 막상 시를 쓰려고 할 때 당장 직면하게 되는 표현 방법의 어려움에 원인이 있다. 따라서 이 글의 목적은 지금도 남몰래 그런 고민을 하고 있을 시에 뜻을 둔 사람들과 함께 시 창작의 여러 가지 구체적인 방법론을 생각해보자는 것이다.

　　시 창작의 방법론이라고는 했지만, 사실 시에는 그렇게만 하면 틀림없이 시가 된다는 방법론의 모범 답안이 없다는 말부터 해두어야겠다. 기대에 어긋날지는 몰라도 그 점에 관해서는 나에게 잊지 못할 추억이 있다.

　　벌써 오랜 세월이 흐른 부산 피난 시절의 일이다. 당시 학생이었던 나는 출판사에서 아르바이트로 교정보는 일을 하고 있었다. 어느 날 회사 일로 대구에 갔다가 역시 그곳에 피난 와 있던 선배 시인 조지훈을 처음 만났다. 그는 나를 문인들이 모이는 어느 술집으로 끌고갔다. 그 술자리가 파한 다음에는 한동안 함께 밤길을 걸었다. 그렇게 단둘이 밤길을 걸으면서, 나는 술기운을 빌어 평소 가슴속에 뭉쳐 있던 제일 큰 물음을 지훈에게 털어놓았다.

　　"선생님, 어떻게 하면 시를 잘 쓸 수 있을까요?"

　　그러자 그는 "그건 방치할 수밖에 없는 일이오" 하고 딱 잘라 말했다. 그러면서 나의 무안함을 덜어주려는 듯 자기도 그 말을 정지용에게서 들었다고 덧붙였다. 그 후 나 또한 여러 번 써먹은 그 말의 의미는 바로 시 창작에는 어떤 모범 답안이 없다는 사실이다.

　　미국의 작가 싱클레어 루이스도 어느 대학에서의 소설 창작 강의 첫 시간에 "학생 여러분이 정말 소설을 쓰고 싶다면 지금 당장 집으로 돌아가서 뭐든지 쓰기 시작하라"고 했다는 일화가 있다. 표현은 다르지만 뜻은 완전히 조지훈의 '방치'와 일치한다. 이처럼 시 창작에 모범 답안이 없다는 것은 시와 문학이 그만큼 어려운 작업이라는 것을 의미한다. 《보바리 부인》의 작가 귀스타브 플로베르는 그 어려움을 보다 절절하게 호소하고 있다.

> 말 한마디를 찾아내기 위해 꼬박 하루 동안 두 팔로 머리를 싸안고 가엾은 뇌수를 짜는 일이 무엇인지를 당신은 아마 모르실 겁니다. 당신에겐 사상이 폭넓게, 그리고 다함없이 흐르고 있습니다. 나의 경우는 그것이 보잘것없는 실개천입니다. 폭포를 만들기 위해서는 엄청난 대공사가 필요합니다. 나의 인생은 자신의 심장과 두뇌를 짜서 마침내 그것을 고갈시키기 위한 과정입니다.

이 인용문은 플로베르가 평소 짝사랑의 감정을 품고 사귀던 연상의 여류 작가 조르주 상드에게 보낸 편지 중 한 대목이다. 세계문학사에 하나의 커다란 봉우리로 솟아 있는 대작가 플로베르조차도 이처럼 비통하게 그 어려움을 호소하고 있는 것이 바로 문학이다. 물론 그러한 문학의 한 장르에 시가 있다. 아니, 그러한 문학 중에서도 시는 언어에 대한 태도가 특히 엄격한 장르이다. 그러니 더욱 어렵지 않을 수 없다.

그러나 시에 뜻을 둔 사람이라면 조금도 이 말에 주눅 들 필요가 없다. 인생 만사 누워서 떡 먹듯 쉽게 되는 일이 어디 있는가? 있다고 해도 그것은 가치가 없는 일이며 일부러 마음먹고 할 일이 못 된다. 마음먹고 해 볼 만한 가치 있는 일은 무엇이든 어렵기 마련이다. 시와 문학이 그중의 하나라는 것은 두말할 필요가 없다. 그래서 플로베르가 스스로의 인생을

'심장과 두뇌를 짜서 마침내 그것을 고갈시키기 위한 과정'으로 만들 만큼 문학에 매진한 것이다. 그에 대한 불후의 명성은 재능이 아니라 전심전력의 노력을 통해 스스로 얻어낸 결과라는 것을 기억해야 한다.

재능으로 말하면, 겨우 말 한마디를 찾기 위해 하루 종일 뇌수를 짜내야 했던 플로베르는 오히려 둔재 중의 둔재라 할 수 있다. 하지만 이 세상에서 처음부터 대작가나 대시인으로 태어나는 사람은 없다. 우리가 알고 있는 세계문학사의 수많은 거장들은 모두 처음부터 대작가, 대시인으로 태어나지 않았다. 그들은 플로베르와 같은 각고의 노력을 통해 스스로를 그렇게 만들어간 사람들이다. 그렇다면 우리도 마음먹고 한번 시에 도전해볼 만하지 않은가?

그래도 재능이 아주 없다면 곤란하지 않겠느냐는 말에는 어느 정도 수긍이 간다. 하지만 시에 뜻을 두었다면 그렇게까지 걱정할 필요는 없다. 그저 시가 좋아서 자발적으로 시를 선택한 것이기 때문이다. 시를 좋아하는 그 마음속에는 반드시 시에 대한 재능이 잠들어 있다. 무슨 일이든 그 일을 좋아한다는 것은 그 사람이 그 일에 잠재적인 재능을 지녔다는 뚜렷한 징표이다. 바둑을 좋아하는 사람만이 기사가 될 수 있고 수영을 좋아하는 사람만이 다이빙 선수가 될 수 있다. 그러므로 시에 뜻을 둔 사람들이 걱정해야 하는 것은 재능의 유무가 아니다. 중요한 것은 자기 속에 이미 잠재해 있는 재능을 자신이 얼마만큼 열심히 키워갈 수 있는가 하는 노력의 의지이다.

"천재는 1퍼센트의 영감과 99퍼센트의 노력으로 이루어진다"고 토머스 에디슨은 말했다. 시에 관한 1퍼센트의 재능은 시를 쓰는 능력이 그 존재의 한 특질로 되어 있는 인간의 기본 자질이라고 할 수 있다. 시가 좋아서 자기도 직접 시를 써보겠다고 나선 사람들에게는 그 1퍼센트의 기본 자질 말고도 더 많은 재능이 부여되어 있으니 그 재능을 살리면 된다. 노력하면 살릴 수 있는 것들이다. 그리고 그렇게 노력하는 사람은 남이 가르쳐주는, 모범 답안이 없는 창작방법론도 모범 답안 이상으로 유용하게 활용할 수 있을 것이다. 이 글도 물론 그렇게 활용하기를 바란다.

이 세상에 공짜는 없다. 노력하지 않고 가만히 누워서 시를 잘 쓰게 된다면 그것도 역시 공짜인 것이다.

시는 곧 감정의 표현

옛날부터 서양 사람들은 시에 세 가지 종류가 있다고 말한다. '고전적 삼분법'이라고 불리는 시의 세 가지 종류는 우리도 이미 알고 있는 서정시, 서사시, 극시이다. 그중에서 서사시와 극시는 시대의 흐름에 따라 이름도 시가 아닌 소설과 희곡으로 바뀔 만큼 큰 변화를 겪었다. 그에 비하면 서정시는 상대적으로 변화가 덜해서 오늘날 '시'라는 이름을 독점하게 되었다. 오늘날 우리가 말하는 시는 서정시의 준말이 된 셈이다.

서정시의 그 '서정'은 문자 그대로 감정의 표현을 뜻한다. 그러니까 시는 그 이름부터가 감정 표현을 주로 하는 문학 양식이라는 특성을 드러내고 있다고 할 수 있다. 이것은 우리가 직접 시를 읽어보고 얼마든지 확인할 수 있는 특성이다.

나를 버리고 가시는 님은
십 리도 못 가서 발병 난다.

한국 사람이라면 누구나 알고 있는 민요시 〈아리랑〉만 해도 그렇다. 그것은 '나를 버리고 가시는 님'이 실제로 그렇게 발병이 났다는 사실을 객관적으로 알려주는 문장이 아니라, 떠나는 님에 대한 야속함의 감정을 표현하는 문장이다. 그 야속함 속에는 님에 대한 사랑과 이별의 슬픔이 복합적으로 얽혀 있다. 이처럼 야속함, 사랑, 슬픔 등으로 구체화된 감정을 '정서'라고 한다. 그래서 '감정'과 '정서'라는 말은 까다롭게 구분하지 않고 동의어로 쓰는 것이 일반적이다.

> 4월은 가장 잔인한 달
> 죽은 땅에서 라일락을 키워내고
> 기억과 욕망을 뒤섞으며
> 봄비로 잠든 뿌리를 뒤흔든다.
>
> —토머스 스턴스 엘리엇,〈황무지〉부분

이 시는 세계적으로 널리 알려져 있는 토머스 스턴스 엘리엇의 장시 〈황무지〉의 앞부분이다. 엘리엇은 주지주의라고 하여 지성을 존중하고 감정은 되도록 억제해야 한다는 입장을 취했던 시인이다. 그러나 그런 엘리엇의 이 시도 첫 행부터 뚜렷한 감정을 표현하고 있다.

'4월은 가장 잔인한 달'이라는 말은 4월에 대한 객관적 진술이 아니라 시 안에서 말하는 화자의 주관적인 감정 반응이다. 그렇기 때문에 시인은 흔히 감정이 풍부한 사람이라는 말을 듣는다.

감정은 인간 의식의 한 양상이다. 인간의 의식 속에는 사물에 대해 감정 반응을 일으킬 수 있는 능력, 즉 감성이 있다. 이 감성과 함께 사물을 논리적으로 사유할 수 있는 이성을 갖추고 있는 것이 인간의 의식이다. 그러므로 인간은 감성을 통해 느끼고 이성을 통해 생각한다고 말할 수 있으며, 느낌이나 생각의 결과로써 우리는 대상을 이해하게 된다.

그러나 그 이해의 방법과 내용은 감성과 이성이 서로 큰 차이를 보인다. 먼저 이성의 경우를 보자.

이성이 우리를 이끌어가는 곳은 대상에 대한 분석적이고 객관적인 이해의 세계이다. 이성적 이해는 객관적인 만큼 다른 사람들도 전적으로 그에 동의할 수 있는 보편성을 갖게 된다. 예를 들면 물이라는 대상을 '두 개의 수소와 하나의 산소가 화합하여 이루어진 물질'이라고 이해하는 경우와 같다.

현대의 눈부신 과학문명이 사물을 이와 같이 이해하는 이성의 산물이라는 것은 새삼 두말할 나위가 없다. 그런 이성적 이해는 더불어 사는 존재인 인간의 원만한 공동생활을 가능케 하는 절대적인 필수조건이 된다. 왜냐하면 어떤 사물을 두고 한 사람은 그것을 '꽃'이라 하고 다른 사람은 그것을 '돌'이라 하는 것처럼 주관적 이해가 서로 엇갈린다면 인간의 공동생활은 유지될 수가 없기 때문이다. 그래서 이성은 인간이 가진 가장 귀중한 능력이라는 생각이 널리 퍼져 있다. 심지어는 이성만이 옳고 감성과 감정은 최대한으로 억눌러야 할 부정적인 요소라는 인식도 은연중에 용인되기도 한다.

시는 마음의 거울에 비친 세계를 표현하는 것

하지만 이성의 가치를 아무리 높이 평가한다고 해도, 이성만으로는 인간의 삶을 온전히 영위할 수 없다. 그것은 이성과 함께 타고난 감성을 지니고 있는 인간의 숙명이다. 게다가 인간은 더불어 사는 존재이며, 동시에 각자가 다른 사람과는 구별되는 특수한 개별성을 가진 존재이다. 사물에 대한 감성적 이해, 즉 느낌은 그러한 개별성을 단적으로 드러낸다. 그것은 이성의 경우와는 전혀 다른 주관적이고 직관적인 이해이다. 동일한 대상을 두고도 그에 대한 느낌은 사람마다 다르다는 사실이 그러한 감성적 이해의 실상을 말해준다.

이러한 감성과 또 그것이 빚어내는 감정을 배척하고, 모든 것을 이성적으로만 생각하고 처리한다면 어떤 일이 벌어질까? 그런 인생은 마치 기계가 돌아가듯 정확할지는 몰라도 차갑고 삭막하기 이를 데 없는 움직임의 연속이 되고 말 것이다. 그리고 그때는 당연히 사랑이나 동정심 같은 귀중한 덕목도 헌신짝처럼 버려질 수밖에 없다. 그것은 인간이 인간이기를 포기한 채 정교한 로봇이 되어 살아가는 세계라고 할 수 있을 것이다. 여기서 우리는 감성과 감정이 이성 못지않게 귀중하다는 사실, 특히 감정이 인간을 인간이게 하는 핵심적인 요소라는 사실을 알게 된다. 그래서 우리는 일상생활 속에서도 감정 표출이 자유로운 사람을 그렇지 않은 사람보다 인간적이라고 말하고, 반대로 이성만을 내세우는 사람은 바늘로 찔러도 피 한 방울 나지 않는 차가운 인간이라며 멀리하게 되는 것이다.

사실, 감정은 이성과 대비되는 인간의 능력이 아니라 근본적으로는 그 속에 이성을 포괄하는 종합적인 능력이다. 단지 이성만의 이야기가 아니다. 그 사람이 자란 환경, 받은 교육, 읽은 책, 만난 사람, 현재의 정신적·육체적 조건 등 이제까지 살아오는 동안에 축적한 경험의 총체가 감성의 작용인 우리의 느낌, 즉 감정 속에 녹아 있다. 그러한 경험의 총체가 하나의 육체를 빌려 구체적인 인격을 이루게 된 것이 바로 인간이다. 그러므로 감정은 그 사람의 인간적인 조건 전부를 반영하는 종합적인 표현이라고 할 수 있다. 시는 이러한 인간의 감정을 주로 표현하는 문학 양식이다. 따라서 시는 감정 속에 녹아 있는 우리의 인간적인 조건 전부를 통해 사물과 세계를 바라보고 그것을 표현한 것이라는 결론이 나온다.

시는 사물과 세계를 가장 인간적인 눈으로 조명하고 이해한 결과이다. 여기서 말하는 눈은 물론 마음의 눈을 의미한다. 그리고 마음은 우리의 감성과 또 그 감성 작용의 결과인 감정과 본질적으로 통하는 의식 세계이다. 왜냐하면 앞서 말한 것처럼 마음은 감정과 마찬가지로 그 속에 경험의 총체가 녹아 있는 통합된 의식이며, 인간의 개별성을 나타내는 의식이기 때문이다.

인간은 마음을 통해 느끼기도 하고 생각하기도 한다. 그 느낌, 그 생각이 하나로 어울려 있는 것이 우리의 마음이다. 이성만 가지고는 결코 마음이 통합성을 이루지 못한다. 감성은 처음부터 그 속에 이성을 포괄하는 종합적 능력이므로, 그 자체가 이미 마음의 원형이라고 할 수 있다. 그러니까 시가 감정을 표현한다는 말은 곧 우리 마음의 거울에 비친 세계를 표현한다는 것을 의미한다.

시는 가치 있는 감정을 표현하는 것

《논어》의 〈양화편陽貨篇〉에는 공자가 아들 백어伯魚에게 "시를 배우지 않으면 그 마음은 마치 담벼락을 보고 마주 선 것과 같다"고 말했다는 구절이 나온다. 담벼락을 보고 마주 선다는 것은 융통성 없는 답답한 사람이 된다는 뜻이다. 물론 그런 사람은 감정이 메말라서 그 마음 또한 볼품없이 막혀 있는 사람이 아닐 수 없다. 돈만 아는 사람, 권세만 추구하는 사람, 자기 한 몸의 동물적인 욕망에만 사로잡혀 우주와 인생의 그 도처에 널리 가득 차 있는 무수한 다른 가치들로부터 동떨어져 있는 사람을 쉽게 예로 들 수 있을 것이다. 시와 감정, 시와 마음의 상관관계를 공자는 우리에게 다시금 일깨워 주고 있다.

그러나 시가 감정을 표현한다는 말이 꼭 시가 감정만을 표현한다는 뜻은 아니다. 감정도 여러 가지 종류가 있다. 저속하거나 무가치한 감정은 배제하고 의미 있는 감정, 가치 있는 감정을 표현해야 비로소 시가 시다워지는 것이다. 그러기 위해서 우리는 자신의 감정을 차원 높은 것으로 만들 수 있는 철학적 명상과 지적 사고思考를 쌓지 않으면 안 된다. 또

한 표현의 효과를 드높이기 위한 기술적 고려는 오히려 우리에게 감정의 억제를 요구한다는 것을 알아야 한다. 그리고 시대의 발달이 인간에게 더 많은 지적 활동을 촉구하고 있다는 사실도 기억할 필요가 있다. 현대인의 정신에서 지적 사고는 일찍이 유례를 찾아볼 수 없을 만큼 커다란 비중을 차지하고 있다. 마음의 거울인 시가 우리 시대의 현실적인 인간의 삶을 도외시한다면 그건 시가 아닌 것이다.

우주와 인생, 그 모두를 마음의 눈, 즉 가장 인간적인 눈으로 비추는 것이 시이다. 그때의 그 마음속에는 물론 시대가 요구하는 현저하게 증대된 지적 사고도 녹아 있어야 한다. 시는 감정 표현을 내용의 기본 특성으로 하되, 사물과 세계에 대한 지적 분석과 비판 정신도 아울러 수용하는 문학 양식인 것이다.

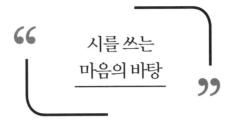

시를 쓰는 마음의 바탕

감수성을 기르는 방법

　사물에 대한 인간의 감정 반응은 다양하다. 따라서 감정을 주된 표현 대상으로 하는 시도 얼마든지 다양한 내용을 가질 수 있다. 물론, 시가 될 수 있는 감정과 그렇지 않은 감정이 처음부터 따로 구분되어 있는 것은 아니다. 예를 들어 사랑의 감정만이 시가 될 수 있다는 생각은 잘못된 생각이다. 사랑과는 대립적인 성격을 갖는 미움이나 분노의 감정으로도 좋은 시를 쓸 수 있다. 그러나 그렇게 감정의 종류를 가리지 않는다고 해도, 어떤 감정이 우러났다고 해서 그대로 시가 되는 것은 아니다. 의도적인 표현 행위를 통해서만 비로소 한 편의 시가 태어난다. 물론 이때의 표현 행위는 누군가의 강요에 의해서가 아니라 우리의 자발적 의사에 따라 수행되는 것이다. 그러므로 시를 쓰기 위해서는 우리의 그 자발적 의사, 즉 시를 쓰고자 하는 의욕을 촉발하는 계기가 우리의 마음속에 먼저 생겨나지 않으면 안 된다. 그것은 일종의 심리적 충격이다. 바꿔 말하면 그것은 우리로 하여금 '한번 시로 표현해 보아야겠다'는 생각을 갖게 하는, 그러니까 자기로서는 결코 범상하게 흘려버릴 수 없는 인상적인 느낌이다.

　인간의 삶은 끊임없이 무수한 느낌을 쌓아가는 과정이다. 그 느낌을 바탕으로 사고가 형성된다. 그러나 그 느낌의 결과가 전부 마음속에 뚜렷한 인상으로 새겨지는 것은 아니다. 오히려 대부분은 순간적으로 사라져버린다. 아니, 사실은 무언가를 느꼈다는 자각조차 하지 못한 상태에서 대부분의 느낌들은 그냥 잊혀져버린다. 이것은 우리가 느끼는 능력, 즉 감성이 그만큼 둔화되었음을 뜻하는 현상이다. 인간의 삶이라는 것은 매일같이 거의 비슷한 경험을 되풀이하고 있으므로 이것은 당연한 결과라고 할 수도 있다.

　그러나 이런 우리도 평소와는 다른 특별한 일이나 어떤 극적인 사건을 경험하면 거기서 강한 충격을 받게 된다. 강한 충격이란 마음속에 뚜렷한 자취를 남기는 느낌이다. 시를 쓰려는 사람에겐 앞에서 말한 대로 그러한 느낌이 표현의 의욕을 불러일으키는 계기가 될 수 있다. 그러니까 시를 쓰려는 사람은 평소와는 다른 특별한 일이나 극적 사건을 자주 경험할수록 좋다는 이야기이다.

　하지만 누구에게나 그런 특별한 일이나 극적인 사건이 자주 일어나는 것은 아니다. 1년에 한두 번 겪을까 말까 한 그런 일을 기다려 시를 쓴다는 것은 사실상 시 쓰기를 포기하는 것이나 다름없다. 그리고 남 보기엔 유별난 경험이 반드시 그 당사자에게 강한 충격을 준다는 보장도 없다. 어떤 사람은 대수롭지 않게 넘기는 일에도 또 다른 사람은 강한 충격을 받을 수 있다. 그러므로 문제는 객관적 현상으로서의 경험 대상이 아니라 경험 주체인 우리들 자신의 감수성이라 할 수 있다. 감수성이 잘 발달해서 그것이 남보다 예민하고 또 유연한 사람은 시를 잘 쓸 수 있는 계기를 쉽게 발견할 수 있는 것이다.

동심적 발상법

그렇다면 감수성을 어떻게 발달시켜야 하는가 하는 문제가 선행적인 과제로 우리 앞에 떠오르게 된다. 감수성이 타고나는 것이라면 그것을 인위적으로 발달시키는 것은 불가능한 일이 아니냐는 말도 나올 수 있다. 그러나 감수성의 발달에 관한 문제에서 후천적 노력이 완전히 배제되는 것은 아니다. 시를 좋아하는 사람의 감수성은 본인의 노력 여하에 따라 얼마든지 훌륭한 수준으로 향상될 수 있다. 문제는 그러한 노력의 방법이 무엇인가 하는 데 있다. 그 방법의 핵심은 어떤 사물이나 현상을 접할 때, 자신이 이미 알고 있는 상식이나 고정관념의 잣대를 들이대지 않고 난생처음 바라보는 듯한 태도를 가져야 한다는 것이다. 그러한 태도를 뒷받침하는 것은 어린아이와 같은 마음이라고 할 수 있다.

어린아이는 웬만한 일들이 모두 처음 보고 처음 겪는 일이기 때문에 신선하고 신기하게 느낀다. 그 신선하고 신기한 느낌이야말로 우리 마음 속에서 일어나 시를 쓰는 계기가 될 수 있는 충격이다. 예로부터 사람들이 '시심詩心은 동심童心'이라고 하는 까닭도 여기에 있다.

> 오리 모가지는
> 호수를 감는다.
>
> 오리 모가지는
> 자꾸 간지러워.
>
> —정지용, 〈호수 2〉 전문

이 시는 호수라기보다는 좀 큰 연못에 오리가 떠 있는 정경을 묘사하고 있다.

우리는 물 위를 미끄러지듯 헤엄쳐가는 오리가 때때로 그 목을 홰홰 돌리는 모습을 본 적이 있을 것이다. 이 시의 첫 연은 그런 오리의 동작을 '호수를 감는' 것으로 표현하고 있다. 그리고 둘째 연은 그 이유를 밝히고 있다. 오리가 목에 호수를 감는 것은 목이 자꾸만 간지럽기 때문이라는 것이다. 호수에 떠 있는 오리가 목을 돌리는 이유를 목이 간지러워서 호수를 그 목에 감는 동작으로 인식한 그 발상법은 그야말로 동심에서 우러난 것이 아닐 수 없다. 사람에 따라서는 이 시를 좋게 볼 수도 있고 나쁘게 볼 수도 있다. 하지만 평가를 떠나서 이 시가 동심으로 통하는 마음의 산물이란 사실은 그 누구도 부인할 수 없다.

> 나의 귀는 소라 껍질
> 바다 물결 소리를 그리워한다.
>
> ──장 콕토, 〈귀〉 전문

　장 콕토의 짧은 명시 〈귀〉도 동심적 발상법을 극명하게 보여주는 좋은 예이다. 그리고 보니 귀는 꼭 소라 껍질 모양이 아닌가? 하지만 귀의 모양을 정작 소라 껍질이라고 서슴없이 표현하는 것은 순진무구한 동심적 발상법이 아니고는 해낼 수 없는 일이다. 그리고 그렇게 인식된 귀가 바다 물결 소리를 그리워하는 것 또한 그 동심적 발상법에 따른 자연스런 연상이다. 일상에 젖어 있는 사람들이 흔히 무심하게 보아 넘기는 오리와 귀를 이와 같은 한 편의 시로 탈바꿈시킬 수 있는 것이 바로 '동심의 힘'이다.

상상력과 '우주적 감각' 그리고 '낯설게 하기'
　이 동심이란 말을 너무 고지식하게 받아들이면 시의 이상형이 어린이를 대상으로 하는 동요나 동시라는 오해가 생길 수 있다. 물론, 동요나 동시도 훌륭한 시이다. 하지만 실제로 우리가 접하는 시가 모두 동요나 동시처럼만 쓰인 것이 아니다. 또 그래서도 안 된다. 동심적 차원의 사고로는 쓸 수도 이해할 수도 없는 심오한 내용을 가지고, 또 그로 인해서 높이 평가되는 시들이 훨씬 많다.

> 나는 나룻배.
> 당신은 행인.
>
> 당신은 흙발로 나를 짓밟습니다.
> 나는 당신을 안고 물을 건너갑니다.
> 나는 당신을 안으면, 깊으나 옅으나
> 급한 여울이나 건너갑니다.
>
> 민일 당신이 아니 오시면, 나는 바람에 쐬고 눈비를 맞으며 밤에서 낮까지 당신을 기다리고 있습니다.
> 당신은 물만 건너면, 나를 돌아보지도 않고 가십니다 그려.
> 그러나 당신이 언제든지 오실 줄만 알아요.
> 나는 당신을 기다리면서 날마다날마다 낡아갑니다.
>
> 나는 나룻배.
> 당신은 행인.
>
> ─ 한용운, 〈나룻배와 행인〉 전문

위에 인용한 만해 한용운의 시 〈나룻배와 행인〉은 여러 분석자들로부터 불교의 보살 정신이라는, 동심적 차원의 사고로는 도저히 이해할 수 없는 사상적 내용을 갖는다는 말을 듣는다. 그 말이 옳고 그름을 떠나, 이 시는 앞에 인용한 정지용의 〈호수 2〉나 콕토의 〈귀〉에 비해—그것들이 아주 두드러지게 동심(으로 통하는 마음)을 드러내고 있는 것과는 달리—보다 곰곰이 새겨야만 이해할 수 있는 사상적인 내용을 가지고 있다.

그런데 동심과는 거리가 멀다고 할 수밖에 없는 이 시도, 표현의 세부를 살펴보면 반드시 그렇게 말하기만은 어려운 흥미로운 현상을 발견하게 된다. 바로 시 속의 화자가 자신을 '나룻배'로 비유하고 있는 대목이다. 실제로 인간은 결코 나룻배일 수 없다. 이처럼 인간인 화자가 나룻배로 변용된 것은 상식이나 고정관념의 틀로부터 벗어나 시인이 마음의 눈으로 대상을 새롭고 신선하게 바라본 결과이다.

앞서 말한 것처럼, 무슨 일이든 난생처음 보듯 신선하고 신기하게 바라볼 수 있는 어린아이와 같은 마음이 그런 눈을 갖게 한다. 그러한 마음을 바탕으로 불교의 보살 정신으로 요약되는 사상과 철학을 시적으로 형상화한 것이 한용운의 〈나룻배와 행인〉이다.

물론 이와는 내용이 다른, 이를테면 뜨거운 분노나 예리한 비판 혹은 인간의 고독과 고민을 표현하는 시도 많다. 그러나 그러한 시들도 사물이나 대상, 그리고 그것들의 총체인 세계를 상식과 고정관념의 틀에서 해방시켜 마치 어린아이처럼 새롭게 바라보고 있다는 점이 공통점이다. 편의상 '동심적 발상법'이라고는 했지만, 단순한 동심만으로는 아무래도 모자람이 있다. 시를 쓰는 이런 마음을 폴 발레리는 '우주적 감각'이라고 말했다. 우주적 감각이란 달이나 별을 바라볼 때와 같은 느낌을 가리키는 것이 아니라, 현실적 이해利害를 초월한 의식으로 사물을 관조觀照 할 때 얻게 되는 느낌을 말한다. 그때 사물이 우주적 질서를 구현한 본질을 드러낸다는 생각이 '우주적 감각'이란 말의 배경을 이루고 있다.

이것은 깊이 새겨볼 만한 말이긴 하지만 이제 막 시를 써보려는 사람에게는 좀 어려운 감이 있다. 그래서 쉽게 이해할 수 있는 다른 말을 빌리면 '낯설게 하기'라는 것이 있다. 이것은 러시아 형식주의자로 일컬어지는 일군의 문학이론가들이 시의 기능을 '사물을 낯설게 하기'라고 규정한 데서 따온 말이다.

'사람'을 그냥 '사람'이라고 말하는 것은 낯선 것이 아니라 낯익은 인식이다. 그러나 '사람'을 '나룻배'라고 한다면 그것은 분명 낯선 인식이 아닐 수 없다. 그리고 그것은 또한 낯선 만큼 새로운 인식이기도 하다. 오리가 고개를 젓는 것을 목이 간지러워 호수에 목을 감는 동작으로 본 정지용이나, 귀를 소라 껍질로 본 콕토의 경우는 모두 그런 낯설고 새로운 인식의 좋은 예이다. 영국의 작가 길버트 키스 체스터턴은 거리의 가로수를 두고 '그것은 노상 누워만 있는 땅의 일부가 그 지루함을 견디다 못해 어느 날 벌떡 일어선 모습'이라고 말했다. 그야말로 가로수에 대한 낯설고 새로운 인식이다.

위에 든 몇 가지 예시를 통해 이미 짐작했겠지만, 사물을 낯설게 만드는 새로운 인식은 언제나 그 대상을 실제로는 그렇지 않은 다른 무엇으로 변용시키고 있다. 그리하여 사람은 '나룻배'가 되고, 귀는 '소라 껍질'이 된 것이다. 이러한 변용은 물론 상상력의 산물이 아닐 수 없다. 그러므로 사물을 낯설고 새롭게 인식하는 것은 상상력을 통해 그것을 바라본다는 뜻이다.

〈악의 꽃〉을 쓴 시인 샤를 피에르 보들레르는 상상력에 대해 "인간이 가진 여러 능력의 여왕이며 세계가 또한 그 힘에 의해 만들어졌다"고 말했다. 이 말을 제대로 이해하기 위해서는 많은 해설을 덧붙여야 할 것이다. 하지만 보들레르가 했던 이 말의 참뜻을 제대로 이해하지 못한다 해도, 무엇인가를 새로 만들어내는 창조의 원동력이 상상력이라는 사실은 이미 널리 수용되고 있는 상식이다. 그리고 시는 예로부터 값진 창조 행위로 일컬어지고 있다. 그러므로 시를 쓰는 데 있어 기본이 되는 마음의 바탕은 바로 그 상상력을 통해 사물과 세계를 바라보는 자세라고 규정할 수 있다.

상상력은 언제나 인간의 감정과 함께 작용한다. 사랑의 감정에 젖어 있는 사람은 우연히 눈에 띈 꽃 한 송이를 사랑하는 사람의 얼굴로 보게 되고, 슬픔에 잠겨 있는 사람은 반대로 그 꽃을 슬픔의 표상으로 보게 된다.

어린아이들의 경우는 그 상상력이 거의 천방지축이라 할 만큼 자유자재로 날개를 펴고 있다. 그리고 상상력을 위축시키는 것은 '우주적 감각'을 마비시키는 현실적 이해 의식과 상식, 고정관념이다. 여기서 우리는 '동심'과 '우주적 감각', '낯설게 하기' 그리고 시의 주된 표현 대상인 '감정'이 모두 상상력으로 수렴된다고 말할 수 있다. 그런 상상력이 풍부한 사람은 사소한 일에서도 신선한 충격을 받고, 때문에 시를 쓸 수 있는 계기 역시 남보다 더 많이 얻어낼 수 있다.

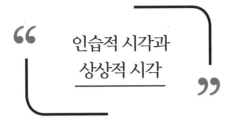

상상력을 키우는 훈련

앞에서 살펴본 내용을 요약하면 '시를 쓰는 마음은 사물을 관조하고 그것을 상상력으로 변용시키게 된다'는 것이다.

상상력은 사물을 상식이란 이름의 인습의 거울에 비친 대로가 아니라 오히려 그것을 거부하는 태도로, 여태까지와는 달리 새롭게 바라보게 하는 힘이다. 그래서 여태까지와 다른 만큼 새로워진 사물은 이미 낯설게 변용되어 있는 것일 수밖에 없다.

인습의 거울에 비친 것처럼 사물을 바라보는 것을 '지각知覺의 자동화 自動化 현상'이라고 한다. 이를테면 우리는 여기 있는 이 볼펜이나 저기 있는 저 소나무를 의식적인 노력 없이 조건반사적으로 볼펜 또는 소나무로 알아본다. 그것은 오랜 인습이 길러낸, 자동화된 지각의 산물이다. 일상 생활을 지배하는 원리, 그것이 바로 지각의 자동화로, 이런 의식의 자동화 덕분에 인간의 삶은 편리하게 영위된다. 만일 우리가 이 볼펜이나 저 소나무를 자동으로 지각하지 않고, 이것이 무엇인가를 일일이 생각한 다음 그렇게 알아보게 된다면 어떤 사태가 벌어질까? 단순히 불편한 정도가 아니라 인간의 삶을 근본적으로 파괴해버리는 엄청난 결과를 가져오게 될 것이다. 그런 뜻에서 지각의 자동화는 인간의 삶이 현재의 모양대로 존속될 수 있도록 지탱해주는 긍정적인 원리라고 규정할 수 있다.

그러나 우리가 모든 사물을 오직 자동화된 지각인 인습적 시각으로만 바라보게 된다면, 우리의 삶과 세계는 언제나 과거를 되풀이할 뿐 진보나 발전으로 통하는 새로움은 성취할 수 없게 될 것이다.

인간의 삶은 자기를 에워싸고 있는 수많은 사물과의 교섭 과정이다. 사물을 새롭게 바라본다는 것은 그 자체가 이미 그 사물과의 새로운 교섭을 이루는 것, 즉 새로운 삶을 뜻한다.

새로운 삶이란 창조적 내포를 갖는 삶이다. 그리고 우리들 개개인의 삶이 새로운 창조성을 획득해나간다면 인류 전체의 문화와 역사도 그에 비례하는 발전을 이룩하게 된다. 그러므로 우리가 지각의 자동화를 거부하는 상상적 시각을 갖는 것은 개인의 삶뿐만 아니라 인류 전체의 문화와 역사를 창조하는 핵심 요인이라 할 수 있다.

자동화된 지각의 안경을 벗고 상상력을 통해 사물을 바라보면 여태까지는 보이지 않던 사물의 새로운 모습이 드러난다. 다시 볼펜을 예로 들어보겠다. 자동화된 지각으로 바라본 볼펜의 모습은 필기도구에 불과하지만, 여기에 상상력이 작용하면 이 볼펜도 어떤 여자에 대한 나의 사랑을 나타내는 구체적 표상이 될 수 있다. 왜냐하면 나는 이 볼펜으로 곧잘 그 여자에게 절절한 사랑의 편지를 쓰곤 했기 때문이다. 이처럼 사랑의 표상으로 바뀐 볼펜은 여태까지의 일상적 관점으로는 볼 수 없었던 전혀 새로운 모습을 드러낸다. 그러므로 지각의 자동화를 거부하는 상상적 시각으로 사물을 바라보는 것은 보이지 않는 것을 본다는 뜻이다.

시인은 이글이글 타는 눈알을 굴리며

하늘 위 땅 밑을 굽어보고 쳐다보아

상상력이 알지 못하는 사물들의 모양을 드러내면,

시인의 붓은 그에 따라

공허한 것에 육체를 주고

장소와 이름을 정해준다.

— 윌리엄 셰익스피어, 〈한여름 밤의 꿈〉 중에서

위에 인용한 것은 셰익스피어의 희극 〈한여름 밤의 꿈〉의 한 대목이다. 여기에는 '알지 못하는 사물들의 모양을 드러내는' 상상력의 기능이 분명하게 밝혀져 있다. 알지 못하는 사물들이 모양을 드러낸다는 것은 물론 보이지 않는 것이 보이게 됨을 뜻한다.

사물을 보는 시각의 차이: 그 아홉 가지 유형

여기서 우리들은 사물을 어떻게 보고 있는지 반성하며 점검해보자.

지금 우리 앞에 나무가 한 그루 서 있다고 가정하자. 그 나무를 바라보는 시각은 물론 사람마다 다를 것이다. 그 차이를 단계별로 구분해보면 다음과 같은 유형이 나올 수 있다.

① 나무를 그냥 나무로 본다.
② 나무의 종류와 모양을 본다.
③ 나무가 어떻게 흔들리고 있는가를 본다.
④ 나무의 잎사귀들이 움직이는 모양을 세밀하게 살펴본다.
⑤ 나무 속에 승화되어 있는 생명력을 본다.
⑥ 나무의 모양과 생명력의 상관관계를 본다.

⑦ 나무의 생명력이 뜻하는 그 의미와 사상을 읽어본다.

⑧ 나무를 통해 나무 그늘에 쉬고 간 사람들을 본다.

⑨ 나무를 매개로 하여 나무 저쪽에 있는 세계를 본다.

위의 아홉 가지 유형 중에서 당신의 경우는 어느 단계에 속하는가?

①에서 ④까지는 나무의 외형적 관찰이다. 우리는 그중에서도 일상적·상식적 차원에 있어서 ①과 ② 정도의 눈으로 나무를 보고 있다. ③과 ④는 그보다 한 걸음 앞선 태도이긴 하지만 역시 나무의 외형적 관찰이므로 그다지 깊이 있는 관찰이라고 할 수는 없다. 그러나 ⑤에서 ⑦까지는 그렇지 않다. 이는 나무의 외형이 아닌 내면을 바라보는 시각이다. 그래서 일상적·상식적 차원에서는 보이지 않는 나무의 모습이 우리 앞에 드러난다. 나무의 생명력이라든지 또 그 생명력의 의미나 사상 같은 것은 보이지 않는 대상이다. 그런데도 이 단계에서는 그런 보이지 않는 것들이 모두 나무의 모양으로 형상을 얻고 있다. 생명력이나 사상으로 바뀐 나무의 변용은 상상력의 산물인 것이다. 당연하게도, 그런 나무는 의미의 측면에서도 깊이 있는 내용을 가질 수 있게 된다.

⑧과 ⑨의 단계에 이르면 나무는 다시금 비약적인 변용을 이루게 된다. ⑤~⑦의 단계에서는 그래도 아직 지금 서 있는 자리를 벗어나지 못하던 나무가 이번에는 자리까지 옮기게 된다. '나무 그늘에 쉬고 간 사람들'을 보게 될 때의 나무는 지금의 그 자리에 있지 않고 이미 다른 자리에 서 있다. 그 자리란 그렇게 쉬고 간 사람들이 쉬는 동안에 이런저런 일들을 생각해본, 인생의 갖가지 사연이 얽혀 있는 자리이다. '나무를 매개로 하여 나무 저쪽에 있는 세계'를 보는 ⑨의 단계도 나무가 보다 발전적으로 자리를 옮긴 경우이다. 연장선을 그어 확대하면 인생 만사와 우주의 삼라만상을 모두 포괄할 수 있는 것이 '나무 저쪽에 있는 세계'인 것이다.

한 그루의 나무를 통해 이처럼 광대한 다른 세계를 볼 수 있다는 것은 그야말로 놀라운 기적이 아닐 수 없다. 그 기적을 낳는 원동력이 상상력이다. 그리고 시인은 그 누구보다도 풍부한 상상력을 가진 사람이다.

상상력은 시인이 아닌 사람들도 인류 전체의 문화와 역사를 변혁시킬 만큼 엄청난 발견을 할 수 있게 해준다. 발견이란 지금까지는 보이지 않던 것을 본다는 뜻이다. 사과가 떨어지는 것을 보고 만유인력을 발견한 아이작 뉴턴의 경우가 바로 그렇다. 그의 상상력은 만유인력의 발견이라는 놀라운 업적을 이루었다.

만유인력은 사과의 낙하라는 현상 저쪽에 있는 보이지 않는 세계이다. 다른 사람들은 앞서 말한 ①의 단계에서 나무를 그저 나무로 보고 무심코 지나쳤지만 뉴턴은 그러지 않았다. 그는 사과의 낙하를 낙하 현상 그대로만 보지 않고 변용시켜 보았고 그래서 만유인력을 발견했다. 그러한 변용을 가능케 한 원동력은 물론 상상력이다.

다시 셰익스피어의 희극 구절을 빌리면 만유인력, 그리고 그 만유인력에 의해 지탱되고 있는 우주의 어떤 차원의 질서는 '상상력이 알지 못하는 사물들의 모양을 드러내' 우리 앞에 보여준 하나의 결과이다. 그런 의미에서 아이작 뉴턴은 직접 시를 쓰진 않았지만 풍부한 시적 상상력을 가진 인물이었다고 말할 수 있다.

세계를 새롭게 창조하는 상상력

나무같이 예쁜 시를

나는 다시 못 보리.

대지의 단 젖줄에
주린 입을 꼭 댄 나무.

종일토록 하느님을 보며
무성한 팔을 들어 비는 나무.

여름이 되면 머리털 속에
지경새 보금자리를 이는 나무.

가슴에는 눈이 쌓이고
비와 정답게 사는 나무.

시는 나 같은 바보가 써도
나무는 하느님만이 만드시나니.

— 조이스 킬머, 〈나무〉 전문

  미국의 시인 조이스 킬머의 명시 〈나무〉 전문이다. 나무 이야기가 나
왔으니, 실제로 나무가 시인에 의해 어떻게 변용되고 있는가를 살펴보자
는 생각에서 이 시를 인용해보았다. 시인의 상상력은 이 시에서 나무를
여러 가지 새로운 모양으로 변용시키고 있다. 나무의 모습은 1연에서는
'시', 2연에서는 '대지의 젖줄에 입을 대고 빨고 있는 아이', 3연에서는 '팔
을 들어 기도하고 있는 사람' 등으로 바뀌어 있다.
  여기서 우리가 유념해야 할 것은 이런 나무의 변용이 단지 현상을 바
꿔 놓는 데 그치지 않고 역시 그 변용에 상응하는 어떤 의미를 제시하고
있다는 점이다. 편의상 그 의미를 '신의 섭리에 순응하는 삶의 아름다움'

이라고 요약해볼 수 있다. 물론 편의상의 요약인 만큼 이러한 해석만이 옳다고 고집할 수는 없다. 그러나 다르게 해석한다고 하더라도 거기에 어떤 의미가 있다는 사실은 부인할 수 없다. 의미를 뒷받침하는 것은 철학이다. 그러므로 시인의, 아니 인간의 상상력 속에는 이미 의미와 철학으로 통하는 요소 또한 내포되어 있다고 할 수 있다. 이와 같이 상상력은 단순히 사실이 아닌 허구를 만들어내는 힘이 아니라, 사물에 새로운 의미의 지평을 열어주는 능력이기도 한 것이다.

사물은 비록 하찮은 것이라도 그 자체로 고립되어 있는 것이 없다. 이를테면 이 볼펜도 플라스틱과 종이와 문자 등 다른 사물과 떼려야 뗄 수 없는 관계를 맺고 있다. 그리고 플라스틱과 종이, 문자 역시 다른 수많은 사물과의 관계 속에서 스스로의 존재를 유지하고 있다. 그리하여 끝없이 확대되는 사물 간 상호 관계의 그물이 세계를 이루고 있는 것이다. 그러므로 상상력이 사물에 새로운 의미의 지평을 열어준다는 말은 결국 세계의 의미를 새롭게 창조한다는 뜻으로 발전하게 된다.

비록 상상력이 동일한 대상에 작용하더라도 그에 대한 결과는 사람마다 다르게 나타난다. 이것은 상상력이 각자의 개성과 밀착되어 있다는 사실을 말해준다.

상상력은 언제나 대상을 종합적이고 직관적으로 파악한다. 예를 들면 우리는 사랑하는 사람을 '당신은 나의 별'이라고 상상적으로 변용시킬 수 있다. 이때 이 '당신'의 변용은 분석적 관찰의 결과가 아니라 종합적 직관의 결과이다. 보다 쉽게 말하자면 '당신'이란 대상을 한눈에 '별'로 바꿔놓는 것이 우리의 상상력인 것이다.

과학적인 눈으로만 본다면 사람인 '당신'이 '별'로 바뀌는 것은 터무니없는 일이다. 하지만 그러한 변용 속에는 과학과 이성이 도저히 미칠 수

제1장 · 시를 쓰는 마음의 자세 39

없는 인간의 마음이, 그것도 아주 진실된 마음이 투영되어 있다. 진실로 사랑하는 마음이 없다면 어떻게 상대를 '당신은 나의 별'이라고 말할 수 있겠는가? 사물을 상상적으로 본다는 것은 마음의 눈으로 보는 것과 다름없는 일임을 여기서 다시 확인할 수 있다.

앞에서 말한 대로 우리는 이러한 상상력을 통해 개성을 표현하게 된다. 하지만 그렇다고 상상력이 우리를 개성의 테두리 안에만 가둬놓는 것은 아니다. '당신'을 '별'로 바꿔놓는 것은 '이것'을 '저것'으로, 따라서 '다른 사람의 일'을 '내 일'로 바꿔놓는 것과 같다. 그렇게 되면 우리의 개성은 다른 사람의 세계로 확산되어 공감을 불러오게 된다. 따라서 독특한 개성의 표현물이면서도 많은 사람들의 가슴을 울리는 시의 그 오묘한 힘은 상상력에 뿌리를 두고 있다고 말할 수 있다.

시를 쓰려는 사람은 상상력을 키우지 않으면 안 된다. 훈련하면 키울 수 있는 것이 상상력이다. 앞에서 예로 든 나무를 바라보는 아홉 가지 유형은 상상력을 키우는 훈련의 한 모델이 될 수 있다. 나무뿐 아니라 모든 사물을 외형적으로만 바라보지 말고 최소한 ⑤에서 ⑨까지의 시각으로 바라보는 훈련을 거듭하면 풍부한 상상력을 키우는 데 있어 큰 도움을 얻게 될 것이다.

이 형 기 시 인 의 시 쓰 기 강 의

제2장

감각과
이미지

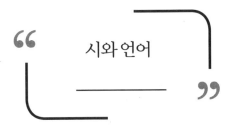

언어의 내용과 형식

시를 포함해서 모든 예술은 반드시 무언가를 표현한다. 표현을 위해 사용되는 재료, 즉 표현 매체의 차이에 따라 예술의 장르가 구분된다. 예를 들면 그림은 색채요, 음악은 소리이다. 시의 경우엔 언어가 표현 매체이다. 시는 오직 언어를 통해서만 표현의 기능을 수행한다.

당연한 일이지만 좋은 시는 표현이 잘되어 있다. 그리고 잘된 표현은 언어라는 표현 매체를 그만큼 능숙하게 이용한 결과이다. 시뿐만 아니라 다른 예술도 그 장르가 갖는 고유한 표현 매체의 능숙한 이용 없이는 성공적인 표현을 기대할 수 없다. 색채나 소리라는 표현 매체를 제대로 다루지 못한다면 어떻게 훌륭한 그림과 음악을 만들 수 있겠는가? 이러한 예술 일반의 원리는 시에도 그대로 적용된다. 따라서 극단적으로 말하면, 시는 언어를 다루는 기술이 만들어낸 표현물이라고 할 수 있다. 그리고 이 말의 연장선상에서 시인은 또 언어의 직공으로 규정될 수 있다. 같은 재료(시의 경우는 언어)를 사용한 작업도 그것을 다루는 직공의 솜씨에 따라 제품의 질이 달라지는 것은 두말할 나위가 없다.

솜씨가 뛰어난 직공이라면 자신이 다루는 재료의 성질을 잘 알고 있을 것이다. 돌을 다듬어 조각품을 만들려고 할 때 석공이 먼저 살펴야 할 것은 그 돌의 생김새와 결, 강도 등으로 열거될 수 있는 여러 가지 성질이다. 그런 것을 잘 알지 못하는 석공이 그 돌을 잘 다듬어낼 리가 없다. 물론 언어의 직공인 시인의 경우도 사정은 같다.

시인이 깊이 생각해보지 않을 수 없는 그 언어를, 사람들은 흔히 '의미의 그릇'이라고 말한다. 여기에서 '의미'란 또 무엇인가 하는 까다로운 질문이 나올 수 있다. 일단 그것을 언어의 '개념'이라고 풀이해두자. '꽃'이라는 말은 그 자체가 저기 있는 저 꽃이 아니고 다만 꽃의 '개념'을 우리의 의식 속에 떠오르게 만드는 기호이다. 일반적으로 우리는 그러한 개념을 '언어의 내용'이라고 한다. 내용이 있다면 그 내용을 밖으로 드러내는 형식도 있어야 하는데, 언어의 경우는 알다시피 '소리'가 그 형식이다. 그래서 언어는 '의미'라는 내용이 '소리'라는 형식을 빌려 구체화된 기호라고 널리 인식되어 있다.

기호인 언어는 거리의 신호등과도 같다. 붉은색이라는 형식은 '서라'는 내용, 푸른색이라는 형식은 '가라'는 내용을 담고 있는 기호가 신호등인 것이다. 그리고 그 신호등과 같은 기호에서는 형식보다도 내용이 언제나 압도적인 비중을 차지한다. 달리 말하면 형식에 해당하는 색깔 같은 것은 붉은색 대신 갈색을 쓰더라도 '서라'는 내용으로 통할 수 있으면 충분한 것이 교통신호라는 기호이다.

우리의 일상 대화에서는 대부분의 언어가 그러한 기호처럼 사용되고 있다. '모로 가도 서울로만 가면 된다'는 속담처럼 의미 전달만 이루어지면 형식은 별것 아니라는 식으로 사용되고 있는 것이다. 예를 들면 이것은 의미(개념)가 같으니까 '해'라 해도 좋고 '태양'이라 해도 무방하지 않느냐는 태도의 언어 사용 방식이다. 그때의 언어는 '의사 전달'이나 '개념 지시'라는 목적 달성을 위한 수단적 성격을 갖는다. 폴 발레리는 그런 언어를 '보행步行의 언어'라고 말하고, 산문 언어는 본질적으로 모두 그쪽에 속한다고 규정했다. 보행에 있어서의 몸놀림은 이쪽에서 저쪽까지 어떤 목적지에 도달하기 위한 수단적 동작이다.

언어는 거리의 신호등처럼 일정한 형식에 일정한 내용이 붙박이로 고정되어 있다. 붉은색이라는 형식의 그릇에 담겨 있는 내용은 '서라'는 의미 한 가지로 고정되어 있다.

사전은 우리에게 그와 같은 언어의 고정된 의미를 알려준다. 말의 의미에 대한 해석을 두고 의견이 나뉘면 사람들은 사전을 펼쳐보고 시비를 가리곤 한다. 사전의 해석인 만큼 물론 누구나 승복하지 않을 수 없는 정답이라고 보아야 할 것이다.

사전의 언어와 시의 언어

아무리 사전의 권위를 존중한다고 해도 언어의 의미를 오직 사전의 풀이대로만 한정시킬 수는 없다. 우리의 일상적인 대화에서도 경우에 따라 '산'이라는 말은 '높은 인격'이나 넘기 어려운 '장벽'을 뜻할 수 있다. '그 사람은 의젓한 산이다'라고 할 때의 '산'은 전자에 속하고, '가도 가도 산이다'라고 할 때의 '산'은 후자에 속한다. 이를 통해 우리가 쉽게 깨달을 수 있는 것은, 언어의 의미가 사전에 풀이되어 있는 내용으로만 고정되어 있지 않다는 것이다.

이상하게도 내가 사는 데서는

새벽녘이면 산들이

학처럼 날개를 쭉 펴고 날아 와서는

종일토록 먹도 않고 말도 않고 엎뎃다가는

해 질 무렵이면 기러기처럼 날아서

들만 남겨 놓고 먼 산속으로 간다

—김광섭, 〈산〉 부분

위에 인용한 김광섭의 시 〈산〉 1연에서, '산'은 사전에 풀이되어 있는
것과는 전혀 다른 의미로 우리 앞에 나타난다. 정말 이상하게도 이 '산'은
학처럼 또는 기러기처럼 날 수 있는 생명체로 되어 있다. '산'이라는 말
의 이러한 의미 변화는 앞뒤로 놓여 있는 문맥에 의존한다. 즉, 언어의 의
미는 붙박이로 고정되어 있는 것이 아니라 문맥에 따라 이렇게도 바뀌고
저렇게도 바뀌는 유동성을 지니고 있는 것이다. 그리고 이 유동성은 언
어를 신호등 같은 기호와 구분하게 하는 중요한 차이점 중 하나이기도
하다. 이러한 언어의 성질을 잘 알지 못하고서는 시인이라는 언어의 직
공 노릇을 제대로 해내기 어렵다.

가갸 거겨

고교 구규

그기 가.

라랴 러려

로료 루류

르리 라.

—한하운, 〈개구리〉 전문

행갈이가 되어 있긴 하지만 위의 문자들은 우리 한글의 'ㄱ' 자와 'ㄹ'

자의 자모음子母音 조합을 순서대로 배열해놓은 것이다. 이는 초등학교 1학년 학생의 공책에서도 얼마든지 볼 수 있다.

초등학교 1학년 학생의 공책에서 발견한 이런 자모음 배열을 시라고 한다면 사람들은 틀림없이 웃을 것이다. 그러나 위에 인용한 것은 한글 자모음의 배열이 아니라 널리 알려져 있는 한하운의 시 〈개구리〉의 전문이다. 여기서 하나의 문제가 제기된다. 왜 초등학교 1학년짜리의 공책에서 베낀 자모음 배열은 시가 되지 않고 한하운의 그것은 시가 되느냐 하는 것이다. 대답의 열쇠는 '개구리'라는 제목이 쥐고 있다. 사전적 풀이에 따르면 이렇다 할 의미를 가질 리 없는 'ㄱ' 자와 'ㄹ' 자의 자모음 배열이 '개구리'라는 다른 말과 관계를 맺자 그것이 개구리 울음소리를 상징하는 의미 있는 의성어가 된 것이다. 문맥 때문에 일어난 언어의 의미 변화는 이처럼 오묘한 결과를 가져온다.

그러나 이러한 의미의 변화만을 확인하는 데서 그치면 안 된다. 그 변화를 바탕으로 다시 생각을 발전시켜야 한다. 그것은 이 시에서 개구리의 울음이 상투적인 '개골개골'이나 또 그 밖의 이런저런 개구리 소리가 아니고 오직 한글의 'ㄱ' 자와 'ㄹ' 자의 자모음 배열에 의해서만 정확하게 표현할 수 있는 소리라는 점이다. 그것은 시인 한하운이 개성적으로 파악한 특수한 개구리 울음소리이다. 덧붙여 설명하자면, 그것은 한하운의 시가 해낸 개구리의 울음소리에 대한 새로운 인식이며, 그만큼 창조적인 인식의 조명照明인 것이다. 여태까지는 모호하고 막연했던 어떤 종류의 개구리 울음소리가 조명을 받아 비로소 확실하게 모양을 드러내고 그 모양에 합당한 의미를 갖게 되었다.

이것은 비단 개구리 울음소리에 국한된 이야기가 아니다. 언어는 모든 사물, 모든 존재를 창조적으로 인식하고 조명할 수 있는 힘을 지니고 있다. "언어는 존재의 집이다"라는 마르틴 하이데거의 말도 이러한 사실과 밀접한 관련을 맺고 있다. 하이데거의 말은 원래는 무엇인지 알 수 없었던 대상이 '꽃'이라는 언어의 조명을 받아 비로소 꽃이라는 의미를 갖는 존재가 되었다는 식으로 해석할 수 있다. 시가 언어의 창조적 인식 기능을 본질적인 속성으로 삼고 있다고 보았던 하이데거는 주로 시를 통해 자신의 철학을 풀어냈다. '보행의 언어'인 산문의 언어는 의미를 전달하는 데 그친다. 이 경우 전달되는 의미는 이미 만들어져 있는 기성품이다. 그러나 시는 기성품에 만족하지 않고 의미를 새롭게 창조한다. 산문과 시가 언어의 용법에서 큰 차이를 보이는 중요한 원인 중 하나가 여기에 있다.

서로 뗄 수 없는, 음악성과 의미

위에서 살펴본 의미는 언어의 내용에 속한다. 그런데 그 의미 못지않게 시인이 깊은 관심을 쏟지 않으면 안 될 언어의 또 다른 일면이 있다. 바로 형식에 해당하는 '소리'라는 요건이다.

언어를 입으로 말하지 않고 그냥 생각만 해도 우리의 의식 속에는 절로 그 언어의 소리가 떠오른다. 이를테면 '바다'를 소리 내지 않고 읽어도 'BADA'라고 로마자로 표기할 수 있는 소리가 동시에 떠오른다. 그것은 실제의 소리가 아니라 소리의 이미지이며, 언어학의 전문용어로는 '청각영상'이라 한다. 모든 언어에는 의미와 함께 반드시 이 청각영상인 소리가 짝을 이루고 있다. 그러므로 언어의 직공인 시인은 이 소리에 대해서도 세심한 배려를 하지 않으면 안 된다. 제 아무리 기술이 뛰어난 직공일지라도 소리에 대한 배려를 소홀히 한다면 그가 다루는 언어는 의미 또는 내용이라는 이름이 한쪽 부분에만 치우친 것이 되어 온전한 성과를 거둘 수 없다. 일상의 대화나 산문의 경우는 언어의 소리 부분에 대해 신경을 쓰지 않는다. 왜냐하면 그때는 언어 사용의 목적이 의미 전달을 위주로 하기 때문이다. 소리에 대한 고려의 유무는 시와 산문을 구분하는 또 하나의 요건이 된다.

소리를 기술적으로 잘 다뤄낸 예술은 음악이다. 그래서 시의 경우도 언어의 소리 부분이 빚어내는 효과를 음악성이라고 말한다. 음절의 수를 일정하게 맞춰 나가는 시의 음수율은 그런 음악성을 의도적으로 추구한 한 예이다. 상식적으로 말하면 소리와 의미는 일단 관계가 없는 별개의 것이라고 할 수 있다.

우리 민요 〈아리랑〉의 반복구인 '아리랑 아리랑 아라리요'는 의미를 알 수 없는 소리의 연속이다. 그럼에도 불구하고 그러한 반복은 적어도 우리 한국인에게는 비슷한 정서 반응을 불러일으킨다. 딱히 이것이라고 꼬집어 말하기는 어렵지만, 그때의 정서 반응은 설움과 한을 공통분모로 한다. 그렇다면 의미와 무관한 소리도 그것을 잘 조직해내면 어떤 의미를 전달하게 된다고 할 것이 아닌가? 앞에 인용한 한하운의 시 〈개구리〉는 이 경우에도 좋은 예 중 하나가 될 수 있다. 무의미한 소리의 연속이라 할 수밖에 없는 'ㄱ' 자와 'ㄹ' 자의 자모음 배열을 개구리와 관련시킨 교묘한 조직의 방법으로 독특한 개구리 울음소리와 그에 수반되는 의미를 만들어낸 것이다.

> 매암이 맵다 울고 쓰르람이 쓰다 우니
>
> 산채山菜를 맵다는가 박주薄酒를 쓰다는가
>
> 우리는 초야草野에 묻혔으니 맵고 쓴 줄 몰라라
>
> ─ 이정신, 〈매암이 맵다 울고〉 전문

이정신의 시조 〈매암이 맵다 울고〉 역시 음악성을 잘 살리고 있다. 실

상은 맵다거나 쓰다고 울 리 없는 매미와 쓰르라미가 이 시조에선 '매아
미 맵다'와 '쓰르람이 쓰다'의 동음반복 때문에 실제로 그렇게 우는 듯한
느낌을 자아내고 있다. 동음반복인 만큼 그것은 곧 소리의 조직에 의한
효과가 아닐 수 없다.

> 새악시 볼에 떠오르는 부끄럼같이
> 시의 가슴을 살포시 적시는 물결같이
> 보드레한 에메랄드 얇게 흐르는
> 실비단 하늘을 바라보고 싶다.
>
> —김영랑, 〈돌담에 속삭이는 햇발〉 부분

이것은 두 연으로 된 김영랑의 시 〈돌담에 속삭이는 햇발〉의 둘째 연
이다. 그리고 인용한 이 대목에서는 '보드레한 에메랄드 얇게'에서 강조
점을 찍은 '에' 소리의 겹침을 눈여겨볼 필요가 있다. 에메랄드는 보드레
할 턱이 없는 단단한 보석이다. 한데도 이 시를 읽으면 에메랄드가 정말
보드레한 것 같은 느낌을 받게 된다. 그것은 '에' 소리의 겹침이 빚어내는
음악적인 효과 때문일 것이다.

김영랑의 시에는 외래어가 등장하는 일이 거의 없다. 아마 이 시의 이
'에메랄드'가 유일하게 발견되는 외래어일 것이다. 그러니까 이 에메랄
드는 시인이 참으로 신중을 다해 선택한 시어라고 할 수 있다. 그래서 이
시는 '에' 소리의 겹침이 빚어내는 미묘한 음악성을 획득하고 있다. 그 음
악성이 갖는 힘은 단단한 보석 에메랄드를 보드레한 것으로 바꿔놓아도
우리가 스스럼없이 그것을 수용할 만큼 오묘하다.

이러한 음악성은 의미와는 일단 별개의 것으로 치부되는 소리 조직의
결과라고 앞에서 지적한 바 있다. 그러나 언어에서 의미와 소리를 따로

떼어놓는 것은 그야말로 편의적 조치에 불과하다. 실제로는 그 두 가지가 떼려야 뗄 수 없는 혼융일체를 이루고 있는 것이 언어이다. 그리고 언어의 직공인 시인은 혼융일체인 그 언어를 예술이 되게끔 능숙하게 다루는 사람이다. 따라서 시의 음악성 속에는 그 성과에 합당한 의미를 절로 갖추게 된다. 이를 두고 엘리엇은 "시의 음악성은 의미를 떠나서는 존재하지 않는다"고 말했다.

보행의 언어, 무용의 언어

이와 같이 그 속에 저절로 갖추어져 있는 음악성의 의미는 사물에 대한 창조적 인식의 조명이 얻어낸 것일 수밖에 없다. 그리고 그 의미 때문에 존재는 의미가 규정하는 스스로의 본질을 드러내게 된다. 원래는 무엇인지 알 수 없었던 사물이 '꽃'이라는 말의 조명을 받아 비로소 '꽃'이라는 의미 있는 존재가 된 것이 그런 경우이다. 그 예가 김영랑의 시는 '보드레한 에메랄드'를, 김광섭의 시는 학처럼 또는 기러기처럼 하늘을 나는 '산'이다.

여기서 예로 들지 않은 다른 시들 또한 그렇게 존재의 의미를 새롭게 조명하고 있다. 이처럼 모든 시가 존재의 의미를 새로 조명하고 있다는 것은 언어의 창조적 인식 기능을 시의 본질적 속성으로 본 하이데거의 말을 뒷받침하는 것이라 하겠다.

이러한 시의 언어는 비록 그 사전적 의미가 같을지라도 이 말을 저 말로 바꿀 수가 없다. 이를테면 '해'를 '태양'이라 해서는 안 되는 게 시의 언어이다. 그도 그럴 것이 시에서는 언어가 소리와 의미의 일체성을 전제로, 소리가 달라지면 의미도 소리에 어울리게 달라진다는 사실을 철저히 의식하고 선택하기 때문이다. 반드시 의미만, 그것도 기성품인 사전적 의미만을 전하려고 하는 것이 시라면 시인은 구태여 고도의 기술을 갖춘 언어의 직공이 되어야 할 까닭이 없다.

이와 함께 또 한 가지 기억해야 할 것은 시 언어의 본질적 속성인 독창적 인식 기능이다. 독창적인 만큼 하나밖에 없을 것이 분명한 그 새로운 인식은 역시 하나밖에 없는 언어를 통해서만 표현할 수 있다. 아니, 그런 언어를 통해 인식이 표현되는 것이 아니라 실은 그런 언어 자체가 그 인식의 구체적이고도 정확한 내용인 것이다. 그러므로 그런 언어는 결코 다른 말로 바꿀 수가 없다. 그것은 그 자체가 목적이라 할 수 있는 '절대언어'이다. 이러한 시의 언어를 발레리는 '보행의 언어'인 산문의 그것과 대비시켜 '무용의 언어'라고 말하고 있다.

무용의 여러 가지 몸놀림은 이쪽에서 저쪽으로 가기 위한 수단이 아니라 그 자체가 목적이다. 그리고 이러한 무용의 언어를 만들기 위해서는 언어를 다루는 기술의 고도화가 필요하다. 시인이 언어의 직공이라고 규정되는 까닭을 여기서 다시 확인하게 된다.

시를 쓰는 세 단계

첫 번째, 시의 종자 얻기

영국의 시인이자 시 이론가인 세실 데이 루이스는《젊은이를 위한 시》라는 책에서 시를 쓰는 과정을 세 단계로 구분하고 있다. 첫 번째는 '시의 종자'를 얻는 단계이다. 루이스가 "그것은 어떤 감정, 어떤 체험, 어떤 관념, 때로는 하나의 이미지이거나 한 줄의 시구일 수도 있다"고 말했던 종자는 앞에서 설명한 '시를 쓰는 계기'에 해당한다. 그러니까 종자는 그 당자가 결코 가볍게 흘려버릴 수 없는 심리적 충격, 달리 말하면 '아, 이거 시가 되겠다' 싶은 인상적인 느낌을 말한다. 일종의 영감이라 할 수도 있다. 루이스는 이 종자를 반드시 기록해두라고 권고한 다음, 기록한 뒤에는 대부분의 시인들이 그 사실을 잊어버리게 된다고 덧붙였다. 잊어버리게 된다는 뒤의 말은 누구나 꼭 그렇게 잊어야만 한다는 뜻이 아니라, 그 종자를 당장 한 편의 시로 만들려고 서두를 필요는 없다는 정도의 뜻이라고 새겨두는 게 좋다.

아닌 게 아니라 종자 하나를 붙들었다고 해서 그것을 바탕으로 당장

한 편의 시를 쓰려고 서두르는 것은 바람직하지 않다. 상상력이 종자 자체에만 얽매어 표현이 단조롭고 내용이 빈약한 시가 되기 쉽다. 그런 사태를 막기 위해서는 조급증을 부리지 말고 느긋하게 기다릴 줄 아는 힘을 기를 필요가 있다.

물론 예외가 없는 것은 아니다. 경우에 따라서는 시의 종자를 붙든 순간에 펜을 들어 단숨에 한 편의 시를 써낼 수도 있다. 즉흥시는 그런 예 중 하나이며, 그런 즉흥시 중에서도 훌륭한 작품을 찾자면 적잖이 찾아낼 수 있다. 그러나 그것은 실패율이 높고 성실성 면에서도 문제가 되는 방법이다. 때문에 대가나 중진이라 불리는 시인들도 부득이한 경우가 아니면 시를 그렇게 쓰지는 않는다. 그러니 시를 쓰려는 사람들은 더욱 삼가야 할 방법이다.

시의 종자를 기록해두고 다음에는 그것을 잊어버린다는 루이스의 말 속에는 이러한 즉흥시적 방법에 대한 경계도 아울러 함축되어 있다. 그렇다면 그렇게 잊어버릴 바에야 기록은 또 무슨 소용이냐 할 법도 하지만, 참으로 중요한 것이 바로 기록이다. 만일 시의 종자를 기록해두지 않으면 아무리 기억력이 좋은 사람이라 해도 생활의 이런저런 일을 겪는 사이에 조만간 완전히 까먹게 된다. 완전히 까먹는다는 말은 그 종자가 도저히 싹터서 자랄 수 없는 멸실滅失 상태가 된다는 뜻이다. 루이스가 말하는 잊어버림은 그러한 멸실 상태가 아니라 시인의 무자각적 의식 속에 그 종자가 간직된다는 것을 의미한다. 그리하여 그 종자는 시인의 의식 속에서 조금씩 부풀어 언젠가는 싹을 틔우게 된다. 기록은 이러한 시 종자의 생명력을 보증하는 비망록이다.

나는 그러한 기록의 좋은 표본 하나를 간직하고 있다. 나의 것이 아니라 고인이 된 박목월 시인의 것이다. 박목월의 평전《자하산 청노루》를 쓸 때 유족한테서 얻은 노트에는 목월이 초기에 쓴 시들의 여러 종자들이 기록되어 있었다. 초기인 만큼 물자가 귀한 일제 말기였는데도 불구하고 목월은 고급 아트지로 된 노트에 연필로《청록집靑鹿集》에 수록된 시에서 찾아볼 수 있는 여러 구절이나 이미지들을 한 장에 한두 줄씩 단편적으로 기록해놓았다. 그것을 보면《청록집》의 목월 시들이 모두 그 노트에 적혀 있는 종자 성장의 결과라는 것을 쉽게 알 수 있다. 이처럼 일단은 잊어버리게 되더라도 언젠가는 그것이 싹트고 자랄 수 있게 시의 종자를 확실히 붙들어두는 가장 효과적인 장치가 기록이다.

두 번째, 종자의 성장과 시적 사고

루이스는 종자 얻기의 과정을 거치면 종자가 시인의 정신 내부에서 성장하는 다음 단계에 접어들게 된다고 말한다. 물론 눈에 보이지 않고 내면적으로 진행되는 그 성장은 이제 막 한 편의 시가 태어나기 직전의 순간까지 계속된다. 그러니까 시의 탄생은 그 종자의 충분한 성장이 가져오는 필연적인 결과라고 할 수 있다.

종자의 성장 기간은 일률적으로 정해져 있는 것이 아니다. 며칠 동안에 속성으로 자랄 수도 있지만 아주 느리게 진행되어 몇 년이 걸리는 경우도 있다.

이처럼 종자의 성장의 속도가 느릴 때는 시인의 정신 내부에서 자라는 시의 종자가 하나뿐이라고 할 수도 없다. 내용을 달리하는 여러 개의 종자가 동시에 자랄 수도 있기 때문이다. 루이스는 시를 쓰는 과정 중 이 단계에 대한 설명을 더 이상 부연하지 않고 이 정도로 마무리 짓고 있다. 한마디로 요약하면 시 종자의 내적 성장 과정이 루이스가 말하는 시작詩作의 두 번째 단계이다.

그러나 루이스의 이런 간략한 설명은 자칫하면 오해를 불러일으킬 소지가 있다. 루이스의 그 말이 시 종자의 성장을 자연적인 현상으로 생각하게 할 수도 있기 때문이다. 시 종자를 얻은 다음에는 일단 그것을 잊어버리게 된다는 첫 번째 단계의 설명을 떠올리면 그러한 우려는 더욱 커진다. 시 종자를 얻고, 그것을 기록해두었다고 해서 그 종자가 우리의 바람대로 혼자서 쑥쑥 자란다고 생각하면 잘못이다. 식물의 종자가 그렇듯, 시 종자도 제대로 싹트고 자라나려면 사람(시인)의 정성 어린 노력이 필요하다. 그러한 노력의 바탕이 되는 것은 평소에 시적 사고를 지속적으로 거듭하는 것이다. 좀 더 구체적으로 말하면 틈나는 대로 시를 생각하는 것이 바로 그러한 노력의 바탕을 이룬다. 그리고 그런 바탕 위에서 때로 전날의 노트를 펼쳐 거기 적힌 그 시 종자를 자신의 상상력의 거울에 비춰보면 상상력이 만들어낸 새로운 그 무언가가 종자에 추가된다. 이것은 곧 시 종자의 '성장'과 '발전'을 의미한다. 평소에는 시를 생각해본 적이 한 번도 없는데, 어느 날 갑자기 천하의 걸작이 튀어나왔다는 황당무계한 기대를 가져서는 안 된다. 앞에서 이미 밝혔지만, 세상에 공짜는 없다.

시 종자의 성장과 발전에 필요한 노력의 바탕은 평소의 시적 사고라고 했다. 그런데 이러한 시적 사고는 시의 종자를 얻는 데 있어서도 그 효과가 대단히 큰 선행 조건이 된다. 바꿔 말하면 평소 시를 자주 생각하는 사람은 그만큼 알찬 시 종자를 많이 얻게 된다. 널리 애송되고 있는 시 〈국화 옆에서〉에 대한, 서정주 시인 자신의 해설은 그 좋은 예를 보여준다.

그립고 아쉬움에 가슴 조이던
머언 먼 젊음의 뒤안길에서

인제는 돌아와 거울 앞에서 선

내 누님같이 생긴 꽃이여

　　　　　　　　　　　　　— 서정주, 〈국화 옆에서〉 부분

우리가 잘 알고 있는 서정주의 시 〈국화 옆에서〉 중 3연이다. 서정주는 이 시를 쓸 때 이 대목이 제일 먼저 떠올랐다고 말한다. 그러니까 '거울 앞에 선 누님 같은 여자'의 이미지는 이 시의 종자였다고 할 수 있다. 그리고 서정주는 이 종자를 루이스의 말처럼 일단 잊어버린 것이 아니라, 붙잡은 그때부터 곧바로 작품화하기 시작했다. 물론 그럴 수도 있다. 그러나 서정주는 이 종자가 우발적으로 떠오른 것이 아니고 상당 기간 지속된 시적 사고의 결과라는 사실을 밝히고 있다. 그의 말을 직접 인용해보면 다음과 같다.

　이 모든 젊은 철의 흥분과 모든 감정 소비를 겪고 인제는 한 개의 잔잔한 우물이나 호수와 같이 형型이 잡혀서 거울 앞에 앉아 있는 한 여인의 미의 영상이 내게 마련되기까지에는 이와 유사한 많은 격렬하고 잔잔한 여인의 영상들이 내게 미리부터 있었을 것임은 물론입니다. (중략) 인제 이 〈국화 옆에서〉를 쓸 무렵에는 어느새인지 거기에서도 찬 서릿발 속에 국화꽃에 견줄 만한 여인의 미를 새로 이해하게 된 것도 서상한 바와 같은 것들의 많은 되풀이 되풀이의 결과임은 물론입니다. 그래서 내가 어느 해 새로 이해한 이 정밀한 40대 여인의 미의 영상은 꽤 오랫동안 — 아마 2~3년 동안 그 표현의 그릇을 찾지 못한 채 내 속에 잠재해 있었다가 1947년 가을 어느 해 어스름 때 문득 내 눈이 내 정원의 한 그루의 국화꽃에 머물게 되자 그 형상화 공작이 내 속에서 비로소 시작되었던 것입니다.

　　　　　　　　　　　　　— 서정주, 〈시작과정詩作過程〉 중에서

앞의 글에서는 '정밀한 40대 여인의 미의 영상이 2~3년 동안 내 속에 잠재해 있다'는 대목에 주목할 필요가 있다. 그 영상은 〈국화 옆에서〉라는 시의 종자인 '거울 앞에 선 누님 같은 여자'의 이미지를 말한다. 그러니까 그 종자의 획득은 2~3년 동안 지속적으로 그런 이미지를 떠오를 수 있게끔 시적 사고를 거듭하면서 준비해온 결과라고 할 수 있다. 그러한 평소의 준비, 즉 그러한 노력은 의미 있는 시의 종자를 얻는 일에만 국한되지 않고 그 종자를 성장·발전시키는 데 있어서도 매우 큰 힘을 발휘한다. 그도 그럴 것이 종자를 얻기 위해 준비하는 노력과 그 종자를 키우는 노력은 궁극적으로 한 편의 시를 만들기 위해 서로 유기적 관계를 가질 수밖에 없는 전 단계의 작업이기 때문이다.

세 번째, 구체적인 언어 표현 찾기

정신의 내부에서 시의 종자가 제대로 성장·발전하게 되면 이번에는 언어를 하나하나 골라 거기에 구체적 표현을 부여하지 않으면 안 된다. 루이스의 구분에 의하면 그것이 세 번째 단계이다. 이 단계에 이르면 시를 쓰고 싶다는 강렬한 욕구를 느끼게 된다고 루이스는 말하고 있다. 그러면서 자신의 경우에는 배가 고플 때의 시장기와 어떤 일이 닥치려고 할 때의 흥분 내지 두려움이 뒤섞인 느낌을 실제로 경험하게 된다고 덧붙인다.

이것은 물론 일반화될 수 없는 루이스의 개인적인 느낌이다. 그리고 시를 쓰고 싶다는 욕구도 사람에 따라 그 강도가 다를 수밖에 없다. 특별히 강렬한 욕구에 사로잡히지 않고 오히려 냉정하게 깨어 있는 정신 상태에서도 이 세 번째 단계는 진행될 수 있다. 시를 쓰는 데 있어서 영감보다는 지적인 제작 의식이 더 중요하다고 보는 고전주의적 시작법은 그렇게 깨어 있는 작업 태도를 지향한다. 이와는 달리 영감으로 통하는 일종의 흥분 상태를 존중하는 태도는 낭만주의적 시작법이다.

그러나 이 두 가지 방법 중 어느 쪽을 취하든, 막상 시를 쓰려고 할 때는 가장 적합한 표현의 언어를 찾기 위해 정신을 집중하지 않으면 안 된다. 물론 정신을 집중한다고 해서 필요한 언어가 척척 발견되고 시가 술술 써지는 것은 아니다. 그래서 시인들은 이 과정에서 여러 가지 기벽을 부리기도 한다. 이를테면 산책을 하거나, 목욕을 하거나, 음악을 듣거나, 사과 냄새를 맡거나 하는 것이다. 그래도 일이 잘 안 되면 별 수 없이 작업을 중단하게 되지만 그것이 포기를 뜻하지는 않는다. 이튿날 또는 며칠 뒤에는 작업을 다시 재개한다. 나는 이 과정에서 두 가지 방법으로 도움을 얻는다. 하나는 지난날에 적어둔, 지금의 이 시와는 관계가 없는 다른 시 종자의 노트를 펼쳐보는 것이고, 다른 하나는 작업을 중단하지 않을 수 없을 때 술을 마시는 것이다. 그러면 언제나 그런 것은 아니지만 막혔던 생각의 벽에 구멍이 뚫릴 때가 있다.

종자를 붙들자마자 곧바로 펜을 든 서정주의 〈국화 옆에서〉도 결코 쉽게 일기가성—氣呵成으로 쓰인 작품은 아니다. 시인의 말을 빌리자면 앞에서 밝힌 대로 3연을 먼저 써놓고 "몇 시간을 누웠다 앉았다 하는 동안 제1연과 제2연의 이미지가 저절로 모여들었다"는 것이다. 저절로 모여든 것이니까 여기까지는 비교적 쉽게 쓰인 편이라 하겠다. 그러나 시를 마무리 짓는 마지막 연은 달랐다. 서정주는 "마지막 연만은 좀처럼 표현이 되지 않아 새벽까지 누웠다 앉았다 하다가 그만 자버리고 말았습니다. 그리하여 이것은 며칠 동안을 그대로 있다가, 어느 날 새벽 눈이 뜨여서 처음으로 마련되었습니다. 그러나 이 결련結聯만은 그 뒤에도 많은 문구상의 수정을 오랫동안 계속했던 것을 말해 둡니다"라고 밝힌다.

여기서 우리는 대가 서정주가 비교적 수월하게 썼다고 볼 수 있는 〈국화 옆에서〉도 실은 상당한 산고 끝에 완성된 작품이란 사실을 확인할 수 있다.

이제 막 시를 쓰기 시작한 초심자들일수록 그런 산고, 그런 고통이 더욱 크다. 그러나 아무리 고통이 커도 작업의 결과가 보람을 느낄 수 있는 것이라면 그로써 고통은 저절로 보상을 받게 된다. 문제는 그런 결과를 낳기 위해 도움이 되는 길이 무엇인가를 찾아보는 일이다. 그런 점에 대해서도 〈국화 옆에서〉에 대한 서정주의 자작시 해설은 많은 부분을 시사해주고 있다.

> 한 송이 국화꽃을 피우기 위해
> 봄부터 소쩍새는
> 그렇게 울었나 보다.

> 한 송이 국화꽃을 피우기 위해
> 천둥은 먹구름 속에서
> 또 그렇게 울었나 보다.
>
> ― 서정주, 〈국화 옆에서〉 부분

이것은 말하지 않아도 다들 아는, 〈국화 옆에서〉의 1연과 2연이다. 그리고 우리는 이 두 연의 형성에 대해 '이미지가 저절로 모여들었다'고 한 서정주의 말을 기억하고 있다. 그러나 그 말을 있는 그대로 받아들여서는 안 된다는 것을 다음의 인용문이 알려준다.

한 송이의 국화를 중심으로 하는 이미지가 고정되기까지에는 그전에 이와 비슷한 많은 상념이 내 속에 이루어지고 인멸하고 다시 이루어지면서 은

연중에 지속되어 왔던 것을 나는 기억합니다. 그중에 몇 가지를 예로 들어 말씀드리면 '저 우리 이전의 무수한 인체人體가 사거死去하여 부식해서 흙 속에 동화된 그 골육은 거름이 되어 온갖 꽃들을 기르고, 그 액체는 수증기로 승화하여 구름이 되었다가 다시 비가 되어 우리 위에 퍼부었다가 다시 승화하였다가 한다'는 상념이라든지 (중략) '저 많은 길거리의 젊은 소녀들은 사거한 우리 애인의 분화된 갱생更生이라'는 환상이라든지— 이런 것들입니다. 이러한 여러 가지 상념들은 언뜻 보기엔 〈국화 옆에서〉 첫 연의 시상詩想과 아무 관계도 없는 것 같지만 사실은 그렇지 않습니다. 이러한 상념과 환각의 거듭 중복된 습성은 한 송이의 국화꽃을 앞에 대할 때 '이것은 저 많은 소쩍새들이 봄부터 가을까지 계속해 운 결과려니' 하는 동질의 시상을 능히 불러일으킬 수가 있기 때문입니다.

— 서정주, 〈시작과정詩作過程〉 중에서

위의 인용문을 통해 우리가 쉽게 읽어낼 수 있는 것은 저절로 이미지가 모여들었다는 〈국화 옆에서〉의 1연과 2연이 평소에 쌓아온 시적 사고의 결과라는 사실이다. 이처럼 평소의 시적 사고를 통해 정신의 내부에서 성장·발전한 시의 종자가 구체적 표현의 언어를 찾는 단계에서도 결정적으로 작용한다는 것을 우리는 깊이 명심할 필요가 있다.

이상이 루이스가 말한, 아니 그의 말을 바탕으로 거기에 우리 시를 예로 들어 보충 설명을 붙여본, 시를 쓰는 과정의 세 가지 단계이다. 그러나 이것은 구태여 구분을 해본다면 그렇게 구분이 된다는 뜻일 뿐이다. 모든 시가 반드시 그런 단계를 차례대로 밟아서 쓰인다는, 수학 공식 같은 틀은 아니다. 실제로는 시의 종자를 붙들자마자 곧 언어 표현 작업에 착수하는 경우가 있는가 하면, 반대로 그 종자가 제대로 성장하지 않고 소멸해버리는 경우도 있다.

　그리고 위와 같은 단계를 거쳐 한 편의 시를 썼다고 하더라도 그것이 그대로 완성되는 일은 드물다. 예외가 없는 것은 아니지만 대체로 그 시는 퇴고가 필요한 초고草稿이다. 그러므로 앞에 든 세 단계에 더하여 퇴고의 단계가 추가되어야 한다. 퇴고를 할 때에는 초고를 일주일쯤 서랍 속에 넣어두었다가 꺼내서 시작하는 게 좋다. 초고가 되었다고 해서 곧바로 퇴고를 서두르면 생각이 아직 그 초고에만 쏠려 있어 결점이 눈에 잘 띄지 않기 때문이다. 그래서 어느 정도 여유를 두고 초고를 다시 검토해보면 그때는 그것을 객관적으로 바라볼 수 있는 안목이 생겨 퇴고가 제대로 될 수 있다.

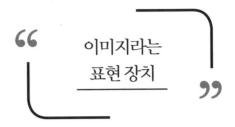

표현과 설명의 차이, 그리고 '객관적 상관물'

우리가 흔히 '예술'이라고 번역하는 영어의 'art'는 '기술'이라는 뜻도 있다. 여기서 말하는 기술은 표현 매체를 다루는 기술로, 예술을 일종의 기술이라고 본 서양 사람들의 인식을 알 수 있다. 그리고 시의 표현 매체는 언어이므로, 앞 장에서 우리는 시인을 '언어의 직공'이라고 규정한 바 있다.

예술에 있어서 '기술'이란 표현을 만들어내는 것이다. 언어의 직공인 시인은 표현 중에서도 잘된 표현, 아니 더 이상 손댈 데가 없는 최고의 표현을 노린다. 그러한 표현의 성공을 위해 큰 도움이 될 수 있는 일반적인 유의 사항 두 가지가 있다. 첫째는 '표현'과 '설명'을 구분하는 일이다. 그 구분에 대한 이해가 분명하지 못하면 '설명'을 '표현'으로 착각할 확률이 높다.

그렇다면 표현과 설명의 차이는 무엇인가? 이 물음의 단서를 얻기 위해 늙은 소나무 한 그루를 그린 그림을 떠올려보자. 그 소나무는 우리에게 그려진 그대로의 제 모습만 보여줄 뿐, 그 모습이 무엇을 뜻하는지에 대해서는 아무 말도 하지 않는다. 이와 같은 소나무를 그려놓은 그림은 그 소나무에 대한 설명을 시도하고 있는 것이 아니라 바로 그 소나무 자체를 표현하고 있는 것이다.

그렇다고 그 소나무를 아무런 의미가 없는 사물이라고 속단해서는 안 된다. 다른 모든 사물이 그렇듯 그 소나무도 나름대로 의미를 가질 수 있기 때문이다. 이를테면 독야청청獨也靑靑하는 '절개'라든가 세속을 벗어난 '초월 정신' 같은 의미가 그런 예이다. 그러나 그것은 그림 감상자의 해석으로 드러나는 의미이지, 소나무가 직접 그런 의미를 설명해주는 것은 아니다. 이러한 설명을 억제하고 무엇인가를 보여만 주겠다는 태도를 취할 때, 우리의 앞에 표현으로 가는 길이 열린다. 그것은 보여준 그 무엇이 무의미함을 뜻하는 태도가 아니라 보는 이에게 의미의 해석을 맡기는 태도이다. 또 이와는 달리 보여준 것에 대한 의미의 해석을 보는 이에게 강요하는 태도를 취할 때 설명이 필요하다. 바꿔 말하면, 표현자가 표현물의 의미를 직접 밝히는 것이 설명이다.

설명하지 않으면 독자가 내 시를 제대로 이해하기 어려울 거라고 걱정할 필요는 없다. 그 이유를 가장 뚜렷하게 알려주는 좋은 예가 자연이다. 꽃이나 돌이나 구름 같은 자연물은 모두 우리에게 그 자체를 보여줄 뿐, 내가 어떤 의미를 갖는 무엇이라고 자기 자신을 설명하지 않는다. 그러나 인간은 그런 자연의 의미를 조물주인 신보다도 더 기막히게 해석해내고 있다. 천부적으로 인간에게는 사물을, 아니 그 사물의 의미를 해석하는 능력이 주어진 것이다. 잘된 표현은 그런 능력이 자기도 모르게 표현자의 의도를 쫓아 발휘될 수 있도록 유도한다. 설명을 붙이지 않으면 독자가 이해하기 어려울 것이라는 걱정은 그 표현이 잘못된 경우에 해당한다. '쓸쓸한 가을'이라고 말하는 것은 그런 설명의 한 예이다. 그러나 그렇게 설명하는 대신 떨어진 낙엽을 보여줌으로써 가을의 쓸쓸함을 전달하는 방법도 있다. 그것이 바로 표현이다.

엘리엇은 시를 쓰는 방법의 핵심이 '객관적 상관물'을 만드는 데 있다고 말한다. 가령, 시인이 기쁨에 관한 시를 쓸 때 직접 기쁘다고 말하는 대신 독자가 그것을 대했을 때 절로 시인이 의도하는 그 기쁨을 경험할 수 있는 어떤 사물을 제시해야 한다는 뜻이다. 앞에 예로 든 낙엽도 가을의 쓸쓸함을 경험하게 하는 객관적 상관물에 해당한다. 객관적 상관물은 그 자신을 보여줄 뿐 설명하진 않는다.

> 슬픔의 모든 사연에는
> 빈 문간과 단풍나무 잎사귀를
>
> 연애에는
> 기울어진 풀잎과 바다 위 두 개의 불빛을 —
>
> 시는 의미할 것이 아니라
> 존재해야 한다.
>
> ── 아치볼드 매클리시 〈시작법〉 부분

위에 인용한 것은 미국의 시인 아치볼드 매클리시의 〈시작법〉이라는 시의 끝부분이다. 그리고 이 시도 설명이 아닌 표현의 중요성을 강조하고 있다. 매클리시는 '슬픔의 모든 사연'을 시로 쓰더라도 이래서 슬프고 저래서 슬프다고 설명하는 대신 그것을 보면 독자가 그 슬픔을 경험할 수 있는 '빈 문간과 단풍나무 잎사귀'를 보여줘야 한다고 권고하고 있다. '연애'의 경우도 마찬가지이다. 우리가 어떻게 사랑했다고 설명하지 말고 '기울어진 풀잎과 바다 위 두 개의 불빛'을 보여줌으로써 그것과 관련된 어떤 종류의 사랑의 감정을 독자가 스스로 느껴볼 수 있게 하라는 것이다. 매클리시는 또한 그렇게 표현된 대상은 다른 것을 의미하는 기호가 아닌 그 자체로 거기 있는 독립된 존재라고 말하며 〈시작법〉을 마무리 짓고 있다. 모든 시가 꼭 그렇게만 써져야 한다고 단언할 수는 없지만, 적어도 이것이 표현의 기본 방법인 것만은 부인할 수 없는 사실이다.

정확한 표현은 이미지로

두 번째로 생각해야 할 일은 정확한 표현이다. 정확하지 못한 표현은 잘된 표현이 될 수 없다. 정확한 표현과 잘된 표현은 동의어이다. 시의 경우 그 정확한 표현은 우리가 그 지시대상을 구체적으로, 그러니까 감각적으로 알아볼 수 있는 언어를 통해 성취될 수 있다. 그것은 추상어抽象語가 아니라 구상어具象語이다. 이를테면 '사랑'이란 말이 있다. 작자 미상의 우리 고시조는 그 사랑을 두고 '사랑이 어떻드냐 둥글더냐 모나더냐 / 길더냐 짜르더냐 발로 밟아 재겠더냐 / 하 그리 긴 줄은 모르되 애 끓일 만하더라'고 노래하고 있다. 바로 이 고시조의 진술처럼 둥근지 모난지, 긴지 짧은지를 구체적으로는 알 수 없지만, 그 추상적 개념을 사변적으로만 이해할 수 있는 어떤 종류의 마음 상태가 사랑인 것이다. 따라서 그것도 추상어가 될 수밖에 없는 '사랑'이란 말로써 정확히 표현할 수는 없다. 쉬운 예로 "나는 아무개를 사랑한다"는 말을 듣더라도 우리는 그 사랑이 불꽃처럼 뜨거운 것인지 맹물처럼 미지근한 것인지조차 구별할 도리가 없다. 이처럼 모호한 '사랑'이라는 말, 또는 그것과 성질이 같은 모든 추상어는 정확한 표현, 잘된 표현을 등지게 만들기 쉽다는 사실을 명심할 필요가 있다.

그러나 그러한 '사랑'도 '불꽃처럼 뜨거운 것'이나 '맹물처럼 미지근한 것'으로 비유되어 나타날 때는 그 나름의 구체성을 획득한다. 물론 그 뜨거움과 미지근함은 우리가 감각적으로 알아볼 수 있는 대상이다. 이와 같이 대상을 감각적으로 알아볼 수 있게 해주는 말을 구상어라고 한다. 정확한 표현을 만드는 데 기여할 수 있는 말은 원칙적으로 구상어이다.

여기서 우리 앞에 떠오르게 되는 것은 이미지image의 문제다. 우리말로는 흔히 심상心象으로 번역되는, 전문적으로 따지면 복잡한 논의가 전개될 수 있는 그 이미지 말이다. 이상섭의 《문학비평용어사전》은 이미지의 가장 포괄적인 개념을 '어떤 사물을 감각적으로 정신 속에 재생시키도록 자극하는 말'로 규정하고 있다. 이해를 돕기 위해 몇 가지 예를 들어 설명해보면 '사과'나 '비둘기'와 같은 명사, '걷는다'나 '달린다'와 같은 동사, '붉다'나 '푸르다'와 같은 형용사는 우리의 정신 속에 감각적으로 지각될 수 있는 대상을 떠올리게 해주는 만큼 그것들이 문학작품에 쓰일 때는 이미지가 된다는 것이다. 당연한 일이지만 그런 말들은 모두가 구상어에 속한다. 그러니까 포괄적인 의미에서는 구상어의 다른 이름이 곧 이미지라 할 수 있다. 구체적인 표현, 구체적인 만큼 정확한 표현, 따라서 잘될 수밖에 없는 표현을 만들어내는 가장 핵심적인 장치가 바로 이미지이다.

이러한 이미지는 엘리엇이 말하는 객관적 상관물과도 깊은 관계를 맺고 있다. 아치볼드 매클리시의 〈시작법〉에서 '슬픔의 사연'들을 나타내는 '빈 문간과 단풍나무 잎사귀'라는 객관적 상관물은 그 자체가 또한 이미지이다. '연애'를 나타내는 '기울어진 풀잎과 바다 위 두 개의 불빛'도 역시 이미지로 되어 있다. 객관적 상관물도 이미지를 통해서만 제대로 만들어질 수 있는 것이다. 이는 시의 표현에서 이미지가 커다란 비중을 차지한다는 사실을 재확인시켜주는 또 하나의 예이다.

그러나 이미지에도 등급이 있다. 바꿔 말하면 비싼 값을 쳐주어야 할 이미지와 그렇지 못한 싸구려 이미지가 있는 것이다. 싸구려 이미지는 내버려야 한다. 그렇게 내버려야 할 싸구려 이미지의 한 예로 '국화꽃이 피어 있다'와 같은 가상의 시구詩句를 들 수 있다. 피어 있는 국화꽃은 우리가 감각적으로 알아볼 수 있는 대상이므로 이 구절 또한 이미지가 되기는 한다. 그러나 그것은 어떤 국화꽃이 어떻게 피어 있는가에 대해서는 전혀 알려주지 않는다. 구체성이 없는 모호하고 막연한 이미지여서 표현의 정확성도 기대할 수 없다.

국화야 너는 어이 삼월 동풍 다 지나고
낙목한천落木寒天에 너 홀로 피었는다
아마도 오상고절傲霜高節은 너뿐인가 하노라

조선 후기의 문신 이정보가 지은 이 시조의 중심 소재인 국화도 구체성이 없는 모호한 이미지이다.

이 시조에 나오는 국화는 피어 있는 모양은 물론 그 종류도 알 수 없다. 표현 효과를 높이려야 높일 도리가 없는 이미지라고 하겠다. 게다가 이 국화 이미지는 그 모호함 못지않게 중대한 또 다른 결함을 지니고 있다. 그것은 작자가 국화라는 대상을 개성적 시각으로 바라보고 있지 않다는 점이다. 달리 말하면 국화는 절개를 상징한다는 상투적 관념이 이 시조의 국화 이미지를 지배하고 있는 것이다. 상투적 관념은 시인이 경계하지 않으면 안 될 인습의 거울에 해당한다. 시가 사물을 낯설게 만든다는 것은 그러한 인습의 거울에 얽매이지 않고 새로운 눈으로 사물을 바라본다는 뜻이다. 새로운 눈이란 나만이 갖는 개성적인 눈이다. 그러므로 우리는 여기서 개성이 투영되지 않은 상투성도 버려야 할 싸구려 이미지의 한 속성임을 깨닫게 된다.

어떤 놈은 화분에서 흘러내리는 폭포가 되어

빛깔의 어기찬 흐름을 흐르고

어떤 놈은 하늘이라도 받들었는가

하나의 발족한 소반이 되어 하늘의 이슬을 받고 있다.

— 박남수, 〈국화〉 부분

이 시 또한 제목 그대로 피어 있는 국화를 이미지화한 것이다. '어떤 놈'이라는 말이 나타내는 여러 개의 화분의 등장으로 미루어볼 때, 이 시의 표현 대상인 국화는 국화 전시회에 출품된 것으로 생각된다. 그러고 보니 국화 전시회에 출품된 국화 화분 중에는 '빛깔의 어기찬 흐름'이 폭포를 방불케 하는 것도 있고, 또 꽃들이 '발족한 소반' 모양으로 피어 있는 것도 있다는 사실을 떠올리는 사람이 있을 것이다. 그렇다면 그것은 이 시의 이미지가 그만큼 구체적이고 따라서 그만큼 정확한 표현에 기여하고 있다는 뜻이 된다. 그리고 이 시의 국화 이미지는 또 이정보의 시조에 나타나는 국화처럼 상투적 관념의 지배를 받고 있는 것도 아니다. 박남수란 시인의 개성적 시각이 조명해낸 새롭고 신선한 이미지이다.

상상력으로 그려낸 언어의 그림

세실 데이 루이스는 이미지를 '독자의 상상력에 호소하는 방법으로 시인의 상상력에 따라 그려진 언어의 그림'이라고 말했다. 앞에서 인용한 박남수의 〈국화〉의 '화분에서 흘러내리는 폭포가 되어 / 빛깔의 어기찬 흐름을 흐르고' 있는 이미지는 언어로 그린 그림이라 할 만하다. 그리고 그것은 국화가 실제로 그렇게 있는 모양을 사진 찍듯 재생한 것이 아니라 상상으로 변용시킨 그림이다. 국화가 '빛깔의 폭포'로 바뀐 것부터가 상상적 변용이 아닌가? 여기서 우리는 이미지를 만들어내는 힘이 바로 상상력이라는 사실을 알 수 있다.

영어에선 이미지image란 말이 '상상하다'라는 동사로도 쓰인다. 그 이미지의 명사형인 이매지네이션imagination은 '상상력'이다. 이는 이미지의 뿌리가 상상력임을 재확인시켜준다. 그러한 상상력을 통해 사물과 세계를 바라보는 것이 시를 쓰는 기본 태도라는 말은 그동안 여러 번 되풀이했다. 그러니까 상상력이 만들어내는 이미지 역시 시의 본질로 직결되는 중요성을 갖는다고 할 수 있다.

영국 경험철학의 아버지라 불리는 프랜시스 베이컨은 상상력이란 '자연이 분리해놓은 것을 결합시키고, 자연이 결합해놓은 것을 분리시키는 힘'이라고 재미있게 규정하고 있다. '국화'와 '폭포'는 원래 자연이 별개의 것이라고 분리해놓은 것이지만 시인은 그것들을 상상력으로 결합시켜 새롭고 신선한 이미지를 만들어냈다. 자연은 '사실의 세계'를 보여주지만, 그 자연에 상상력이 작용하면 사실의 세계는 새롭게, 즉 낯설게 변용된다. 그러한 변용의 구체적 성과로써 시 표현에 기여하는 장치가 이미지이다.

다시 루이스의 말을 빌리면 '언어의 그림'인 그 이미지는 독자의 마음속 스크린에 시인이 비춰주는 슬라이드라고 할 수도 있다. 대상에 대한 시인의 느낌이나 상념들이 선명하게 시사試寫되지 않으면 안 된다. 흐릿하고 모호한 화면은 금물이다. 시인도 자기의 마음속에 시사실을 만들어 제작된 슬라이드를 사전에 여러 번 검토해볼 필요가 있다. 없어도 좋을 만한 군더더기는 잘라내고 애매한 부분이나 불투명한 대목을 새로 바꾸는 작업을 하는 곳이 시사실이다. 그러면 아래와 같은 이미지는 어떤가?

(뒤집혀진 보석) 같은 아침
누군가 문밖에 와서 누군가와 속삭이고 있다

그것은 신이 태어난 날

— 니시와키 준사부로, 〈날씨〉 전문

　이것은 일본의 시인 니시와키 준사부로의 시 〈날씨〉의 전문이다. 쾌청한 가을 아침이 '뒤집혀진 보석'으로 이미지화되어 있다. 정말 신선한 이미지이다. 괄호를 친 것은 그 대목이 다른 사람 시의 인용임을 나타낸다. 존 키츠의 시 〈엔디미온〉에 '산호의 왕관 밑에 있는 미소는 / 뒤집혀진 보석처럼 갑자기 빛나고'란 구절이 있다. 니시와키는 그것을 인용한 것이다. 이처럼 남의 시에서 좋은 이미지를 빌려오더라도 그것이 개성적으로만 소화되면 탈이 없다. 키츠가 '미소'를 비유한 '뒤집혀진 보석'을 쾌청한 가을 아침의 이미지로 바꾼 것이 니시와키의 개성적 소화이다.

　이미지에는 여러 가지 종류가 있다. 이미지는 감각적 지각과 관계가 있는 말인 만큼 그 종류는 우선 감각기관의 수와 맞먹는다고 할 수 있다. 즉, 시각·청각·후각·미각·촉각에 호소하는 다섯 가지 이미지가 곧 기본 이미지이다. 그러나 실제로는 여기에 몇 가지가 더해진다. 앞으로는 그 여러 가지 이미지들이 시에서 구체적으로 어떻게 사용되어 어떻게 표현에 기여하고 있는지를 종류별로 살펴보겠다.

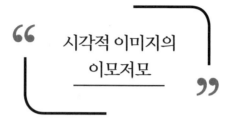

시각적 이미지의
이모저모

시각적 이미지

세실 데이 루이스가 이미지를 '독자의 상상력에 호소하는 방법으로 시인의 상상력에 의해 그려진 언어의 그림'이라고 말한 것은 앞에서 이미 소개한 바 있다.

그림은 눈으로 보는 시각의 대상이다. 의미의 해석은 보고 난 다음에야 진행된다. 그러니까 그가 이미지를 '언어의 그림'이라고 했을 때는 그 속에 시각적 이미지를 이미지의 주종主宗으로 본다는 뜻이 함축되어 있다고 하겠다.

물론 이미지에는 여러 종류가 있다. 시각적 이미지가 이미지의 전부는 아니다. 그러나 이미지를 말할 때, 특히 시의 표현 장치로의 이미지를 말할 때는 시각적 이미지가 가장 큰 비중을 차지하게 된다. 왜냐하면 시각적 이미지가 다른 어떤 이미지보다도 표현 대상을 선명하고 명확하게, 즉 구체적으로 드러내주기 때문이다. 게다가 또 다른 감각, 이를테면 청각이나 촉각에 따른 사물의 지각도 거기서는 대체로 시각적 작용이 수반

된다는 사실을 기억할 필요가 있다. 예를 들어 '물소리 졸졸'이라는 청각적 지각은 '졸졸' 소리를 내면서 흘러가는 물의 모양을 절로 연상케 하고, 또 '부드러운 머리칼'이라는 촉각적 지각은 그 부드러운 머리칼의 어떤 모양을 동시에 떠오르게 한다. 그래서 실질적으로는 시각적 이미지가 다른 이미지들을 대표한다는 의견이 나오게 된다. 현대시에서는 회화성繪畵性이 중시되어야 한다는 주장도 그런 인식을 바탕으로 한다.

회화성이란 문자 그대로 그림 같은 성질이므로, 시각적 이미지를 존중하는 것이 현대시의 한 특징이라고 주장하는 것이다. 그리고 이런 주장에 동의 여부와 상관없이 현대시에 있어서는 실제로 시각적 이미지가 압도적으로 많이 사용되고 있다. 그러면 그 시각적 이미지가 시의 표현에 어떻게 기여하고 있는지 구체적으로 살펴보자.

> 고래가 이제 횡단한 뒤
> 해협이 천막처럼 퍼덕이오.
>
> ……흰 물결 피어오르는 아래로
> 바둑돌 자꾸자꾸 내려가고,
>
> 은방울 날리듯 떠오르는 바다 종달새……
>
> 한나절 노려보오, 움켜잡아 고 빨간 살 뺏으려고.
>
> ─ 정지용, 〈바다 1〉 부분

정지용의 〈바다 1〉의 앞부분이다. 이 시는 여러 가지 시각적 이미지가 그야말로 그림처럼 선명하게 대상을 표현하고 있다. 그 표현 대상은 바다이다. 아니, 그 바다의 어떤 부분이 시인의 개성적인 눈에 비쳐진 모습이다. 시의 첫머리에 나오는 '고래'는 여객선을 비유하는 말이고, '천막처럼 퍼덕이는 해협'은 그 여객선이 지나간 다음 육중하게 나부라지는 파도를 이미지화한 것이다. 그리고 그다음 구절은 이 시의 화자가 그 여객선의 갑판 위에서 거품이 이는 물결을 내려다보고 있다고 생각하면 이해하기 쉽다. '피어오르는 흰 물결'이 그 거품인데, 뽀글뽀글 솟는 것처럼 보이는 거품을 이번에는 또 아래로 계속 떨어져 내려가는 하얀 '바둑돌'로 이미지화하고 있다.

하얀 바둑돌, 즉 물거품은 다시 발전하여 '은방울 날리듯 떠오르는 바다 종달새'가 되고 있다. 바다 종달새는 실재하지 않는 새이다. 뽀글뽀글 피어오르는 물거품에서 연거푸 아래로 가라앉는 바둑돌을 연상한, 시인의 상상력이 만들어낸 이미지의 새인 것이다. 떠오르는 모양이 '은방울 날리듯'하므로 이 바다 종달새는 은방울처럼 작고 하얀 새이다. 실재하지 않는 바다 종달새의 겉모양을 이처럼 선명하게, 눈으로 볼 수 있게 만든 시인은 거기서 다시 한 걸음 더 나아간다. 설령 이 바다 종달새가 실재한다고 하더라도 결코 보일 리 없는 살의 색깔까지 독자에게 알려주는 것이다. '한나절 노려보오, 움켜잡아 고 빨간 살 뺏으려고'라는 구절이 그렇다. 그러니까 화자가 '고래'인 여객선의 갑판 위에서 자꾸자꾸 아래로 내려가는 바둑돌, 즉 '은방울 날리듯 떠오르는 바다 종달새'를 한동안 지켜보고 있는 것은 그중의 몇 마리든 움켜잡아 그것들의 '빨간 살'을 뺏기 위함이다.

여기서 우리는 이 시의 표현 대상인 바다의 그 어떤 부분이 구체적으로 무엇인지 알 수 있게 된다. 그것은 바로 항해하는 여객선의 뱃전에 피어오르는 물거품이다. 그 물거품을 바둑돌과 바다 종달새로 이미지화시킨 것에 이 시의 핵심적인 매력 포인트가 있다. 그것들은 물론 모두가

'눈'이라는 감각기관을 통해 알아볼 수 있는 시각적 이미지이며, 언어로 그린 그림이다. 그리고 우리는 그 그림을 그려낸 원동력이 시인의 상상력이라는 사실을 다시 확인하게 된다. 여객선이 고래가 되고, 물거품이 바둑돌과 바다 종달새가 되는 것은 상상력의 작용에 따른 사물의 허구적 변용이 아닐 수 없다.

> 피아노에 앉은
> 여자의 두 손에서는
> 끊임없이
> 열 마리씩
> 스무 마리씩
> 신선한 물고기가
> 튀는 빛의 꼬리를 물고
> 쏟아진다.
>
> —전봉건, 〈피아노〉부분

전봉건의 시 〈피아노〉의 1연이다. 이 시에서도 우리는 언어로 그린 그림 한 폭을 보게 된다. 그 그림에는 열 마리씩 스무 마리씩 끊임없이 빛의 꼬리를 물고 튀는 물고기가 그려져 있다. 그리고 제목인 '피아노'와 결부시킬 때 그 물고기는 피아노를 치는 여자의 날렵하게 움직이는 손가락이며, 동시에 그 연주가 만들어내는 선율이라는 것을 우리는 이해할 수 있다. 소리는 들리는 것이지 보이는 것은 아니다. 그런데 이 시의 '물고기'는 보이지 않는 그 소리까지도 보이는 것으로 바꿔놓고 있다. 시에서 시각적 이미지는 이처럼 놀라운 표현 효과를 거두는 것이다.

의미를 해석해내는 인간

누군가는 앞에 인용한 두 편의 시가 보여주는 이미지들을 풀이하면 내용면에서 어떤 의미가 있느냐고 반문할지도 모른다. 아닌 게 아니라 거기에는 사상이나 철학으로 통하는 관념적인 내용이 없다. 그러나 그것은 시인들의 실수가 아니라 일부러 노린 결과이다. 시인들은 무엇인가를 보여줄 뿐 그 의미를 설명하지 않는다. 즉, 표현할 뿐이다. 그러면 독자는 표현된 대상, 그 세계를 자기 나름대로 경험하게 된다. 대상에 대한 의미 해석은 그러한 경험 주체인 독자의 몫으로 맡겨져 있다. 설령 의미 해석이 잘 되지 않는다고 하더라도, 바다를 또는 피아노를 앞의 시에 표현한 것처럼 경험할 수 있다면 그 자체가 이미 사물과 세계에 대한 새롭고 창조적인 인식이다.

이 문제와 관련해서 좋은 참고가 될 수 있는 것은 김춘수의 말이다. 그는 "사물을 감각적으로 그대로 수용한다는 것은 원시적인 태도라고 할 수 있다. 그것은 그러니까 관념(의미) 이전의 관념이 장차 거기서 태어날 관념의 제로 지대이기도 하다. 이 지대에서 야기되는 사건들은 질서가 없는 듯하지만 그것은 관념 쪽에서 바라볼 때 그렇다는 것이지, 그렇지가 않다"고 말한다. 시가 표현하고 있는 것, 즉 그 이미지를 의미론적으로 해석하려 하지 말고 자기 나름으로 그것을 경험한다는 것은 '원시적 태도'라 할 수 있는 '사물의 감각적 수용'을 뜻한다. 감각적 수용인 만큼 의미를 뒷받침하는 관념은 아직 생겨나지 않았기 때문에 그것은 '관념의 제로 지대'라 할 수 있는 것이다.

인간은 경험에 의미를 부여하는 능력이 있다. 아니, 인간의 삶은 수많은 경험에 의미를 부여하는 과정이다. 어떤 사람이 매고 있는 붉은 넥타이를 보고 그 넥타이를 감각적으로 수용해서 그것을 정열의 표상으로 해석하는 것은 경험에 대한 의미 부여의 흔한 예이다. 그러므로 '관념의 제로 지대'인 경험은 '관념이 장차 거기서 태어날' 모태이기도 하다. 의미는 그러한 관념의 내용을 이룬다. 그리고 그 의미는 또 경험을 그렇게 해석한(관념화시킨) 경험 주체의 몫인 것이다.

이야기가 너무 이론 쪽으로 치우쳐 어려운 느낌이 들 것이다. 이론을 잠시 떠나서 좀 더 쉽게 이해할 수 있는 길을 트기 위해 시 한 편을 읽어보기로 하자.

> 누군가 연 문
> 누군가 닫은 문
> 누군가 앉은 의자
> 누군가 쓰다듬은 고양이
> 누군가 깨문 과일
> 누군가 읽은 편지
> 누군가 넘어뜨린 의자
> 누군가 연 문
> 누군가 아직 달리고 있는 길
> 누군가 건너지르는 숲
> 누군가 몸을 던지는 강물
> 누군가 죽은 병원.
>
> ― 자크 프레베르, 〈메시지〉 전문

이것은 샹송 〈고엽枯葉〉으로 유명한 프랑스의 시인 자크 프레베르의 시 〈메시지〉 전문이다. 이 시는 몇 토막의 스냅사진 같은 장면을 보여줄 뿐 아무것도 설명하지 않는다. 달리 말하면 이것은 카메라가 찍어낸 실내와 옥외의 어떤 장면이라고 할 수 있다. 8행까지는 실내, 9행부터 11행까지는 옥외, 마지막 12행은 병원 영안실의 실내로 카메라의 렌즈가 이동하고 있다. 찍힌 사진은 모두 시각적 이미지이다. 이 시는 일체의 설명을 거부하고 오직 시각적 이미지로써 대상을 표현만 하고 있는 좋은 예이다.

이처럼 이 시가 아무것도 설명하지 않는 장면의 연속이라고 해서 우리가 이 시의 이미지들을 무의미한 것이라고 할 수 있을까? 그렇지 않다. 차분히 전문을 읽고 나면 우리는 그것이 인생의 한 축도縮圖라는 사실을 깨닫게 된다. 방 안에서 의자에 앉아 고양이를 쓰다듬고, 과일을 깨물고, 편지를 읽는 일들은 평범하지만 인간이 살아가는 구체적인 모습이다. 다만 이 시에서는 그렇게 살아가는 주인공이 자리를 비우고 있다. 그리고 그 빈방 안에는 '누군가 넘어뜨린 의자'가 있다. 산란한 방 안이다.

일단 감각적으로 수용되는 이러한 사실을 인식할 때, 그저 감각적 수용에만 그치는 사람은 아무도 없다. 어떤 형태로든 자기 나름으로 그 의미를 해석해내는 것이 인간이다. 그러한 해석의 하나로, 우리는 뭔가 울적하고 답답해서 방을 치우지 않고 의자 하나는 넘어뜨려 놓은 채 밖으로 뛰쳐나가버린 주인공을 생각해볼 수 있다. 그리고 그때는 '누군가 몸을 던지는 강물'이란 구절이 갑자기 우리를 긴장시키게 된다. 딱히 주인공이 그랬다고 할 수는 없을지 몰라도 그것은 어떤 사람의 투신자살을 의미하는 것이다. '누군가 죽은 병원'이란 마지막 구절에서 우리는 그 투신자살한 시체가 병원 영안실에 안치된 것을 보게 된다. 그러니까 이 시가 압축적으로 그려내고 있는 인생은 겉보기는 평범해도 결국은 투신자살과 쓸쓸한 병원 영안실로 끝나는 비극적 인생인 것이다. 이러한 비극적 인식이 인생의 의미를 그렇게 해석한 결과임은 구태여 두말할 나위가 없다. 여기서 보다시피 아무것도 설명하지 않고 그 자체를 보여만 주는 시각적 이미지도 독자로 하여금 어떤 의미를 해독하게 할 수 있는 힘을 지니고 있는 것이다.

보이지 않는 것을 보이는 것으로

시각적 이미지 중에는 현실 공간에 존재하지 않는 추상적 관념에 모양과 색깔을 부여하여 그것을 구체화시킨 것도 있다. 그리고 같은 감각이라도 모양이나 색깔을 가질 리 없는 감각적 지각을 눈으로 볼 수 있게 바꿔놓은 것도 있다. 말하자면, 보이지 않는 것을 보이게 만드는 것이다.

'시인은 보이지 않는 것을 보는 사람'이란 말이 있다. 모양이나 색깔을 갖지 않은 대상에 모양과 색깔을 부여한 어떤 종류의 시각적 이미지는 그 말을 피부로 실감할 수 있게 해준다.

> 저 재를 넘어가는 저녁 해의 엷은 광선들이 섭섭해합니다.
> 어머니, 아직 촛불을 켜지 말으셔요.
> 그리고 나의 작은 명상의 새 새끼들이
> 지금도 저 푸른 하늘에서 날고 있지 않습니까?
> 이윽고 하늘이 능금처럼 붉어질 때
> 그 새 새끼들은 어둠과 함께 돌아온다 합니다.
> ─신석정, 〈아직은 촛불을 켤 때가 아닙니다〉 부분

이 시에서는 추상적인 관념인 '명상'이 '새 새끼들'로 이미지화되어 있다. 물론 그것은 모양과 색깔이 있는 시각적 이미지이다. 새 새끼들은 작고 귀엽다. 그리고 하늘을 자유롭게 난다. 따라서 이 '새 새끼들'의 이미지는 화자의 명상이 바로 그 새 새끼들처럼 작고 귀여우면서도 자유롭게 하늘을 나는 성질의 것임을 알려주고 있다.

> 타지 않는 저녁 하늘을
> 가벼운 병처럼 스쳐 흐르는 시장기

어쩌면 몹시두 아름다워라

앞이건 뒤건 내 가차이 모올래 오시이소

눈감고 모란을 보는 것이요

눈감고

모란을 보는 것이요

— 이용악, 〈집〉 부분

    이것은 이용악의 시 〈집〉의 3연과 4연이다. 이 시는 '시장기'를 '모란'으로 이미지화하고 있다. 표현할 수 없는 시장기를 눈으로 볼 수 있는 모란으로 바꿔놓았으니 과연 보이지 않는 것을 보는 시인의 능력에 감탄하지 않을 수 없다. 더구나 그 모란은 눈을 감고 보는 것이다. 눈을 감으면 아무것도 보이지 않는다는 것이 상식이다. 그러나 우리는 눈을 감고 상상의 날개를 펼치면 떠나온 고향 산천이나 그 옛날 헤어진 사람의 얼굴이 떠오르는 경험을 하곤 한다. 이 시의 화자가 눈을 감고 보는 모란은 그러한 상상의 스크린에 비친 이미지이다. 그리고 그 모란은 또한 저녁때의 가볍기는 하지만 '병처럼 스쳐 흐르는 시장기'를 이미지화한 것이므로 단지 아름답다는 느낌에만 그치지 않고 비감한 느낌을 자아낸다. 달리 말하면 그것은 비극적 황홀감이라고 할 수 있는 느낌인 것이다.

나의 심장 앞에서

나의 불을 지키는 피의 사냥개

내 비참의 교외郊外에서

쓴 콩팥을 먹고사는 개

너의 혀의 젖은 불꽃으로

내 땀의 소금을 핥아라

내 죽음의 설탕을 핥아라

내 몸속의 피의 사냥개

내게서 도망치는 꿈을 잡아라

흰 망령들에게 짖고 대들어라

나의 영양粉羊을 모두

우리 안으로 되불러 오라

그리고 나의 도망치기 쉬운 천사의 발꿈치를 물어라

— 이반 골, 〈피의 사냥개〉 전문

이반 골은 독일인이지만 가정에서 프랑스어 교육을 받았기 때문에 독일어와 프랑스어로 시를 썼다. 그는 1950년에 백혈병으로 사망했는데, 이 시는 그가 병상에서 쓴 작품이다. 제목에 나오는 그리고 이 시의 중심 이미지인 '피의 사냥개'는 영어의 'bloodhound', 즉 피 냄새를 맡고 야수를 추적하는 습성이 있는 개를 가리킨다. 백혈병에 걸린 그는 자기 몸속에 적혈구를 먹는 개가 있다는 환상을 가지고 있었다. 일종의 강박관념과도 같은 그 환상을 바탕으로 만들어낸 이미지가 '피의 사냥개'이다.

그러나 이 시에서는 피의 사냥개가 도망치는 꿈을 붙잡고, 망령들에게 대들고, 영양을 되불러오는, 말하자면 자기 생명의 수호자로 묘사되어 있다. 그것은 그것대로 의미가 있지만 여기서는 눈에 보이지 않는 백혈병, 아니 백혈병에 대한 절망감을 그가 '피의 사냥개'라는 가시적인 대상으로 이미지화시킨 점부터 먼저 주목해주기 바란다.

'피의 사냥개'는 가시적인 대상이므로, 시각적 이미지이다. 그리고 눈에 보이지 않는 것을 보이게 했다는 것은 그 자체가 이미 시각적 이미지의 표현에 대한 기여를 입증한다. 보이지 않는 것, 막연한 것, 모호한 것을 볼 수 있게, 또 명확하고 선명하게 그려낼수록 그 표현은 훌륭하다고 할 수 있다.

비유적 이미지와 묘사적 이미지

그러나 이 시 〈피의 사냥개〉는 여태까지 우리가 언급하지 않았던 새로운 문제를 제기하고 있다. 사냥개의 이미지가 제 자신을 보여주기만 하고 해석은 독자에게 맡기는 것이 아니라, 독자도 그렇게 해석하기를 요구하는 어떤 의미를 간직하고 있다는 점이다. 그 의미란 앞에서 말한 대로 화자의 생명의 수호자라고 할 수 있다. 이와 같이 처음부터 어떤 의미를 등에 지고 나온 이미지를 '비유적 이미지'라고 하고, 해석은 독자에게 맡긴 채 그 자체를 보여주기만 하는 이미지는 '묘사적 이미지'라고 한다.

김현승의 시 〈절대신앙〉을 보자.

당신의 불꽃 속으로
나의 눈송이가
뛰어듭니다.

당신의 불꽃은
나의 눈송이를
자취도 없이 품어 줍니다.

— 김현승, 〈절대신앙〉 전문

이 시에는 보다시피 '불꽃'과 '눈송이'란 두 개의 시각적 이미지가 등장한다. 그러나 그것들은 그냥 불꽃, 그냥 눈송이가 아니다. 〈절대신앙〉이란 제목을 통해 쉽게 유추할 수 있듯이, '불꽃'은 신앙의 대상인 절대자의 비유이고, '눈송이'는 화자 자신의 비유이다. 그러므로 우리가 이 시를 읽을 때는 먼저 '불꽃'과 '눈송이'란 이미지가 갖는 비유적 의미부터 이해해야 한다. 그러한 이해의 바탕 위에서만 우리는 시인이 노래하고 있는 〈절대신앙〉의 내용에 보다 깊이 있게 접근할 수 있다.

시인은 눈송이처럼 불꽃 같은 절대자의 속에 떨어져 자취 없이 사라져도 후회는커녕 오히려 그렇게 되기를 바라는 자신, 그리고 또 자신의 사라짐이 절대자의 품에 안겨 구원받음을 뜻하는 신앙의 세계를 보여주고 있다. 그러나 우리는 그러한 절대신앙의 세계도 산문으로 설명되어 있는 것이 아니라 '불꽃'과 '눈송이'라는 두 개의 이미지를 통해 독자들이 스스로 유추할 수 있게 암시적으로 표현되어 있는 점에 유념해야 한다. 비유적 이미지라고 하더라도 설명적 태도는 역시 금물이다.

　이것은 소리없는 아우성
　저 푸른 해원을 향하여 흔드는
　영원한 노스탤지어의 손수건
　순정은 물결같이 바람에 나부끼고
　오로지 맑고 곧은 이념의 푯대 끝에
　애수는 백로처럼 날개를 펴다
　아아 누구던가
　이렇게 슬프고도 애달픈 마음을
　맨 처음 공중에 달 줄을 안 그는

                        ─ 유치환, 〈깃발〉 전문

유치환의 시 〈깃발〉의 중심 이미지는 제목에 나와 있고, 이것은 시각적 대상이기도 하다. 그리고 그 깃발 이미지는 시의 본문에 밝혀져 있는 그대로 '슬프고도 애달픈 마음'을 나타낸다. 그러니까 이것이 저것을 의미하는 비유적 이미지인 것이다.

그러나 시인은 '깃발'과 '슬프고도 애달픈 마음'이 그런 등식 관계를 이루게 되는 이유를 설명하지는 않는다. 대신, '노스텔지어의 손수건'이나 '백로처럼 날개를 펴는 애수' 등 다른 이미지를 동원해서 그것이 그렇게 되는 이유를 독자가 스스로 유추하게 한다.

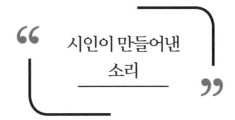

청각적 이미지를 만드는 능력

시인은 무엇이든 표현할 수 있고 또 마땅히 표현해야 할 사람이다. 시인이 표현해야 할 대상 중에는 '소리'도 포함되어 있다. 이 세상, 아니 이 세계는 무수한 소리로 가득 차 있다. 예를 들면 거리를 내닫는 자동차 소리, 공장에서 돌아가는 기계 소리, 사람들의 발자국 소리, 말소리, 전화벨 소리, 시냇물이 흐르는 소리, 바람 소리, 지저귀는 새소리 등이 끊임없이 우리의 고막을 울리고 있다. 이 밖에도 얼마든지 예로 들 수 있는 소리들이 일시에 완전히 사라져버린다면 그때의 세계는 결코 정상이라고 할 수가 없을 것이다. 소리는 세계를 세계로 있게 하는 필수적이고도 매우 중요한 구성 요소 중 하나이다. 세계의 표현자인 시인이 어찌 그러한 소리에 대해 관심을 갖지 않을 수 있겠는가?

어떤 소리든 소리를 표현하기 위해서는 그 소리가 자기에게 어떻게 들리고 있는가를 먼저 확실하게 알아야 한다. 바람 소리를 예로 들어보자. 당신에겐 그 소리가 구체적으로 어떻게 들리고 있는가, 하는 질문을 받

았을 때 망설이지 않고 즉각 자신 있게 대답할 수 있는 사람이 과연 몇이
나 될까?

시인이 되려면 그런 질문에 대답할 수 있는 소리를 찾아내어 그것을
언어로 표현할 수 있어야 한다. 그때의 그 소리에 대한 언어 표현을 청각
적 이미지라 한다. 이것은 이미지인 만큼 그것은 실재하는 소리가 아니
라 시인의 상상 공간에 떠오른 소리이며, 따라서 개성적으로 창작된 소
리이다. 좋은 시를 쓰기 위해서는 소리의 영역에 있어서도 이처럼 개성
적인 상상의 소리, 즉 뛰어난 청각적 이미지를 만드는 능력이 요구된다.

실제로 시인들은 많은 소리를 만들어내고 있다. 그리고 한국시의 청각
적 이미지 중에서는 김광균이 쓴 '눈 오는 소리'가 비교적 널리 알려져 있
다. 그런 표현이 나오는 그의 시 〈설야雪夜〉를 보자.

어느 먼 곳의 그리운 소식이기에
이 한밤 소리 없이 흩날리느뇨.

처마 끝에 호롱불 여위어가며
서글픈 옛 자취 양 흰 눈이 내려

하이얀 입김 절로 가슴이 메어
마음 허공에 등불을 켜고
내 홀로 밤 깊어 뜰에 내리면

먼- 곳에 여인의 옷 벗는 소리

희미한 눈발

이는 어느 잃어진 추억의 조각이기에
싸늘한 추회追悔 이리 가쁘게 설레이느뇨.

한 줄기 빛도 향기도 없이
호올로 찬란한 의상衣裳을 하고
흰 눈은 내려 내려서 쌓여
내 슬픔 그 위에 고이 서리다.

— 김광균, 〈설야〉 전문

이 시의 4연은 '먼- 곳에 여인의 옷 벗는 소리'를 들려주고 있다. 그 소리는 물론 시인의 상상력이 만들어낸 이미지로의 소리이다. 그리고 그 소리가 실제로는 귀에 잘 들리지 않는 한밤중에 눈이 오는 소리를 표현한 것임은 구태여 두말할 나위가 없다. 여자가 옷을 벗을 때 사그락사그락하고 소리가 난다면 그 옷은 화학섬유로 된 캐주얼복일 수도 없고 풀기가 다 빠진 헌 옷일 수도 없다. 비단으로 된 한복, 새 옷인 것이다. 그러니까 옷을 벗고 있는 그 사람은 고전적 기품을 지닌 우아한 여자라고 할 수밖에 없다. 그러면서도 한밤중에 여자가 옷을 벗는다는 것은 에로티시즘을 동반하는 어떤 종류의 낭만적 연상을 자아내는 일이다. 이처럼 내포된 의미가 다양하고 오묘한 소리를 김광균은 눈 오는 밤에 듣고 있다. 듣는다고 했지만 사실 그 소리는 객관적인 소리가 아니라 시인이 상상력을 발동해서 만들어낸 눈 오는 소리의 이미지이다.

김광균의 시 〈설야〉 자체는 내용이 너무 감상적이어서 그다지 좋게 평가할 작품은 아니라고 생각한다. 그러나 눈 오는 소리, 즉 '먼- 곳에 여인의 옷 벗는 소리'라는 그 이미지만은 빛나는 탁월성을 지니고 있다. 이 시는 바로 그 이미지 하나 때문에 생명력을 유지한다고 해도 과언이 아니다. 미국의 시인 에즈라 파운드는 "평생 동안 여러 권의 책을 쓰는 것보다 하나의 훌륭한 이미지를 만드는 게 낫다"고 말했다. 그 말은 이미지의 중요성을 강조한 극단론이지만, 〈설야〉에 나오는 눈 오는 소리는 시에서 뛰어난 이미지가 차지하는 비중이 얼마나 큰 것인지를 되새겨보게 하는 하나의 좋은 본보기이다.

이미지를 중시하는 시인들을 흔히 이미지스트imagist라고 부른다. 그리고 세계문학사에서는 영국의 비평가이자 시인인 토머스 흄이 1908년 런던에서 '시인클럽'이란 모임을 만들어 이미지즘운동을 일으켰다고 보고 있다. 에즈라 파운드는 그때 그 이미지즘운동에 참가했던 지도자적 시인이다. 우리나라에서는 30년대의 모더니스트들이 이미지즘운동의 영향을 받았는데, 김광균도 모더니스트 중의 한 사람이다.

마음으로 듣는 밝은 귀

새소리를 듣고 그 새가 어떻게 우는가를 구체적으로 표현해보라면 참새는 짹짹, 비둘기는 구구구, 까마귀는 까악까악 하는 정도의 상투적인 의성어를 내놓기 십상이다. 의성어 역시 인간의 상상력이 만들어낸 청각적 이미지이다. 그리고 앞에 예시한 바와 같은 상투적 의성어는 독창성이 없기 때문에 가치 있는 이미지라고 할 수는 없다.

우리나라에서는 봄부터 여름까지 도처에서 뻐꾸기가 운다. 그래서 뻐꾸기 울음소리는 시에서 다른 어떤 새 울음소리보다 자주 다루어지고 있다. 그러나 나는 아직 한 번도 '그것 참 기막힌 뻐꾸기 울음소리로구나' 싶은 뻐꾸기 소리를 표현한 의성어를 접해본 적이 없다. 초여름의 꾀꼬리 소리나 노고지리 소리에 대해서도 전자는 꾀꼴꾀꼴, 후자는 지지배배 하는 정도의 상투적인 소리를 알 뿐이어서 스스로 부끄럽게 생각하고 있다.

북망北邙이래도 금잔디 기름진데 동그란 무덤들 외롭지 않으이.

무덤 속 어둠에 하이얀 촉루髑髏가 빛나리. 향기로운 주검의 내도 풍기리.

살아서 설던 주검 죽었으매 이내 안 서럽고, 언제 무덤 속 화안히 비춰줄 그런 태양만이 그리우리.

금잔디 사이 할미꽃도 피었고 삐이삐이 배, 뱃종! 뱃종! 멧새들도 우는데 봄볕 포근한 무덤에 주검들이 누웠네.

　　　　　　　　　　　　　　　　　　　— 박두진, 〈묘지송〉 전문

　이것은 박두진의 시 〈묘지송墓地頌〉의 전문이다. 어둡고 슬프고 암담하기 마련인 무덤과 주검을 표현 대상으로 하는 이 시는, 우리의 예상과는 달리 밝고 따뜻한 시선으로 그것을 조명하고 있다. 그러나 청각적 이미지에 대해 논의하고 있는 만큼, 우리에게는 그런 특이성보다도 마지막 연에 나오는 멧새 소리의 의성어가 더 큰 관심의 대상이다. '삐이삐이 배, 뱃종! 뱃종!'이란 그 멧새 소리의 의성어는 내가 아는 한 한국시에서 일찍이 전례를 찾아볼 수 없는 박두진의 독창적 창작이다. 이 의성어는 무덤과 주검에 대한 이 시의 밝고 따뜻한 표현 효과를 한층 드높이는 구실을 하고 있다.

　　장독 뒤 울밑에
　　모란꽃 오무는 저녁답
　　목과목木果木 새순밭에
　　산그늘이 내려왔다.

워어어임아 워어어임

길 잃은 송아지

구름만 보며

초저녁 별만 보며

밟고 갔나베

무질레밭 약초길

  워어어임아 워어어임

— 박목월, 〈산그늘〉 부분

　편의상 1~2연만 인용한 박목월의 시 〈산그늘〉에도 재미있는 의성어
가 등장한다. 이 시의 각 연 마지막 행에 후렴처럼 되풀이되고 있는 '워어
어임아 워어어임'이라는 소리이다.

　시인이 붙인 주석에 의하면 이것은 '경상도 지방에서 멀리 송아지를
부르는 소리'라고 한다. 강아지를 부를 때 '오요요' 하고, 모이를 주기 위
해 병아리를 부를 때 '주주주우' 하는 것과 같은 이 소리는 일종의 지방
사투리라고 할 수 있다. 따라서 이 소리는 그 의성어가 사용되는 지방의
향토적 정서를 자아내는 효과음으로 기능하게 된다. 실제로 이 시 〈산그
늘〉이 노리고 있는 표현의 주안점은 장독 뒤 울밑에서 모란꽃이 오물고,
무질레밭 약초 길을 송아지가 밟고 가는 어느 산골 마을의 저녁 무렵을
배경으로 하는 향토적 정서이다. '워어어임아 워어어임'이라는 귀에 선
의성어는 분명 그러한 정서의 표현 효과를 높이기 위해 박목월이 의도적
으로 선택한 청각적 이미지이다.

　시의 표현에 기여하는 이와 같은 청각적 이미지를 만들기 위해서는 밝
은 귀를 갖지 않으면 안 된다. '밝은 귀'란 단순히 소리만을 잘 듣는 귀가

아니라 소리의 내밀한 의미까지 새겨들을 수 있는 '마음의 귀'를 뜻한다. 아래의 시에서 우리는 밝은 마음의 귀가 잘 새겨들은 소리의 좋은 예를 찾아볼 수 있다.

> 우리의 마음을 비추는
> 한낮은 뒤숲에서 매미가 우네.
>
> 그 소리도 가지가지의 매미 울음.
> 머언이란 말은 구름을 보아 마음대로 꽃이 되기도 하고 잎이 되기도 하고 친한 이웃 아이 얼굴이 되기도 하던 것을
>
> 오늘은 귀를 뜨고 마음을 뜨고, 아, 임의 말소리, 미더운 발소리, 또는 대님 푸는 소리로까지 어여삐 기뻐 그려낼 수 있는
>
> 명명明明한 명명明明한 매미가 우네.
>
> ─ 박재삼, 〈매미 울음에〉 전문

박재삼의 시 〈매미 울음에〉에서 시인은 어떤 종류의 매미 울음소리를 들려주고 있다. 그것은 인용문에서 보다시피 '임의 말소리, 미더운 발소리, 대님 푸는 소리로까지' 새겨들을 수 있는, 그것도 '어여삐 기뻐(기쁘게)' 새겨들을 수 있는 소리이다. 마음의 귀가 밝지 않다면 이런 매미 소리의 내밀한 의미까지 들을 수는 없을 것이다.

또 한 가지 주목해야 할 것은 그 매미 소리가 한자의 밝을 명을 겹으로 써서 '명명明明한 명명明明한'으로 표기했다는 사실이다. '맴맴' 또는 '명명'으로 일반화되어 있는 매미 소리의 의성어를 그대로 살리면서 거기에 다

시 밝음의 뜻을 함축시킨 표기법이다. 그러니까 '명명明明한'이라는 형용사를 통해 문장을 읽기만 해도 매미 소리의 밝은 음향이 드러날 수 있도록 시인이 세심하게 언어를 선택했다는 것을 알게 된다. 아울러 그 매미 소리는 박재삼이 독창적으로 만들어낸 청각적 이미지이다.

세상에 없는 소리를 듣다

마음의 귀가 듣는 소리는 실재하지 않는다. 앞에 든 시의 '임의 말소리, 발소리, 대님 푸는 소리'가 되는 매미 울음소리 또한 실재하지 않는 상상의 소리이다. 그러므로 좋은 청각적 이미지를 만들기 위해 필요한 밝은 마음의 귀는 곧 청각적 상상력이 발달한 사람의 몫이라고 할 수 있다. 우리가 잘 알고 있는 유치환의 시 〈깃발〉에 나오는 '소리 없는 아우성'도 상상력이 만들어낸 실재하지 않는 소리의 예이다.

다닳은신끄는소리발가락의뼈마디부딪치는소리발가락해지는소리조용
히옮아가뿔피리소리홍역을앓는뜨거운신음소리유년의숲
　　무성한미로의가지를꺾어내는소리
　　목마를다듬는소리
　　가까이다가드는별똥별의어둠을긋는소리
　　화약냄새퍼뜨리며성냥을키는소리
　　지지직어둠이타는소리살갗이타는소리
　　나를덮는모래소리시세알흐트러지는소리
　　피의살을드러낸의식의깊이귀를자르는소리
　　안닳은귀를종이에써는소리

—　박제천, 〈아홉 개의 환각 그 둘〉 부분

위 시는 박제천의 〈아홉 개의 환각 그 둘〉 중 일부이다. 앞부분의 3분의 1정도만 인용한 시에는 '소리'라는 부제가 붙어 있다. 그 부제 그대로 이 시는 수많은 소리를 들려주고 있다. 그런 소리들 중에는 현실적인 소리도 있고 비현실적인 소리도 있다. 인용하지 않은 후반부에는 '어둠의 무게를허무는소리', '살갗의반점마다달빛이반짝이는소리', '새벽노을소리', '부끄러운알몸에덮여지는신앙의물소리' 등 비현실적인 소리가 늘어나고 있다.

난해시의 유형에 속하는 이 시에 대해서 비판적인 견해를 가진 사람도 적지 않을 것이다. 그러나 어떻게 평가하느냐를 떠나서 이 시가 의도적으로 수많은 소리를 만들어내고 있다는 사실은 주목할 만하다. 이 시는 소리 또한 시인의 창작 대상이라는 것을 분명히 증명하고 있다. 현실적인 것이든 비현실적인 것이든, 그런 소리들은 모두 보통의 귀로는 알아들을 수 없게 되어 있다. 보통의 귀가 아닌 마음의 귀, 즉 상상력이 함께하는 귀어야만 알아들을 수 있는 소리이다. 그런 상상력이 발달한 사람은 우리가 알지 못하는 무수한 소리를 듣기도 하고 만들기도 한다. 물론 당신도 상상력의 힘을 빌리면 그렇게 할 수 있다.

> 지금 세계의 어느 곳에서 누군가 울고 있다.
>
> 이유도 없이 울고 있는 그는
>
> 나를 위해 울고 있다.
>
>
> 지금 밤의 어느 곳에서 누군가 웃고 있다.
>
> 이유도 없이 웃고 있는 그는
>
> 나를 두고 웃고 있다
>
> ─라이너 마리아 릴케, 〈엄숙한 시간〉 부분

이 시는 릴케의 〈엄숙한 시간〉 중 일부이다. 이 시는 우리에게 '울음'과 '웃음'의 두 가지 소리를 들려주고 있다. 들려준다고는 했지만 사실 그 소리는 '세계'와 '밤'의 어딘지 알 수 없는 곳에서 들리는, 그러니까 실제로는 들리지 않는 소리이다. 시인의 상상력이 만들어낸 일종의 환청이라고 할 수 있다. 그러나 20세기 전반의 세계적인 대시인 릴케는 그 상상의 소리를 듣는 때를 '엄숙한 시간'이라 말하고 있다. 아닌 게 아니라 세계의 어딘가에는 언제나 우는 사람 또는 웃는 사람이 있을 것이다. 그들의 그 울음과 웃음을 남의 일이라고 외면하지 않고 자기 자신의 일로 받아들이는 사람이라면 인생에 대한 그 태도가 엄숙해지지 않을 수 없다. 또한 그때에는 분명 그 엄숙한 태도에 상응하는 깊이 있는 철학적 사고가 수반될 것이다. 그러므로 여기서 우리는 시인이 만들어낸 상상의 소리가 철학적 사고와도 연결된다는 사실을 발견할 수 있다.

철학적 의미는 별것이 없고 성과도 신통치 않지만, 필자도 그동안 시를 쓰면서 나름대로 많은 관심을 기울여 몇 가지 소리를 만들어보았다. 아래 시에 나오는 소리는 그중의 하나이다.

누군가 목에 칼을 맞고 쓰러져 있다.
홍건하게 흘러 번진 피
그 자리에 바다만큼 침묵이 고여 있다.
지구 하나 그 속으로
꽃송이처럼 떨어져 간다.
그래도 아무 소리가 없는
오늘의 종말
실은 전 세계의 벙어리들이 일제히
무엇인가를 외쳐대고 있다

소리로 가공加工되기 이전의

원유原油같은 목청으로

— 이형기, 〈황혼〉 전문

　제목이 〈황혼〉인 이 작품에서 필자는 바다만큼 크게 고여 있는 침묵과 전 세계 벙어리들의 외침을 대비시켜 특수한 소리를 만들려고 했다. 물론 침묵에는 소리가 없다. 외침이라고는 했지만 그것은 벙어리의 외침이므로 전 세계의 벙어리를 다 모아봐도 역시 소리가 날 리 없다. 하지만 필자는 이 시에서 그 두 가지의 소리 없음을 맞세움으로써, 들리지는 않지만 간절하기 그지없는 소리의 그 청각적 이미지를 창출하고자 의도했다.

후각·촉각·미각의 기본 이미지

우리 신체 중 코는 냄새를 맡는 후각기관이고, 피부는 감촉을 느끼는 촉각기관, 혀는 맛을 느끼는 미각기관이다. 이것은 인간이 살고 있는 이 세계에는 후각, 촉각, 미각의 대상 또한 무수히 널려 있다는 뜻이다. 그러니까 세계의 표현자인 시인은 그런 대상도 표현할 수 있는 능력을 갖춰야 한다.

이 세 가지 감각기관이 대상을 지각한 그 결과는 결코 단순한 감각적 자극에만 그치는 것은 아니다. 감각적 자극은 정신에 전달되므로 거기에는 정신적 반응이 필연적으로 수반되기 마련이다. 붉은 색깔이 그냥 붉은 색깔 그 자체로만 수용되지 않고 '정열'이나 '투쟁'을 연상케 하는 것은 그러한 정신적 반응의 흔한 예이다. 후각, 촉각, 미각의 경우도 예외일 수 없다. 우리가 어떤 냄새, 어떤 감촉, 어떤 맛을 알아볼 때, 그 속에는 이미 그것에 대한 우리의 정신적 반응이 배어 있는 것이다. 따라서 우리가 그 냄새, 그 감촉, 그 맛을 표현할 때는 정신적 반응이 배어든 그 상태의 것을 실질적인 대상으로 하게 된다. 바꿔 말하면, 우리가 표현하는 것은 단순한 냄새와 감촉과 맛 그 자체가 아니라 우리의 정신이 받아들인 냄새와 감촉과 맛인 것이다.

문학 이외의 다른 예술도 표현의 원칙은 같다. 그러나 한 가지 기억해 둘 만한 것이 있다. 문학 이외의 다른 예술이 시각과 청각의 대상은 문학 못지않게, 혹은 문학 이상으로 훌륭하게 표현하면서도 후각, 촉각, 미각의 대상은 표현하지 못한다는 사실이다.

그림은 시각적 표현이고 음악은 청각적 표현이다. 후각, 촉각, 미각적 표현이라고 할 수 있는 예술은—일반적으로 통용되고 있는 예술의 장르 구분을 기준으로 할 때—아직 찾아볼 수 없다. 오직 문학만이 후각, 촉각, 미각이라는 세 가지 감각기관의 지각 대상에 대한 표현을 부여할 수 있는 것이다. 그러니 이 세 가지 감각기관의 지각 대상에 대한 표현은 문학과 또 그 문학의 정수인 시의 특권이라 하지 않을 수 없다. 이 세 가지 감각기관의 지각 대상도 세계를 구성하는 필수불가결한 요소이다. 따라서 이러한 특권은 시와 문학의 표현 영역이 그만큼 넓고 그만큼 그 가치가 높다는 사실을 의미하게 된다.

물론 이 세 가지 감각기관의 지각 대상도 언어로 표현된다. 우리는 이미 언어로 표현된 감각적 지각 대상을 이미지라고 부른다는 것을 알고 있다. 냄새는 후각적 이미지, 감촉은 촉각적 이미지, 맛은 미각적 이미지이다. 여기에 앞서 살펴본 시각과 청각의 두 이미지를 합쳐서 인간의 다섯 가지 감각기관에 대응하는 다섯 가지의 기본 이미지라고 한다.

이제부터는 시작품을 통해 후각, 촉각, 미각의 세 이미지가 구체적으로 어떻게 표현되고 있는지 알아보자.

냄새가 그려낸 시몽이란 여자

오! 그 수심 뜬 보랏빛
내가 잃은 마음의 그림자
한 이틀 정열에 뚝뚝 떨어진 모란의
깃든 향취가 이 가슴 놓고 갔을 줄이야.

얼결에 여흰 봄 흐르는 마음
헛되이 찾으려 허덕이는 날
뻘 우에 처얼석 갯물이 놓이듯
얼컥 니이는 훗근한 내음

— 김영랑, 〈가늘한 내음〉 부분

　김영랑의 〈가늘한 내음〉 중 2연이다. 마지막 행에는 '얼컥 니이는 훗근한 내음'이라는 후각적 이미지가 등장한다. 그것은 '얼결에 여흰 봄'을 '헛되이 찾으려' 허덕이다가 뜻을 이루지 못하는 화자의 좌절감을 표상하는 이미지이다. 그러니까 그것은 냄새를 통해 어떤 감정 상태를 우리가 감각적으로 알아볼 수 있게끔 구체적으로 표현한 후각적 이미지를 뜻한다.
　아래의 시는 그러한 후각적 이미지가 다양하고 복합적으로 구사되고 있는 대표적인 예이다.

시몽, 너의 머리칼 숲 속에는
커다란 신비가 있다
너는 건초 냄새가 난다
너는 짐승이 자고 간 돌 냄새가 난다

너는 무두질한 가죽 냄새가 난다

너는 갓 타작한 밀 냄새가 난다

너는 장작 냄새가 난다

너는 아침마다 가져오는 빵 냄새가 난다

너는 무너진 토담에 핀 꽃 냄새가 난다

너는 복분자 냄새가 난다

너는 비에 씻긴 두류 냄새가 난다

너는 저녁때 베어 들이는 등심초와 양치풀 냄새가 난다

너는 호랑가시 냄새가 난다 너는 이끼 냄새가 난다

너는 생나무울타리 그늘에서 열매 맺고 시든 노랑풀 냄새가 난다

너는 꿀풀과 나비꽃 냄새가 난다

너는 거여목 냄새가 난다 너는 우유 냄새가 난다

너는 회향풀 냄새가 난다

너는 호두 냄새가 난다

너는 잘 익어 따낸 과일 냄새가 난다

너는 꽃이 만발한 버들과 보리수 냄새가 난다

너는 꿀벌 냄새가 난다

너는 목장을 헤지를 때의 삶의 냄새가 난다

너는 흙과 시냇물 냄새가 난다

너는 정사情事 냄새가 난다

너는 불 냄새가 난다

시몽, 너의 머리칼 숲 속에는
커다란 신비가 있다

— 레미 드 구르몽, 〈머리칼〉 전문

이 시는 프랑스의 시인 레미 드 구르몽의 〈시몽〉 연작시 1번 〈머리칼〉의 전문이다.

이 시에는 대충 세어도 자그마치 스물다섯 가지나 되는 냄새가 등장한다. 내가 아는 한 동서양을 통틀어 이렇게 많은 냄새를 등장시킨 시는 없다. 그러니까 구르몽은 하나의 시에 가장 많은 냄새를 등장시킨 영광스러운 세계 제일의 기록을 가지고 있는 셈이다. 과연 세계 제일답게 이 시에 등장하는 냄새들은 모두 그렇고 그런 상투성을 벗어나 있다. 오묘하고 독창적인 냄새인 것이다. 현실적으로는 이 냄새들이 맡아볼 수 없는 별난 것이라는 의미가 아니다. 오히려 이 냄새들은 누구나 농촌에서 친근하게 경험할 수 있는 냄새이다. 그럼에도 불구하고 이런 냄새들의 어울림이 자아내는 이 시의 전체적인 표현 효과는 오묘하고 특이하다. 시의 표현 능력이 그만큼 탁월하다는 증거이다.

이 시는 첫 연과 마지막 연에서 '시몽, 너의 머리칼 숲 속에는 / 커다란 신비가 있다'는 말을 되풀이하고 있다. 이 문장은 시에 등장하는 많은 냄새들의 근원을 밝혀준다. 아마도 애인일 가능성이 높은 시몽이란 여자의 머리에, 이 시의 화자가 코를 묻고 맡은 '커다란 신비'의 냄새가 바로 그것이다. '건초풀 냄새'부터 '불 냄새'까지의 여러 가지 냄새들은 그 '커다란 신비'를 가닥가닥 헤쳐본 내용에 해당한다. 그리고 그 여러 가지 냄새들은 우리 앞에 시몽이란 여자의 모습을 떠오르게 해준다. 그래서 우리는 그녀가 세련된 도시풍의 미인이거나 청순가련한 소녀가 아니라 야성미 넘치는 건강하고 소박하고 또 성숙한 아가씨란 사실을 어렵지 않게 상상할 수 있다.

그러나 이 시가 그런 시몽의 초상만을 그리고 있는 것은 아니다. 초상과 함께 그녀에 대한 화자의 사랑도 아울러 표현하고 있다. 아니, 사실은 그 사랑과 초상이 완전히 표리일체가 된 세계를 표현하고 있는 것이다. 그 표현을 뒷받침하는 주된 장치가 후각적 이미지라는 사실은 구태여 두 말할 나위가 없다.

나는 이 시를 읽을 때마다 솔직히 말해서 부끄러움을 느낀다. 왜냐하면 나로서는 오묘함은 고사하고 우선 그 종류에 있어서 이처럼 다양한 냄새(후각적 이미지)를 안다고 말할 자신이 없기 때문이다. 시에 있어서의 후각적 이미지는 다른 이미지와 마찬가지로 우리의 기억 속에 있는 것이 아니라 우리가 상상력을 통해 만드는 것이다. 구르몽의 〈머리칼〉도 물론 그렇게 만들어진 이미지의 냄새로 가득 차 있다. 그러니까 우리가 평소에 상상력을 키우는 훈련을 거듭하면 탁월한 후각적 이미지를 만들어낼 수 있다. 그러한 훈련의 한 방법으로 나는 당신에게 구르몽의 이 시를 찬찬히 읽으면서 '건초 냄새'나 '짐승이 자고 간 돌 냄새'나 또 '무너진 토담에 핀 꽃 냄새' 같은 것이 구체적으로 어떤 냄새인지 당신이 직접 상상해 보기를 권고한다.

촉각적 이미지와 미각적 이미지

후각적 이미지 못지않게 촉각적 이미지와 미각적 이미지도 시의 표현에 크게 기여한다. 구체적 사례를 들어 먼저 촉각적 이미지를 살펴보자.

문 열자 선뜻!
먼 산이 이마에 차라.

우수절雨水節 들어
바로 초하루 아침

새삼스레 눈이 덮힌 뫼뿌리와

서늘옵고 빛난 이마받이하다.

—정지용, 〈춘설〉 부분

이것은 정지용의 시 〈춘설春雪〉 앞부분이다. 첫 연부터 나오는 산뜻한 촉각적 이미지가 신선감을 자아낸다. 첫 연 2행에 있는 '먼 산이 이마에 차라'가 바로 그것이다.

이 시의 화자는 우수절 무렵, 그러니까 철 지난 눈이 내린 초봄의 어느 날 아침 방문을 열고 밖을 내다본다. 그랬더니 평소에는 멀리 보이던 산봉우리가 맑은 공기 속에서 한결 가깝게 느껴진다. 바로 그 느낌을 이마에 와 닿는 차가운 감촉으로 이미지화한 것이 이 대목이다. 그리고 3연에서는 그 산을 한참 바라보고 있는 자신(화자)의 모습을 '눈이 덮힌 뫼뿌리와 / 서늘옵고 빛난 이마받이'하는 것으로 표현하고 있다. '이마에 차갑게 와 닿는 먼 산'이나 그 산과의 '서늘옵고 빛난 이마받이'는 모두 시인의 촉각적 상상력에서 우러난 이미지가 아닐 수 없는 것이다.

정지용은 '포탄으로 뚫은 듯 동그란 선창으로 / 눈썹까지 부풀어 오른 수평이 엿보고 // 하늘이 함폭 내려앉아 / 크나큰 암탉처럼 품고 있다'로 시작하는 〈해협〉이란 시에서도 눈여겨볼 만한 또 하나의 촉각적 이미지를 만들어내고 있다. 배와 바다와 수평선을 모두 '크나큰 암탉처럼 품고 있는 함폭 내려앉은 하늘'이 그것이다. 암탉이 품고 있는 상태라면 그 속에서는 누구나 참으로 부드럽고 따뜻한 감촉을 느끼지 않겠는가.

불타는 입김처럼

부벼대는 가슴처럼

그처럼 너는

나에 가깝다.

(어쩌면 내 피부인 것을……)

— 송욱, 〈해인연가 1〉 부분

송욱의 〈해인연가海印戀歌 1〉의 부분이다. 이 시에도 '불타는 입김'과
'부벼대는 가슴'이란 촉각적 이미지가 등장한다. 또 이 시는 '너'라는 대
상을 화자 자신의 촉각기관인 '피부'와 같은 것으로까지 유추하고 있다.
그러니까 이 시의 주제인 '너'를 가장 생생하게 알아볼 수 있는 감각은 촉
각이 아닐 수 없다. 그러한 사실을 뒷받침하듯 이 시는 앞에 든 인용문 바
로 뒤에 '손가락을 대면 / 영자影子가 되고 / 껴안으면 / 한 오리 바람결'이
라는 구절을 연접시키고 있다. 손가락을 대거나 껴안는 것은 물론 촉각
으로 직결되는 행위이다.

다음에는 미각적 이미지를 보자. 맛과 관계되는 사물을 가리키는 말이
나 또한 그 맛의 어떤 상태를 나타내는 말은 모두 미각적 이미지가 될 수
있다. 그리고 그러한 미각적 이미지가 시의 표현에 커다란 기여를 하고
있는 예도 쉽게 찾아볼 수 있다.

돌틈에서 솟아나는
싸늘한 샘물처럼

눈밭에 고개드는
새파란 팟종처럼

그렇게
맑게,

또한 그렇게

매웁게.

　　　　　　　　　　　　　　　　　— 허영자, 〈무제 1〉 전문

　　허영자의 이 시, 〈무제無題 1〉의 마지막 연 '또한 그렇게 / 매웁게'는 미각적 이미지의 좋은 예라 할 수 있다. 이 시의 관념적 내용은 화자가 염원하고 있는 삶에 대한 올바른 자세다. 그러나 그냥 올바른 자세라고 해서는 구체적으로 어떤 자세인지 알 수 없지 않은가? 그러한 의문에 명확한 대답을 해주고 있는 것이 '눈밭에 고개드는 / 새파란 팟종'의 매운 맛이다. 이 매운 맛은 삶의 올바른 자세에 대한 화자의 염원을 어떤 설명보다 더 생생하고 더 실감나게 표현하고 있다. 이미지의 표현에 기여하는 힘이란 이처럼 큰 것이다.

　　모밀묵이 먹고 싶다.

　　그 싱겁고 구수하고

　　못나고도 소박하게 점잖은

　　촌 잔칫날 팔모상에 올라

　　새 사돈을 대접하는 것.

　　그것은 저문 봄날 해질 무렵에

　　허전한 마음이

　　마음을 달래는

　　쓸쓸한 식욕食慾이 꿈꾸는 음식.

　　　　　　　　　　　　　　　　　— 박목월, 〈적막한 식욕〉 부분

〈적막한 식욕〉의 중심 소재인 메밀묵은 그 자체가 하나의 미각적 이미지를 이룬다. 그러나 이 시는 그 메밀묵의 맛을 '싱겁고 구수하고 / 못나고도 소박하게 점잖은' 것이라고 보다 상세하게 풀이하고 있다. '못나고도 소박하게 점잖다'는 대목은 메밀묵의 외양과 함께 맛도 아울러 표현하고 있는 구절이다. 그리고 그 맛은 '저문 봄날 해질 무렵에 / 허전한 마음이 / 마음을 달래는' 심정의 객관적 상관물이 되고 있다. 여기에 인용하지 않은 후속 구절을 읽어보면, 메밀묵 맛이 '인생의 유한성에 대한 달관'으로 요약할 수 있는 시의 주제를 효과적으로 표현하는 장치가 되고 있음을 알 수 있다. 그러니까 이 시 역시 맛을 통해 관념을 구체화시킨 것이 아닐 수 없다.

기관 감각과 공감각

후각, 촉각, 미각의 세 이미지에 대해 살펴보는 것은 일단 마무리짓기로 하자. 그러나 그 세 이미지와 또 거기에 시각과 청각의 이미지를 합한 다섯 개의 기본 이미지가 이미지의 전부는 아니다. 자세히 나누면 얼마든지 여러 종류를 헤아릴 수 있는 다른 이미지들 중에서도, 다음의 두 가지는 꼭 기억해둘 필요가 있다. 하나는 감각적 이미지이고 다른 하나는 공감각적 이미지이다. 먼저 기관 감각적 이미지부터 살펴보자.

더러는 내부 감각적 이미지라고도 불리는 이 이미지는 우리가 육체적으로가 아니라 심리적으로 느끼는 감각적 지적을 그 뿌리로 하고 있다. 그 예로 '속이 느글느글하다'든가 '메스껍다'든가 '가슴이 답답하다'든가 하는 경우가 심리적 감각에 속한다. 그것은 눈, 귀, 코, 입, 피부 등 밖으로 드러나 있는 오관에 의한 감각적 지각이 아니다. 일종의 심리적 현상인 것이다. 그러나 그것은 또 분명 감각적 속성을 지니고 있다. 그래서 이런 종류의 감각을 내부 감각 또는 기관 감각적 지각이라고 한다. 기관 감각이라고 할 때의 그 '기관'은 '내부 기관'을 뜻한다.

석유 먹은 듯…… 석유 먹은 듯…… 가쁜 숨결이야.

—서정주, 〈화사〉 부분

　서정주의 초기 시 〈화사花蛇〉에 나오는 이 한 구절은 기관 감각적 이미
지로 되어 있다. 우선 '가쁜 숨결'이 그러하고 또 그 '가쁜 숨결'이 '석유
먹은 듯'하다는 점도 그러하다. 실제로 석유를 먹어보면(나로서는 알 수 없
는 일이지만) 혀가 어떤 맛을 느끼게 될 것만은 확실하다. 그리고 그런 차
원에서 본다면 석유를 먹는다는 행위의 언어화는 미각적 이미지에 속할
수밖에 없다. 그러나 이 시의 경우는 혀가 느끼는 석유 맛이 아니라 그 석
유를 먹은 다음에 일어나는 심리적 반응을 표현의 초점으로 잡고 있다.
즉 이 시의 '석유 먹은 듯'은 '가쁜 숨결'과 불가분의 관계를 맺고 있는 것
이다. 달리 설명하면 이 시의 화자는 '나의 이 가쁜 숨결은 바로 석유를
먹고 그렇게 된 경우와 같다'고 말하고 있는 셈이다.

　　뱃속에 사막 하나 들어앉아 있다.
　　시초는 어느 날의 조그만 속쓰림
　　—위궤양입니다.
　　온 천만에,
　　끝없는 끝없는 공복空腹입니다.

—이형기, 〈오진〉 부분

　필자의 졸작 〈오진誤診〉의 도입부도 기관 감각적 이미지의 예가 된다.
'뱃속에 사막 하나 들어앉아 있다'는 느낌, '조그만 속쓰림'과 '끝없는 공
복'이 그렇다. 이러한 기관 감각적 이미지는 그 바탕이 되는 감각 자체가
심리적인 것이기 때문에 밖으로 잘 드러나지 않는 내면세계의 표현 수단

으로 유용하게 이용될 수 있다.

　다음은 공감각적 이미지를 살펴볼 차례이다. 이것은 A 종류의 감각적 지각을 B 종류의 감각적 지각으로 바꿔놓는 경우를 말한다. 이를테면 귀로만 들을 수 있는 소리를 눈으로 볼 수도 있게 만드는 것이다.

　물에서 갓나온 여인이
　옷 입기 전 한때를 잠깐
　돌아선 모습

　달빛에 젖는 탑塔이여!

　온몸에 흐르는 윤기는
　상긋한 풀내음새라

　검푸른 숲 그림자가 흔들릴 때마다
　머리채는 부드러운 어깨 위에 출렁인다.

─조지훈, 〈여운〉 부분

　조지훈의 시 〈여운餘韻〉의 중심 소재는 탑이다. 그 탑이 달빛 아래 서 있는 모습을 '물에서 갓나온 여인'으로 비유하고 있다. 여기서 우리가 눈여겨보아야 할 것은, 시각의 대상인 달빛의 속성이 사물을 젖게 하는 물의 속성으로 바뀌어져 있다는 사실이다. 이것이야말로 시각의 촉각화라 할 수 있다. 그리고 '온몸에 흐르는 윤기'가 '상긋한 풀내음새'로 바뀌어져 있는 것도 같은 사례에 속한다. 이것은 시각적 대상인 윤기가 풀 냄새라는 후각적 대상으로 전환된 경우이다. 이러한 이미지를 만들기 위해서는 두 개 이상의 감각적 이미지가 함께 작용하지 않으면 안 된다. 그래서 명칭이 공감각적共感覺的 이미지인 것이다.

성질이 전혀 다른 감각적 지각의 동일화를 이루어내는 이 공감각적 이미지는 단일 감각의 이미지보다 더 많은 상상력을 요구한다. 대부분의 시는 비록 정도의 차이는 있을망정 공감각적 요소가 내포된 이미지를 사용하게 된다. 공감각은 바로 시적 감수성의 특질이라 할 수 있다.

이해를 돕기 위해 몇 가지 예를 더 들어보면 '분수처럼 흩어지는 푸른 종소리'란 김광균의 〈외인촌外人村〉의 한 구절과 '흔들리는 종소리의 동그라미 속'이라는 정한모의 〈가을에〉의 한 구절은 '종소리'라는 청각적 대상을 각각 '푸른'과 '동그라미'로 시각화시켰고, '금으로 타는 태양의 즐거운 울림'이란 박남수의 〈아침 이미지〉는 시각적 대상인 '햇빛'을 청각적 대상인 '울림'으로 바꿔놓고 있다.

평소 시를 읽으면서 거기에 어떤 공감각적 이미지나 또 그런 요소가 있는지를 유심히 살펴보면 당신이 공감각적 이미지를 만들려고 할 때 많은 도움이 될 것이다. 그리고 이 공감각적 이미지도 시와 문학의 특권적 표현 장치라는 말을 덧붙이고 싶다.

제3장

은유의 세계

비유의 원리와 직유의 표현 효과

이질성 속의 동질성

이미지는 시의 표현 장치로써 매우 큰 비중을 갖는다. 이미지는 특히 표현의 정확성, 즉 그 구체성을 살리는 데 있어서 결정적인 기여를 한다. 극단론을 펴자면 이미지가 없는 시는 그 표현이 정확할 수도, 구체적일 수도 없다고 말할 수 있을 정도이다. 그러나 시의 표현이 오직 이미지에만 의존하고 있는 것은 아니다. 시의 표현에는 이미지 못지않게 중요한, '비유'라는 또 다른 표현 장치가 있다. 비유는 실상 시의 본질과도 직결되는 요소이다.

비유는 '비교에 의한 사물 이해의 방식'이라고 규정할 수 있다. 달리 말하면, A라는 사물(대상)을 B라는 사물(대상)과 비교해서 이해한 결과의 언어적 표현이 비유이다. A를 여자, B를 장미라고 가정한다면 '그 여자는 장미 같다'는 말이 그러한 비유의 한 예가 될 수 있다. 여기에서 왜 A를 그냥 A라 하지 않고 구태여 B와 비교해서 이해하게 되는가 하는 질문을

제3장 · 은유의 세계   111

제기할 수 있다. 이 문제를 밝히기 위해서는 먼저 분명히 알아두어야 할 것이 있다. 그것은 A를 A라고 말하는 것은 이미 그렇게 말한 것의 반복에 불과하다는 사실이다.

말한다는 것은 인식을 뜻한다. 어떤 대상이 A라고 일컬어지게 된 것은 내가 아닌 다른 사람이 그것을 이미 그렇게 인식한 결과이다. 그러니까 내가 다른 사람들이 그랬던 것처럼 A를 A라고 인식할 경우에는 특별한 표현 의욕을 느낄 리가 없다. 특별한 표현 의욕을 느낄 때는 그동안 다른 사람들이 A를 수없이 말해온 것처럼 그냥 A로만 인식하지 않고 거기에 자기 나름의 독특한 알파가 보태진 경우이다. 그것은 A를 A 이외 또는 A 이상의 다른 무엇으로 인식하는 경우라 할 수 있다. 그때의 그 플러스 알파가 된 A를 어떻게 표현할 것인가?

플러스 알파가 된 A는 여태까지 우리가 알고 있던 것과는 다른 미지의 그 무엇, X인 것이다. 그러나 X를 모른다고만 할 수는 없다. 그것은 표현하는 것을 포기한 것이기 때문이다. 그러므로 우리는 그 X의 정체를 파악해서 그에 합당한 이름을 붙여주지 않으면 안 된다. 이름을 붙여주는 것이 바로 언어를 통한 표현인 것이다.

처음 대하는 사물, 그러니까 아직 보편화되지 않은 새로운 미지의 X를 경험하는 것은 언제나 이런 방식으로 이해된다. 예를 들어 말하면 캄캄한 어둠 속에서 정체를 알 수 없는 커다란 물체가 나타났다고 하자. 그때 우리는 흔히 '황소만 한 것이 나타났다'고 말한다. 이것은 그 미지의 물체 A와 이미 알고 있는 황소 B를 크기로 비교해서 A를 이해한 결과이다. 여기에서 우리는 사물에 대한 새로운 경험은 이미 알고 있는 사물과 그것과의 비교를 통해 이해된다는 사실을 확인할 수 있다. 이 비교에 의한 이해의 언어화가 바로 비유이다. 그러므로 모든 비유에는 우리가 그 정체를 정확하게 드러내야 할 미지의 사물과 그러기 위해 그것과 비교해보는 기지既知의 사물이 있기 마련이다.

전자를 원관념Tenor이라 하고 후자를 보조관념Vehicle이라 한다. 즉 T+V가 비유의 기본 구조인 것이다. 그리고 이때의 T와 V는 서로 비교될 수 있는 유사성을 지녔다고 전제하고 있다. 이를테면 '쟁반같이 둥근 달'은 '달'이라는 T와 '쟁반'이라는 V가 합쳐져 만들어진 비유이고, 그 둘 사이에는 '모양이 둥글다'는 유사성이 있다. 그러나 이처럼 유사성이 있다고 해도 '달'과 '쟁반'은 분명 별개의 이질적 사물이 아닐 수 없다. 그렇기 때문에 비유를 만드는 일은 이질성 속에서 동질성을 찾아내는 작업이라 할 수 있는 것이다.

비유에는 여러 가지 종류가 있다. 직유, 은유, 제유, 환유, 의인법 등이 그것이다. 제유와 환유는 은유의 일종으로 치부해도 무방하기 때문에, 앞으로는 직유, 은유, 의인법 등의 세 가지 비유에 중점을 두고 그것들이 시에서 어떻게 쓰이고 있는지 살펴보겠다.

V가 T를 보완하는 묘미

직유simile란 비교되는 두 개의 사물, 즉 T와 V가 '처럼', '같이', '인양', '보다' 등의 관계사와 결합되는 비유이다. 앞의 예처럼 '쟁반같이 둥근 달'도 '달'이라는 T와 '쟁반'이라는 V가 '같이'라는 관계사를 매개로 해서 하나의 직유를 이루고 있다. 우리가 일상의 대화에서 흔히 쓰는 '앵두 같은 입술'이나 '목석 같은 사내'라는 말도 같은 예이다.

'입술'과 '사내'가 T, '앵두'와 '목석'이 V인 것이다. 그리고 보다시피 거기서는 V가 T를 보완하고 있다. 달리 말하면 T는 V의 힘을 빌려 제 속에 있는 V다운 성질을 자신의 특징으로 내세우고 있다. '목석'이라는 V의 무뚝뚝한 성질이 '사내'라는 T의 특징을 이루고 있는 직유가 '목석 같은 사내'라는 사실을 생각하면 더욱 쉽게 이해할 수 있다.

당연한 일이지만 이 경우에도 '사내'와 '목석' 사이에는 어떤 유사성이 전제되어 있다. 표정이 없는 무뚝뚝함이 바로 그 유사성이다. 그러니까 비유를 이해하기 위해서는 T와 V가 공유하는 그 유사성을 유추해내지 않으면 안 되며, 이때의 유추는 상상적 유추이다.

그러나 '목석 같은 사내'나 '앵두 같은 입술'의 경우는 T와 V가 공유하는 유사성의 유추에 특별한 노력이 필요하지 않다. '사내'와 '목석', '입술'과 '앵두'의 유사성은 이미 습관화되어 있는 인식의 결과이다. T와 V의 유사성에 대한 인식이 이처럼 습관화되어 있는 비유는 죽은 비유dead metaphor라고 한다.

죽은 비유는 사물과 세계를 낯설게 만드는 새로운 인식의 소산이 아니라 일종의 상투어cliche이다. 따라서 시인은 원칙적으로 죽은 비유의 사용을 기피하는 것이다.

> 봄이 혈관 속에 시내처럼 흘러
> 돌, 돌, 시내 차가운 언덕에
> 개나리, 진달래, 노란 배추꽃,
>
> 삼동을 참아온 나는
> 풀포기처럼 피어난다.
>
> ―윤동주, 〈봄〉 부분

윤동주의 시 〈봄〉 앞부분에는 두 개의 직유가 등장한다. 편의상 강조점으로 표시한 두 개의 직유 중 앞은 '봄'이라는 T가 '시내'라는 V와 결합되어 있고, 뒤는 '나'라는 T가 '풀포기'라는 V와 결합되어 있다. 이 두 개의 직유는 '처럼'이라는 관계사를 매개로 해서 이루어진 결합이다. 그리고 우리는 그 결합이 만들어낸 직유를 통해서 화자의 봄에 대한 느낌과 그 봄에 자기 자신이 어떤 상태에 있는가를 말해주는 인식의 내용을 구체적으로 알 수 있게 된다.

봄은 화자의 '혈관 속에 시내처럼' 흐르는 것이고, 따라서 화자 자신은 또 그러한 봄을 맞아 '풀포기처럼' 피어나는 존재이다. 결코 흔치 않은 개성적인 느낌이요, 개성적인 만큼 독창적인 인식이 아닐 수 없다.

> 순이 벌레 우는 고풍古風한 뜰에
> 달빛이 조수처럼 밀려 왔구나!
>
> 달은 나의 뜰에 고요히 앉았다.
> 달은 과일보다 향그럽다.
>
> 동해 바다 물처럼
> 푸른
> 가을
> 밤
>
> ―장만영, 〈달·포도·잎사귀〉 부분

장만영의 시 〈달·포도·잎사귀〉의 앞부분에도 강조점으로 표시한 세 개의 직유가 있다. 첫 연에서는 달빛의 조명 상태가 조수의 흐름과 비교되어 있고, 둘째 연에서는 달을 과일과 비교함으로써 그 달을 과일처럼 향그러운 것으로 바꿔놓았으며, 셋째 연에서는 또 그렇게 달이 밝은 가을 밤을 동해의 바닷물과 비교하여 그 청명함을 실감나게 표현하고 있다. 범박하게 말하면 이 시가 표현하고 있는 대상, 즉 그 중심 소재는 어느 달 밝은 가을밤이다. 그런 가을밤은 누구나 흔히 경험할 수 있다. 그러나 막상 어떤 달에 대해 구체적으로 말해보라면 얼른 대답이 떠오르지 않는다.

이 시는 그러한 물음에 대해 우리가 그것을 생생하게 알아볼 수 있도록 대답해주고 있다. 그 대답은 바로 '달빛은 조수처럼 밀려오고, 달은 과일보다 향기로우며, 밤은 동해 바닷물처럼 맑고 푸르다'는 것이다. 이 대답은 한 폭의 그림을 연상케 하는 선명하고 구체적인 대답이라 하겠다.

내용 없는 아름다움처럼

가난한 아희에게 온
서양나라에서 온
아름다운 크리스마스카드처럼

어린 양들의 등성이에 반짝이는
진눈깨비처럼

— 김종삼, 〈북치는 소년〉 전문

위의 시는 3연이 모두 '처럼'으로 끝나 각 연이 직유로 되어 있는 시이다. 그러나 그 직유들은 V만 있고 T가 없다. 좀 더 구체적으로 말하면 첫 연에서는 무엇이 '내용 없는 아름다움'과 비교되고 둘째 연에서는 무엇이 '크리스마스카드'와 비교되며 또 셋째 연에서는 무엇이 '진눈깨비'와 비교되는지를 알 수 없다. 즉 주어가 없는 불완전한 문장이다.

그러나 시인이 그 정도의 사실을 모르고 이 시를 썼을 리는 없다. 오히려 일부러 불완전한 문장을 만들어냄으로써 독자로 하여금 드러나지 않는 그 주어를 스스로 찾게 하려는 숨은 뜻을 이 시는 간직하고 있다. 그 점에 유의하면서 이 시를 다시 읽어보면 제목으로 되어 있는 '북치는 소년'이 감추어진 주어임을 짐작할 수 있게 된다. 다만 '북치는 소년'은 사실 차원의 대상이 아니라 어떤 그림의 제목이다. 이 시의 전체적인 문맥은 그렇게 보아야만 뜻이 통할 수 있게 되어 있다.

그러니까 첫 연은 '북치는 소년'이란 그 그림이 '내용 없는 아름다움처럼' 보인다고 말하고 있는 것이다. 그러나 '내용 없는 아름다움'은 구체성이 없다. 그래서 둘째 연과 셋째 연에서는 그 점에 대한 보완을 시도한다. 즉 그 '내용 없는 아름다움'은 '가난한 아희'가 받은 '서양나라에서 온 / 크리스마스카드처럼' 아름답다는 것이 둘째 연의 보완이다. 그리고 셋째 연은 크리스마스카드를 다시 구체화한다. 그 카드엔 '어린 양들의 등성이에' 진눈깨비가 내린 그림이 그려져 있고 눈송이는 까슬까슬한 반짝이로 표현되어 있다. '반짝이는 진눈깨비'라는 구절이 그것을 말해주고 있다.

평론가 이남호는 이 시의 내용을 "'북치는 소년'이란 그림이 마치 어렸을 때 받은 서양나라의 크리스마스카드처럼 아름답다는 사실을 일깨우는 것"이라고 요약하고 있다. 한 폭의 그림을 보고 어렸을 때 받은 서양나라의 아름다운 크리스마스카드가 안겨준 감동을 되살려낸다는 것은 티없이 맑고 깨끗한 추억이다. 그러한 추억은 그 자체가 바로 순수한 동심을 표상하는, 세속적인 계산이나 의미의 해석을 초월하는 세계이기 때문에 '내용 없는 아름다움'이라 할 수도 있다. 이 시 〈북치는 소년〉은 세 개의 직유를 통해 추억의 세계를 간결하고도 함축성 있게 표현하고 있는 작품이다. 그리고 이 시는 〈북치는 소년〉이라는 하나의 T가 세 개의 V와 결합하고 있다는 점에서도 직유 일반의 경우와 구별된다.

이질적인 사물의 폭력적 결합

비유 중에서 가장 큰 비중을 갖는 것은 직유가 아니라 은유이다. 시에서도 직유보다는 은유가 압도적으로 많이 쓰이고 있다. 그래서 직유는 은유보다 등급이 낮은 비유라고 지적되기도 한다.

그러나 비록 은유의 비중이 크다고 하더라도 비유에 등급을 매기기는 어렵다. 특히 비유를 시의 표현 장치라고 볼 때는 직유와 은유 사이에 본질적 우열이 있다고 말할 수는 없다. 직유를 써야 할 때는 직유를 쓰고, 은유를 써야 할 때는 은유를 써야만 성공할 수 있는 것이 시의 표현이다. 앞에서 예로 든 시들은 직유를 썼기 때문에 그 표현이 성공한 경우에 속한다. 그러므로 직유와 은유 사이에는 등급의 우열이 아니라 성질의 차이가 있다고 보아야 할 것이다. 그 차이가 현저하게 드러나는 직유의 한 특징으로서는 그것이 T와 V를 분명하게 양립시켜 직접 비교한다는 사실을 들 수 있다.

> 꽃가루와 같이 부드러운 고양이의 털에
> 고운 봄의 향기가 어리우도다.
>
> 금방울과 같이 호동그란 고양이의 눈에
> 미친 봄의 불길이 흐르도다.
>
> ─ 이장희, 〈봄은 고양이로다〉 부분

널리 알려진 이장희의 시 〈봄은 고양이로다〉의 앞부분이다. 이 시는 '고양이의 털'과 '꽃가루', '고양이의 눈'과 '금방울'이라는 T와 V가 각각 직유를 이루고 있다. 그리고 그 T와 V는 누구나 쉬 알아볼 수 있게 노출되어 비교되고 있다. 앞서 살펴본 윤동주의 시 〈봄〉에서의 '봄'과 '시내'나, 장만영의 시 〈달·포도·잎사귀〉에서의 '달빛'과 '조수'도 마찬가지이다. 이러한 직유는 보다시피 T와 V를 비교하기 쉽고, 그 비교의 결과를 이해하기도 쉽다.

　직유에는 설명적 요소가 있어서 이해하기 쉽다는 커다란 장점이 있다. 그러나 이 말은 모든 직유가 무조건 이해하기 쉽다는 뜻은 아니다. T와 V의 유사성이 얼른 납득되지 않는 어려운 직유를 쓰고 있는 시도 얼마든지 찾아볼 수 있다.

　　더운 날
　　적敵이란 해면海綿 같다
　　나의 양심과 독기毒氣를 빨아먹는
　　문어발 같다.

　　흡반 같은 나의 대문의 명패보다도
　　정체 없는 놈
　　더운 낮
　　눈이 꺼지듯 적이 꺼진다.

　　　　　　　　　　　　　　　　　　　─ 김수영, 〈적〉 부분

　위의 시에는 첫 연에 두 개의 직유가 등장하고 있다. 하나는 '적'이라는 T를 '해면'이라는 V와 결합시킨 것이고, 다른 하나는 역시 '적'이라는 T를 '문어발'이라는 V와 결합시킨 것이다. 둘째 연에도 '대문의 명패'(T)+'흡반'(V)과 '정체없는 놈'(T)+'대문의 명패'(V)라는 형태의 직유가 나온다. 그러나 이 네 개의 직유는 모두 이해하기 쉬운 것이 아니다. 우선 '적'이 왜 '해면' 같단 말인가? 또 둘째 연의 '대문의 명패'와 '흡반'의 관계나, '정체 없는 놈'과 '대문의 명패'의 관계도 그러하다. T와 V의 유사성이 잘 드러나지 않아 그 의미의 해독도 어려운 직유이다.

T와 V의 유사성이 잘 드러나지 않는다는 것은 그 두 가지 사물 사이의 이질성異質性이 그만큼 크다는 것을 뜻한다. 이 이질성을 사물 사이의 거리라고 바꾸어 말할 수도 있다.

이질성이 큰 사물, 즉 거리가 멀리 떨어져 있는 사물은 그 거리가 멀수록 결합되기 어렵다. 앞에 든 김수영의 시에 나오는 직유들에서 T와 V는 외형적으로든 의미론적으로든 모두 서로 거리가 먼 사물이라 할 수 있다. 그러나 시에서는 그러한 사물들이 결합하여 직유를 이루고 있는데, 그것은 물론 시인의 강제가 초래한 결과이다. 강제는 일종의 폭력이기 때문에 이러한 T와 V의 관계를 '이질적인 사물의 폭력적인 결합'이라 한다.

① 그러면 이제 가세, 그대와 나.
저녁노을이 수술대 위에 에테르로 마취된 환자처럼
하늘에 퍼질 때.

② 잠자리가 오솔길 모퉁이에 나타날 때 푸른 잔가지는 머리를 숙인다
나는 어떤 묘비에 다가선다 그것은 구름보다 투명하고 우유처럼 하얗게
석탄처럼 하얗게 또 벽처럼 하얗게 하얗게

인용문의 ①은 토머스 스턴스 엘리엇의 시 〈J. A. 프루프록의 연가〉의 첫머리, ②는 프랑스의 초현실주의자 로베르 데스노스의 시 〈밤의 자살자〉의 첫머리이다. 그리고 여기에 나타나 있는 강조점을 찍은 직유들은 T와 V의 거리가 매우 먼 것이다. '저녁노을'을 수술 직전의 '마취된 환자'와 비교한 엘리엇의 경우도 그렇지만 특히 '묘비'를 '우유처럼 하얗게 석탄처럼 하얗게'라고 한 데스노스의 경우는 그야말로 폭력적인 억지를 부려서 T와 V를 결합시켰다고 할 수 있다. 다른 것은 백 보를 양보한다 하

더라도 '석탄처럼 하얗게'란 대목은 도무지 말이 되지 않는다. 그 옛날 중국 진나라의 조고趙高는 말을 사슴이라고 우겼다지만 데스노스는 그보다 한술 더 떠서 검은 석탄을 희다고 우기고 있는 셈이 아닌가?

그러나 이것을 실수나 억지라고 보아서는 안 된다. 실수나 억지가 아니라 그것은 시인의 의도적인 방법론이다. 그러니까 거기에는 그 나름의 이유가 있다. 그 이유의 핵심이 되는 것은 이질적인 사물의 폭력적 결합이 사물 상호간에 새로운 관계를 만들어냄으로써 그 사물 자체는 물론 사물의 총화인 세계를 또한 새롭게 인식하도록 한다는 사실이다. 어떤 사물도 그 자체로 고립되어 있는 것은 없다. 가령 분필 하나를 예로 들어보더라도 그것은 칠판과 교실과 학교와 또 그것들을 뒷받침하는 근대적인 학교 교육제도 등과 불가분의 관계를 맺고 있는 것이다. 그 관계의 그물코 중에서 어느 하나라도 빠져버리면 분필은 온전한 존재가 될 수 없다. 이와 같이 모든 사물의 의미는 그것과 결합되는 다른 사물과 관계의 그물 속에서 결정된다. 그 관계가 만들어내는 가장 큰 그물이 세계요 또 우주인 것이다.

그러나 여기서 우리는 사물의 그러한 관계의 그물이 영구불변일 수 없다는 사실을 기억할 필요가 있다.

다시 분필을 예로 들면, 인간은 원래 서로 무관했던 석회와 물과 풀, 그 외 여러 가지를 어느 날 새롭게 결합시켜 그 분필을 만들었다. 그리고 그 분필은 또 칠판과 교실 등의 다른 사물과 결합되었다. 말하자면 새로운 관계의 형성인데, 그 새로운 관계는 곧 세계의 창조적 변혁을 의미한다. 일반적인 상식에 의하면 거리가 멀다고 할 수 있는 이질적인 사물을 폭력적으로 결합시키는 직유도 바로 그와 같은 사물 상호간의 새로운 관계 형성을 지향한다. 새로운 관계의 그물 속에 놓일 때 사물은 비로소 새롭고 창조적인 의미를 획득하게 되는 것이다. 시가 사물을 낯설게 만든다는 것도 근본적으로는 그 새롭고 창조적인 의미의 획득을 통해서만 실현될 수 있는 작업이다.

이질적인 사물의 폭력적 결합은 그 결과 현실의 질서를 배반하게 된다. 현실적으로는 검은 석탄을 희다고 말하는 데스노스의 경우가 단적으로 보여주는 바와 같이 그것은 엄청난 허구를 만들어내는 것이다. 허구는 상상력의 소산이다. 따라서 결합되는 두 사물의 거리가 멀면 멀수록 더 큰 상상력이 필요하게 된다. 초현실주의자들은 상상력의 해방을 최대한으로 추구하고 있다. 그래서 데스노스 역시 도무지 말이 되지 않는다 할 정도로 과격한 직유를 만들고 있는 것이다.

그러나 그러한 직유는 그것이 아무리 합당한 이유를 갖는다 하더라도 독자의 이해와 공감을 얻기가 거의 불가능하다는 약점을 벗어나지 못한다. 이 약점을 극복하기 위해서는 T와 V의 거리를 적당히 조절할 필요가 있다. 거리가 너무 가까우면 이해하기는 쉽지만 통속적 표현이 될 우려가 많고 반대로 거리가 너무 멀면 데스노스의 재판이 되기 십상이다. 그리고 T와 V의 거리는 직유뿐 아니라 다른 비유에도 해당되는 문제이기 때문에 앞으로 다시 언급할 기회를 갖고자 한다.

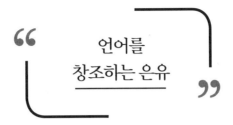

제3의 의미를 만들다

　이번에는 은유를 살펴보기로 하자. 물론 은유도 비유이기 때문에 T+V
라는 구조를 갖게 된다. 그러나 은유에서 T와 V가 결합하는 방식은 직유
의 방식과 다르다. 직유의 경우에는 T와 V가 '처럼'이나 '같이'라는 비교
조사를 매개로 결합하지만, 은유는 그것을 중간에 끼우지 않고 T와 V가
직접 결합한다. 예를 들면 '불꽃 같은 사랑'은 직유가 되고 '사랑의 불꽃'
은 은유가 된다. 이것이 직유와 은유를 구분하는 일반화된 형태상의 차
이점이다.

　이러한 차이점만을 보면, 은유는 직유에서 단순히 비교조사만을 빼내
어 그것을 약간 압축시킨 비유라고 할 수 있다. 실제로 은유와 직유의 차
이가 그 정도뿐이라면 그 의미 내용의 차이도 대단한 것이라고 할 수는
없다. 그러나 직유와 은유 사이에는 결코 비교조사의 유무에만 그치지
않는 중요한 차이가 가로놓여 있다. 그 차이가 무엇인지를 알아보는 데
가장 중요한 것은 T와 V의 원형 보존 여부이다.

먼저 '불꽃 같은 사랑'이라는 직유를 살펴보자. 여기서는 '사랑'이란 T와 '불꽃'이란 V가 각각 원래의 모습을 그대로 지닌 채 서로 비교되어 후자가 전자를 보완하고 있다. '불꽃'이 '사랑'의 어떤 상태를 인상적으로 조명하고 있는 것이 그 보완의 내용이다. 이러한 조명의 배후에는 '사랑'과 '불꽃'의 속성에 대한 그 나름의 합리적 사고가 작용하고 있다. 즉 사랑은 이러저러하고 불꽃은 이러저러하기 때문에 이런 보완이 가능하다는 식으로 내용 설명이 가능한 것이다. 상대적인 말이기는 하지만 직유는 합리적·설명적 요소를 갖는 비유라고 할 수 있다.

그러나 은유는 그렇지 않다. '사랑의 불꽃'이라는 은유에서는 T와 V가 원형을 유지한다고 할 수가 없다. T인 '사랑'과 V인 '불꽃'이 서로 상대방 속에 침투되어 원래의 사랑, 원래의 불꽃을 다른 모습으로 바꿔놓고 있기 때문이다.

상호 침투에 의해 모습이 바뀐 두 가지 사물은 의미론적으로도 변화를 일으키지 않을 수 없다. 따라서 그것은 이질적인 사물이 일체화되어 그것들이 따로 떨어져 있을 때는 결코 그렇게 될 리 없는 제3의 새로운 의미를 창출한 언어라고 규정될 수 있는 것이다. 정한모의 말을 빌리면 이러한 은유는 네모꼴(□) T와 마름모꼴(◇) V가 합쳐져 새로운 그림(◩)을 만들어낸 것이라고 할 수 있다.

이 새로운 그림, 즉 은유가 창출한 새로운 의미는 직유의 경우처럼 V로써 T를 설명적으로 보완하는 것이 아니다. 게다가 은유에 있어서는 또 T와 V의 결합이 합리성을 초월한 직관적 사고에 의해 이루어져 있다. 사랑의 어떤 속성을 '불꽃과 같은 것'(직유)이라 할 때는 합리적 분석을 통해 그 이유를 알아볼 수 있다. 그러나 사랑을 바로 불꽃 그 자체(은유)라 할 때는 합리적 대응이 원칙적으로 봉쇄되어버린다. 은유가 합리성을 초월한 직관적 사고의 소산이란 사실은 이로써 더욱 분명하게 드러난다.

직관은 상상력의 한 양식이다. 직관의 소산인 은유는 불꽃 그 자체인 사랑이라는 명백한 상상적 허구를 제시한다. 우리는 그 상상력이 시의 원동력이라는 것을 이미 알고 있다. 그러므로 은유는 보다 시적인 비유, 나아가서는 그 뿌리가 시의 본질로 직결되는 비유라고 말할 수 있는 것이다. 이러한 은유를 어찌 직유에서 비교조사만 뺀 것이라고 하겠는가?

우리가 은유라고 번역해 쓰고 있는 영어인 메타포metaphor는 원래 뜻이 '옮김' 또는 '자리바꿈'이었던 고대 그리스어 메타포라mataphora에 어원을 두고 있다. 자리바꿈을 한 대상은 언어이다. 그래서 아리스토텔레스는 은유를 "어떤 사물에다 다른 사물에 속하는 이름을 갖다 붙인 것"이라고 말했다. 그렇게 되면 자리바꿈을 한 그 이름, 즉 언어는 의미론적 변화를 일으키게 된다. '사랑의 불꽃'이란 은유도 언어의 그러한 자리바꿈과 그에 따른 의미의 변화를 실증하고 있다. 이해를 돕기 위해 그 사정을 다시 한 번 설명한다면 거기서는 '사랑'과 '불꽃'이 서로 상대방 쪽으로 자리를 옮겨 하나로 어우러져 있고, 또 그 어우러진 하나가 새로운 제3의 의미를 만들어내고 있는 것이다.

언어는 의미의 기호이고, 따라서 새로운 의미의 창출은 곧 새로운 언어의 창조를 뜻하게 된다. 그리고 새로운 언어의 창조는 세계를 언제나 새롭게(낯설게) 바라보고 그 새로운 인식을 언어로 표현하려는 시인의 필수적 과제이다. 흔히 시인을 언어의 창조자라고 말하는 까닭이 거기 있다. 그러나 사회적 공유물인 언어를 개인이 함부로 만들어낼 수는 없다. 그렇다면 시인의 언어 창조 작업은 어떻게 수행될 수 있을 것인가? 얼핏 생각하면 길이 전혀 없을 것 같은 이 문제에 해결의 길을 열어주고 있는 것이 바로 '은유'이다. 그 은유가 언어의 자리바꿈을 통해 만들어낸 새로운 의미의 기호, 그것이 곧 새로운 언어이다.

그러나 모든 은유가 곧 새로운 언어는 아니다. 처음 만들었을 때는 새로웠던 은유도 되풀이해서 쓰다 보면 헌것이 되고 마침내는 습관화된다. 이른바 죽은 은유dead mataphor인 것이다. 앞에 든 '사랑의 불꽃'도 실은 죽은 은유이다.

우리는 일상생활에서 죽은 은유를 엄청나게 많이 쓰고 있다. '교통전쟁', '입시지옥', '증권파동', '무거운 침묵', '달콤한 말', '자연의 숨결' 등 예를 들자면 그야말로 끝이 없다. 이처럼 우리 생활 구석구석에 널리 퍼져 있는 무수한 은유도 누군가에 의해 만들어진 것이다. 여기서 우리는 은유가 언어를 새로 창조하는 방법의 모델이란 사실을 재확인하게 된다. 시인을 언어의 창조자라고 하는 것은 시인이 은유를 새로 만든다는 뜻이다. 그러한 은유가 시에서 차지하는 비중이 얼마나 큰 것인가는 구태여 두말할 나위가 없다.

'소주는 국어'와 '빗발의 투석전'

"은유는 계속적으로 수명이 다해서 죽어간다. 쓸모없는 시인은 자기도 모르게 죽어가거나 죽은 은유를 사용하지만 훌륭한 시인은 끊임없이 새로운 은유를 창조한다." 이미지즘운동의 창시자인 흄의 말이다. 새로운 은유는 그것을 만든 시인이 처음 쓰게 되지만, 같은 표현을 또 쓰지 않는다. 두 번째로 쓰는 은유는 이미 낡은 은유이기 때문이다. 그런 뜻에서 시인의 은유는 영원히 일회용이라고 할 수 있다.

널리 알려져 있는 유치환의 시, 〈깃발〉의 첫 구절 '이것은 소리 없는 아우성'도 '깃발'과 '아우성'을 일체화시킨 빛나는 은유의 하나이다. 그러나 이러한 은유를 그 자체로 독립된 시의 부분적인 표현 장치라고 생각해서는 안 된다. 하나하나의 은유를 따로 떼어본다면 그런 생각이 나올 수도 있지만 사실은 그 하나하나가 유기적으로 결합되어 통일된 전체를 이루고 있는 것이 한 편의 시다. 시는 작은 은유들이 모여서 이룩한 큰 은유 덩어리라 할 수 있다.

> 소주는 서울에서 제일 사나이다운 잘난 사람들의 국어다
> 진눈깨비 내리는 저녁에는 소주를 파는 집에 가자
> 두부찌개 명태들이 바다를 밀고 가는 물결 소리 빈대떡 균일 몇십 원짜리
> 불티들
> 모두 친구들의 이름과 얼굴들이다
> 하늘 높은 줄 모르고 날마다 올라가는 도깨비들처럼 올라가는 빌딩 밑
> 소주집은 강한 침묵이 잎사귀를 피운 수풀
> 소주는 서울에서 제일 사나이다운 잘난 사람들의 국어다
> ─김요섭, 〈소주론〉 부분

이 시에는 첫 줄부터 '소주'와 '국어'를 일체화시킨 은유가 등장한다. 그리고 그 뒤를 이어 '명태들이 밀고 가는 바다', '몇십 원짜리 불티', '강한 침묵', '침묵의 수풀' 등과 또 그 밖에 다른 은유들이 계속되고 있다. 이 모든 은유들은 물론 따로 떼어볼 수 있는 것이고 또 그렇게 봐도 충분히 평가에 값하는 것들이다. 특히 인용문에서 두 번 되풀이되고 있는 '소주는…… 국어다'의 은유는 소주잔과 함께 서로 마음을 주고받는 건강하고 선량한 서민들의 생활 감정을 새로운 시각에서 성공적으로 표현한 은유이다. 상대방에게 권하는 소주 한 잔이 백 마디, 천 마디의 언어보다 더 깊이 가슴에 와닿는 진실에 찬 언어로 구실한다는 인식이 이 은유를 뒷받침하고 있다. 그러나 그런 점을 아무리 강조해도 이 시에 등장하는 모든 은유들을 '독불장군' 같은 존재라고 할 수는 없다. 그것들은 서로 유기

적으로 결합하여 시라는 통일체를 형성하는 부분으로서 기능하고 있다. 그리고 우리는 이 시의 은유 중에 액자 구조의 은유가 있다는 점도 기억해둘 필요가 있다.

액자 구조의 은유란 은유 속에 은유가 들어 있는 것을 말한다. 편의상 형태가 비교적 단순한 액자 은유 하나를 예로 들면 '소주집은 강한 침묵이 잎사귀를 피운 수풀'이라는 구절이 그러하다. 이 구절에 있어서는 1차적으로 '소주집'이란 T가 '수풀'이란 V와 결합하여 은유를 이루고 있다. 그리고 그 속에는 또 두 개의 작은 은유가 들어 있다. 하나는 '강한 침묵'이고 다른 하나는 그 '침묵'이 다시 '수풀'과 결합하여 만들어낸, '침묵의 수풀'이라고 요약해볼 수 있는 은유이다. 그러니까 세 개의 은유가 어울려 하나의 큰 은유를 형성하고 있다 할 것이다. 이러한 액자 구조의 은유는 잘 쓰면 은유 상호간의 유기적 결합 효과를 드높이지만 잘못 쓰면 독자를 혼란에 빠뜨려 시의 이해를 방해할 우려도 있다.

하루가 천 근의 추를 달고
가라앉는다

빗발이 무수한 투석전投石戰을
벌이는 바다

비에 쫓긴 오후 네 시의 태양은
어디쯤에 있을까

손 흔들며 흔들며
작별하는 바람

어제가 한 다발 꽃으로 살아나는

생의 변방에 배는 닿았다

— 홍윤숙, 〈변방에서〉 부분

이 시의 이 인용 부분도 각 연이 모두 은유로 되어 있다. 우선 1연의 경우는 '하루'라는 T가 '천 근의 추를 달고 가라앉을 수 있는 그 무엇'이란 V와 결합되어 있고, 또 2연의 경우는 '빗발'이란 T가 '투석전'이란 V와 결합되어 있는 은유이다. 그리고 3연은 '태양'(T)과 '쫓길 수 있는 것'(V), 4연은 '바람'(T)과 '작별할 때 손 흔드는 것'(V), 5연은 '어제'(T)와 '꽃다발'(V)의 결합이다. 이렇게 결합으로 새로운 의미를 만들어내는 은유의 원리를 여기서 다시 되풀이할 필요는 없을 것이다. 다만 그 실제를 확인하기 위해 2연의 한 대목만 살펴보면, 거기서는 '빗발'과 '투석전'이 결합되어 있다. 아니, 보다 정확하게 말하면 빗발이 바다 위에서 투석전을 벌이고 있는 것이다.

어떻게 빗발이 투석전을 벌일 수 있는가? 결코 사실일 수 없는 이 명백한 허구 앞에서 우리는 작은 물방울인 비가 엉뚱하게 돌멩이로 변용된 것에 충격을 느끼게 된다. 그것은 우리로 하여금 상식의 틀을 깨고 비와 돌멩이를 새로운 눈으로 바라보게 하는 충격이다. 또 우리는 투석전에 따르는 상처와 피흘림의 아픔을 과히 어렵잖게 상상의 공간 속에 떠올려 볼 수 있다. 그리고 이 아픔은 자연 빗방울을 돌멩이로 변용시킨 그 새로운 인식의 배경적 정서가 된다. 달리 말하면 이 은유 '빗발의 투석전'은 상처받고 피흘린 아픔을 바탕으로 바다 위에 내리는 비를 새롭게 인식한 독창적 언어라 할 수 있다.

이러한 해석은 물론 논리적 분석이 아니라 상상적 유추의 소산이다. 그리고 상상력은 개인적 편차를 갖는 것이기 때문에 이러한 해석은 '유일한 정답'이 될 수가 없다. 전혀 다른 해석도 얼마든지 나올 수 있고 또 그것이 정상이다. 그러나 어떤 해석이 나오든 이 은유가 어느 날 바다 위에 내리는 비와 또 그 비를 바라보는 특정한 정서적 시각에 대해 새로운 개안을 가능케 하는 하나의 계기가 된다는 사실만은 부정할 수 없다. 그러한 개안이 바다 위에 내리는 비의 의미를 새롭게 이해한 결과의 하나가 위의 해석이다.

다시 제기된 거리의 문제

아리스토텔레스는《시학》에서 '은유는 남에게서 배울 수 없는 것이며 천재의 표적'이라고 했다. 이 천재라는 말의 개념을 어마어마한 초인적 능력이라고 생각할 것은 없다. 그것은 오직 자신만이 그럴 수 있는 개성적 능력을 의미하고 있는 것이다. 개성적 능력은 남에게서 배울 수가 없다. 은유는 직관의 소산이라는, 우리가 이미 알고 있는 사실 또한 아리스토텔레스의 말과 그 의미의 문맥을 같이한다. 그야말로 남에게서는 배울 수 없는 개성적 능력의 정수가 직관인 것이다. 그리고 은유는 그 직관이 상상력의 한 양식임을 입증하고 있다. 따라서 은유는 그것을 이해하려는 사람에게 필수적으로 상상력의 발동을 요구하게 된다. 차라리 은유는 독자의 상상력을 자극하는 충격 장치라 할 수 있다. 앞에서 우리가 '소주는…… 국어다'와 '빗발의 투석전'이라는 은유를 상상적 유추로써 해석한 것도 그에 따른 필연적 방법론이었던 것이다.

상상력은 현실을 초월한다. 현실을 초월한 쪽에 있는 것은 허구의 세계이다. 그러나 그 허구의 세계도 현실적 존재인 인간이 만든 것이므로 인간의 그 현실적 경험을 재료로 하지 않을 수 없다. 현실적 경험을 재료로 하면서도 현실이 아닌 허구의 세계, 그것은 현실적 경험을 현실의 질서와는 다르게 재구성한 세계이다. 상상의 동물인 용은 그런 허구의 좋은 표본이 된다. 부분적으로는 모두 현실에 있는 사물을 현실의 질서와는 완전히 다르게 재구성해 만든 동물이 용이다. 그러므로 은유를 만들 때의 직관과 또 그것을 해석하는 우리의 상상적 유추도 현실적 경험의 초현실적 재구성이라는 원칙을 벗어날 수 없다.

한마디로 현실적 경험의 초현실적 재구성이라 해도 막상 그것을 실천에 옮길 때는 실로 무수한 정도의 차이가 나타나게 된다. 이를테면 현실의 경험으로부터 한 걸음만 떨어진 재구성과 몇천 킬로미터, 몇만 킬로미터 멀리 떨어진 재구성이 있을 수 있다. 이것은 이미 말한 T와 V 간의 거리의 문제이다. 거리가 가까우면 가까울수록 그 재구성의 결과는 이해하기 쉽지만 동시에 그만큼 신선감을 잃게 된다. 반대의 경우에는 이해하기에는 어렵지만 사람을 놀라게 하는 효과, 즉 충격은 커지게 되는 것이다.

시인이 서야 할 자리는 현실에서 어느 정도 떨어진 지점일 것인가? 이 질문에 정답은 있을 수 없지만 일반론을 펴자면 쉬운 이해보다 충격 쪽에 좀 더 무게가 실릴 수 있는 지점이라 할 수 있다. 그런 지점에서 만들어진 은유는 이해를 거부하는 것이 아니다. 얼핏 보면 이해하기 어려울지 몰라도 진폭이 큰 상상력에 의하면 얼마든지 이해될 수 있는 충분한 가능성을 안고 있다. 앞에 든 '소주는…… 국어다'나 '빗발의 투석전'도 그렇다. 현실과의 거리가 상당히 멀기 때문에 충격은 충격대로 주면서 상상적 유추에 의한 이해는 그것대로 가능할 수 있게 되어 있는 것이 그 은유들에 나타나 있는 초현실의 세계이다.

그러나 현실과의 거리를 상당히가 아니라 의도적으로 아주 멀리함으로써 이해보다는 충격 쪽에 훨씬 큰 무게를 실어주고 있는 은유도 있다.

사랑하는 나의 하나님, 당신은

늙은 비애다.

푸줏간에 걸린 커다란 살점이다.

시인 릴케가 만난

슬라브 여자의 마음속에 갈앉은

놋쇠 항아리다

— 김춘수, 〈나의 하나님〉 부분

이 시는 첫머리에 나오는 '나의 하나님'이 나머지 구절 모두와 T+V의 관계를 맺고 있는 하나의 은유이다. 그러니까 V가 복수로 되어 있는 이 은유도 물론 시인이 낳은 상상력의 소산이고 따라서 우리도 상상적 유추를 통해 그것을 이해하지 않으면 안 된다.

유추는 기본적으로 T와 V가 서로 결합할 수 있는 가능성, 즉 그 유사성을 발견하는 데서부터 시작한다. 그러나 이 시의 경우는 '하나님'과 '늙은 비애', '하나님'과 '푸줏간의 살점', 또 '하나님'과 '놋쇠 항아리'의 그 어느 대목에서도 그러한 유사성을 찾아내기 어렵다. 그래서 이 시를 이해하려는 우리의 노력은 첫걸음도 제대로 떼보지 못하는 어려움을 겪는다. T와 V 사이의 거리가 너무 멀기 때문이다.

거리가 멀면 멀수록 사물은 결합하기 어렵다. 그것을 억지로(폭력적으로) 결합시키려면 보다 큰, 또는 보다 괴짜스러운 상상력이 요구된다. 그러한 상상력이 만들어내는 허구는 그 양상이 너무나 엉뚱하고 괴이해서 완만한 상상력으로는 유추의 손길을 뻗칠 수 없다. 즉 이해가 거의 불가능한 것이다. 그 대신 엉뚱함, 그 괴이함으로부터 받는 충격은 크다.

큰 충격이란 잘만 하면 그것이 사물과 세계를 상식의 틀로부터 해방시키는 데 있어서 혁명적인 효과를 가져올 수도 있는 충격이다. 이질성이

지나치게 큰 사물을 폭력적으로 결합해 만든 은유는 그러한 효과를 노리고 있는데, 이 시 〈나의 하나님〉도 그런 예 중 하나라고 할 수 있다. 그리고 그것을 염두에 둔다면 이번에는 이해가 되고 안 되고를 구태여 문제 삼지 않는 데서 오는 새로운 재미를 맛볼 수도 있다. 그것은 그 은유의 엉뚱함을 그 자체로 즐기면서 또 그것이 촉발하는 자유 연상의 날개를 맘껏 펼쳐보는 재미이다. 좀 어렵게 말하면 그것은 의미로부터 해방되는 재미라 할 수 있다. 의미로부터 해방된 공간은 무의미의 세계이기 때문에 김춘수는 스스로 자기 시를 무의미의 시라고 말하고 있다. 〈나의 하나님〉의 난해한 은유는 김춘수 자신이 남에게서는 배우려야 배울 수 없는 직관을 통해 개성적으로 창조한 새로운 언어이다. 역시 은유는 언어를 창조한다. 그러나 아무리 그렇다 하더라도 거의 이해가 불가능하다는 사실은 은유의 강점이 될 수 없어 극복해야 한다.

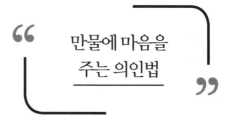

만물에 마음을
주는 의인법

인간화되는 사물들

이 강좌의 첫 시간에 시는 마음의 거울에 비친 세계를 표현하는 것이라고 말한 바 있다. '마음의 거울에 비친 세계'란 우리가 어떤 사물이나 대상을 '마음의 눈'으로 바라본 결과이다. 눈이 없는 마음이 어떻게 사물을 보고 말고 하느냐고 반문하는 사람에게는 '마음을 투사한 사물 이해'라고 달리 설명할 수도 있다. 이를테면 우리가 솟아오른 아침 해를 보고 '해님이 웃는다'고 말하는 것은 사물에 마음을 투사하여 이해한 손쉬운 예이다.

천체의 하나인 해가 웃는다는 것은 있을 수 없다. 하지만 우리가 웃음이 깃든 밝은 마음으로 해를 바라보면 해 또한 웃음 띤 모습으로 우리 눈에 비치게 된다. 그것은 해의 자발적인 웃음이 아니라 해에게 투사된 우리의 밝은 마음이 지어낸 웃음이다. 마음의 눈으로 사물을 바라본다는 것은 바로 이처럼 마음을 투사하여 대상을 이해한다는 뜻이다.

'해님이 웃는다'고 말하는 것은 우리의 일상적 경험에 속한다. 그리고 우리의 일상생활은 그런 류의 경험, 즉 마음의 눈으로 사물을 바라보고 이해한 경험의 축적 위에서 영위되고 있다. '바다는 부른다'든가, '밤비가 흐느낀다'든가, '대지가 숨 쉰다'든가 하는 말을 우리가 예사로 하고 있는 것이 그 좋은 예이다. 생명이 없고, 의지와 감정도 없어서 실제로는 도저히 그럴 수 없는 바다와 밤비와 대지가 사람을 부르거나 흐느끼거나 숨 쉬거나 하는 것은 그것들의 어떤 상태가 우리 마음의 눈에 비친 모습이다.

이러한 사물의 모습은 물론 사실을 객관적으로 재현한 것일 수는 없다. 우선, 바다가 사람을 부르는 경우만 하더라도 현실 세계에서 그런 바다는 존재하지 않는다. 웃는 해, 흐느끼는 밤비, 숨 쉬는 대지도 그렇다. 그것들은 모두 해당 사물의 현실적인 존재 양태를 벗어난 이상한 모습을 하고 있다. 그런데 이러한 사물의 변용은 개별적 양상의 차이를 막론하고 공통점을 지닌다. 그것은 그 변용의 결과로써 해당 사물이 모두 인간적 속성을 부여받게 되었다는 점이다. 해의 웃음, 바다의 부름, 밤비의 흐느낌, 대지의 숨 쉼이 모두 인간적 속성임은 구태여 말할 필요가 없다. 인간적 속성이 주어짐에 따라 사물이 인간화된 것이기 때문이다.

이러한 사물의 인간화는 그 사물과 인간을 비교하는 의식의 뒷받침을 받게 된다. 이 말을 좀 더 구체적으로 부연하면 '해의 웃음'은 해의 어떤 상태를 인간의 웃음과 비교하여 유사성을 발견한 결과라고 설명할 수 있다. 이처럼 유사성을 발견하기 위해 두 개의 사물을 비교하는 행위는 비유를 낳게 된다. 그렇다면 사물의 인간화 역시 비유의 일종이라 할 것이 아닌가. 실제로 인간화된 사물은 그렇게 되기 이전 원래의 사물을 T로 하고 인간을 V로 하는, 의인법擬人法, personification이라고 불리는 비유이다. 그리고 그것은 T와 V가 '같이'나 '처럼' 같은 비교조사의 매개 없이 직접 결합된 은유이다.

이러한 의인법이 사물을 마음의 눈으로 바라본 결과라는 사실을 우리는 알고 있다. 그 속에 투사된 인간의 마음이 사물로 하여금 인간적 속성을 갖게 한 은유가 의인법이다. 이러한 의인법이 보여주는 세계, 즉 우리 마음의 눈에 비친 세계를 시는 표현한다. 그러므로 의인법은 사물을 시적으로 이해하는 가장 기본적인 방법이라고 규정할 수 있다. 그렇기 때문에 시는 대부분 많든 적든 의인법 내지 의인법에 준하는 표현을 사용하고 있다. 조금만 주의해서 시를 읽어보면 누구나 쉽게 발견할 수 있다. 그동안 우리가 검토해본 여러 종류의 이미지와 직유, 은유도 의인법으로 표현되어 있는 것이 압도적으로 많다.

사물을 시적으로 이해하는 의인법의 특성은 과학과 비교해볼 때 더욱 선명하게 드러난다. 과학은 의인법처럼 사물을 마음의 눈으로 바라보지 않고 사실만을 추구하는 차가운 객관의 눈으로 바라본다. 그리하여 과학은 물을 산소와 수소가 1:2의 비율로 화합한 물질이라고 규정한다. 사물의 이러한 과학적 이해는 그것대로 귀중한 가치를 창출하게 된다. 현대의 눈부신 과학문명은 사물의 과학적 이해가 창출한 가치의 위대성을 웅변하고 있다. 그러나 그 이점을 아무리 강조한다 하더라도 물을 산소와 수소의 화합물이라고만 할 때는 인간이 시를 가질 수 없게 된다.

> 땅에 배를 붙이고 낮은 곳으로 기어가는 물은 눈이 없다. 그것은 순리順
> 理, 채우면 넘쳐흐르고 차면 기우는 물의 진로. 눈이 없는 투명한 물의 머리
> 는 온통 눈이다.
>
> ―박목월, 〈비유의 물〉 부분

이것이 우리들로 하여금 시를 가질 수 있게 하는 물의 한 예이다. 보다시피 이 시의 물은 의인화되어 있다. 그것은 시인의 마음이 그 속에 투사

된 물이다. 이러한 물은 우리의 육체적 갈증을 해소시켜주거나 과학적 이용의 대상도 되지 못한다. 그러나 이 시를 이행하는 사람에게는 새롭고 뜻 깊은 경험의 세계로 자신을 이끌어주는 물이 거기 있는 것이다.

마음을 주고받는 존재

의인법은 대상을 가리지 않는다. 우리가 감각적으로 지각할 수 있는 구체적 사물뿐만 아니라 추상적 관념도 의인화될 수 있다. 그리고 의인화된 그 대상은 우리와 더불어 마음을 주고받을 수 있는 존재가 된다. 그것은 의인법이 대상 속에 마음을 투사함으로써 대상을 마음이 있는 존재로 변용시킨 것에 대한 당연한 귀결이다.

수석을 좋아하는 내 친구는 돌이 자기에게 무엇인가를 속삭인다고 말했다. 사실일 턱이 없는 이 속삭임은 그가 심정적으로 돌을 의인화했기 때문일 것이다. 이 경우 그와 돌과의 관계는 그야말로 마음과 마음이 통하는 친밀성을 갖지 않을 수 없다. 대상에 대한 깊이 있는 이해가 거기서 생겨난다. 내 친구가 돌의 속삭임을 듣는 것은 그가 그만큼 돌을 깊이 이해했다는 증거이다. 사물은 고립되어 있지 않다. 서로 유기적으로 결합되어 세계를 이룬다. 그러므로 사물을 의인화하여 그 속에 마음을 불어넣어준다는 것은 세계를 깊이 있게 이해하는 길이 되기도 한다.

어딜 가서 까맣게 소식을 끊고 지내다가도
내가 오래 시달리던 일손을 떼고 마악 안도의 숨을 돌리려고 할 때면
그때 자네는 어김없이 나를 찾아오네.

자네는 언제나 우울한 방문객
어두운 음계音階를 밟으며 불길한 그림자를 끌고 오지만

자네는 나의 오랜 친구기에 나는 자네를
잊어버리고 있었던 그동안을 뉘우치게 되네.

자네는 나에게 휴식을 권하고 생生의 외경畏敬을 가르치네.
그러나 자네가 내 귀에 속삭이는 것은 마냥 허무
나는 지긋이 눈을 감고 자네의
그 나직하고 무거운 음성을 듣는 것이 더없이 흐뭇하네.

내 뜨거운 이마를 짚어주는 자네의 손은 내 손보다 뜨겁네.
자네 여윈 이마의 주름살은 내 이마보다 눈물겨웁네.
나는 자네에게서 젊은 날의 초췌한 내 모습을 보고
좀 더 성실하게, 성실하게 하던
그날의 메아리를 듣는 것일세.

— 조지훈, 〈병에게〉 부분

　전반부만 인용한 이 시의 '자네'는 누구일까? 그것은 인간이 아니라 제
목에 나오는 '병'이 의인화된 존재이다. 그러니까 이 시는 그 전체가 하나
의 커다란 의인법을 이루고 있는 작품이라 하겠다.

　어떤 병이든, 병은 누구나 그것을 기피하기 마련인 고통스러운 대상이
다. 그러나 이 시는 의인법을 통해 그러한 병을 아마도 시인 자신인 듯한
화자의 오랜 친구로 만들어놓고 있다. 그리하여 화자가 다정하게 '자네'
라고 부르는 그 친구, 병은 화자의 이마를 짚어주면서 '휴식을 권하고 생
의 외경을 가르치는' 것이다. 그리고 화자는 그런 병에게서 젊은 날의 초
췌한 자기 모습을 보고 '좀 더 성실하게, 성실하게' 살자고 다짐하던 그

시절의 이런 일 저런 일을 회상하게 된다. 이것은 우리가 통념적으로 생각하는 병과 인간의 적대 관계를 초월한 차원 높은 경지가 아닐 수 없다.

이 시가 표현하고 있는 것은 그러한 경지에 도달한 정신이 그 의미를 새롭게 조명한 삶의 한 단면이다. 새삼스런 말이지만 여기서 우리는 이 시가 병의 의인법이라는 사실을 다시금 상기할 필요가 있다. 병에게도 마음을 부여하는 의인법을 통해 병에 대한 이해를 심화시킨 결과를 언어적으로 표현한 것이 이 시인 것이다.

> 아무도 안 데려오고
> 무엇 하나 들고 오지 않는
> 봄아
> 해마다 해마다
> 혼자서 빈손으로만 다녀가는
> 봄아
> 오십 년 살고 나서 바라보니
> 맨손 맨발에
> 포스스한 맨머리결
> 정녕 그뿐인데도
> 참 어여쁘게
> 잘도 생겼구나
> 봄아
>
> ─ 김남조, 〈봄에게 1〉 전문

이 시도 그 전체가 온통 봄의 의인법으로 되어 있다. 그 의인법이 표현하고 있는 봄은 상식과 통념의 굴레를 벗어나 있다. 새로운 인식의 조명을 받은 봄이다. 흔히 소생이나 희망의 계절로 해석되고 있는 봄을 '해마다 / 혼자 빈손으로 다녀가는' 인간으로 표현하고 있는 것부터가 봄에 대한 우리의 고정관념을 깨뜨리고 있다. 게다가 그 봄은 또 혼자 빈손으로 다녀가는 사람이 지닐 법한 쓸쓸한 모습이 아니라 '참 어여쁘게 / 잘도 생긴' 모습을 하고 있다. 이러한 봄의 어여쁨은 화려함이나 화사함으로 연결되는 것이 아니라, 오히려 그러한 장식적 요소를 깨끗이 털어내버린 마음에 나타난 소박한 어여쁨이라 하겠다. 그리고 그것은 이 시의 화자가 '오십 년 살고 나서' 바라보았을 때 비로소 발견하게 된 봄의 어여쁨이다. 그러니까 지난 오십 년 동안은 이 시의 화자도 화려하고 화사한 장식적 요소에 현혹되어 있었다는 이야기가 된다. 그러나 이제 그는 장식적 요소의 부질없음을 깨닫게 된 것이다.

오십 년 동안의 온갖 고뇌와 방황 끝에 도달한 그러한 발견은 차원 높은 정신의 경지가 아닐 수 없다. 이 시가 표현하고 있는 것은 그러한 정신이 그 속에 투사되어 의인화된 봄인 것이다.

실상 봄은 소생이니 희망이니 하는 세속적인 선물을 가져다주는 일이 거의 없다. 하지만 봄이 되면 사람들은 잠시나마 들뜬 기분에 사로잡혀 봄을 보낸다. 그러나 막상 봄을 겪고 나면, 봄이라는 계절은 저 혼자 빈손으로 왔다가 빈손으로 가버린 듯해 허망하다는 느낌이 든 적이 있을 것이다. 당신도 그렇게 야속했던 봄을 여러 번 겪었을 것이다. 이러한 보편적 경험을 바탕으로 해서 이 시는 봄의 야속함이 아니라 어여쁨을 노래한다. 그것은 봄의 화려하고 화사한 장식적 요소와 또 그것이 부추기는 세속적 욕망의 부질없음을 깨달은 사람만이 알아볼 수 있는 어여쁨이다. 봄의 처지에서 말한다면 그 어여쁨은 평소 자기가 속 깊이 감추어두고 있던 값진 내면세계를 그런 사람 앞에 내보여준 것이라 할 수 있다. 차원 높은 경지에 이른 사람의 마음의 투사를 받아 봄도 스스로 마음의 문을 열게 된 것이다. 이렇게 어떤 대상에 마음을 투사하여 그 대상과 마음의 교류를 실현하게 하는 방법이 곧 의인법이다.

시의 본질과 의인법

생명이 없는 추상적 관념이나 무생물無生物을 생명 있는 존재로 바꿔 놓는 표현도 의인법이다. 그래서 의인법은 대상을 꼭 인간화하지 않는다 하더라도 성립될 수 있다. 모든 생명은 본질적으로 인간의 생명과 같은 것이라는 사고가 무생물을 생물화시키는 이 의인법을 뒷받침하고 있다.

> 아침이면
> 눈을 부라리고 꽈리를 부는
> 짐승이 있다.
>
> (중략)
>
> 지루한 속앓이를 외색外色 못하는 진종일
> 부신 가루를 회수해다
> 환약을 빚고 나면 저녁이다.
>
> 장엄하게 투약投藥을 받아먹고는
> 잠이 드는
> 짐승이 있다.
> ― 김광림, 〈산 4〉 전문

이 시에서는 무생물인 산이 생명이 있는 짐승으로 바뀌어져 의인법을 이루고 있다. 첫 연의 '꽈리를 부는 짐승'은 능선이 너머로 아침 해가 막 솟아오른 산이고, 마지막 연의 '투약을 받아먹고 잠이 드는 짐승'은 일몰과 함께 어둠 속에 묻히는 산이다.

이 시에서 붉은 아침 해가 꽈리로, 지는 저녁 해가 환약으로 비유되고 있다. 기발한 발상이다. 또 산 전체가 꽈리를 불고 환약을 받아먹는 짐승으로 의인화됨으로써 상식의 틀을 벗어난 새로운 모습을 보여주고 있다. 그 산은 살아 있는 짐승이므로 그만큼 신비로운 느낌도 크다.

돈호법頓呼法이라는 수사학 용어가 있다. 인간도 대상이 될 수는 있지만 일반적으로는 인간 이외의 대상을 마치 상대방이 듣기나 하듯 불러보는 어법을 돈호법이라고 한다. 이를테면 '구름아, 너 어디 가느냐?' 할 때의 '구름아'가 돈호법이다. 이러한 돈호법도 대상을 인간화하고 있는 의인법의 일종이다. 이 표현은 시에도 심심찮게 쓰이고 있다.

산아. 우뚝 솟은 푸른 산아. 철철철 흐르듯 짙푸른 산아. 숱한 나무들, 무성히, 무성히 우거진 산마루에 금빛 기름진 햇살이 내려오고, 둥 둥 산을 넘어, 흰 구름 건넌 자리 씻기는 하늘.

— 박두진, 〈청산도〉 부분

하이얀 달밤에
하이얀 저승새가 되어
찔레담장을 넘는
사랑아,
찔레담장을 넘으며
찔레가시에 찔려

아픈 사랑아,

— 김여정, 〈찔레꽃 사랑〉 부분

　앞의 시는 구체적 사물인 '산'을, 뒤의 시는 추상적 관념인 '사랑'을 돈호법으로 부르고 있다. 그렇게 부를 때는 앞에서 말한 대로 상대방이 이미 의인화되어 있는 것이다. 그리고 그 부름 속에는 상대방에 대한 친밀감이 깃들어 있다. 따라서 상대방도 친밀하게 그 부름에 호응할 가능성이 높다. 그러한 호응을 얻게 된다면 대상에 대한 이해는 그만큼 깊어질 것이 분명하다. 그러나 이 친밀한 부름도 정도가 지나치면 이쪽 감정만을 상대방에게 일방적으로 강요하여 대상을 도리어 왜곡시킬 우려가 있다. 그것은 감상주의자들이 흔히 빠지는 함정이다.

　의인법이 범위를 넓히면, 뿌리는 의인법이지만 의인법의 또 다른 표현법을 발견하게 된다. 그것은 인간이나 생물을 무생물화하는, 그러니까 의물법擬物法이라고 말할 수 있는 표현법이다. "인간은 생각하는 갈대다"라고 말한 파스칼의 명언도 인간을 갈대로 바꾸는 의물법을 사용하고 있다.

여자는

깜깜한 밤이다.

흔들어도 깨지 않는 어둠이다.

내가 만나려고 불을 켜니까

여자는 하얗게 부서져 내렸다.

그런 후 다시 어둠이 밀려오고

어둠이 또다시 여자가 되는

알리바이, 너는 어디에 숨어 있니?

— 이수익, 〈여자 2〉 부분

이 시에서는 인간인 '여자'가 생명이 없는 존재인 어둠으로 의물화되어 있다. 그 의물법을 통해 이 시는 우리에게 새로운 인식을 요구하는 여자의 모습을 그려내고 있다. 그것은 '밤'이요 '어둠'인 존재, 불을 켜면 '하얗게 부서져' 내려서 없어져버리는 존재로서의 여자인 것이다. 이러한 여자는 어떤 의미를 갖는 존재인가, 라는 물음에 대해서는 배타적 정답이 있을 수 없다. 다양한 해석이 가능하고 또 그래도 무방하기 때문이다. 그러나 편의상 하나의 해석을 내려본다면 그런 여자는 '영원한 수수께끼' 같은 존재라 할 수 있다.

이 시에서는 '정체를 밝혀보려고 불을 켜면 없어져버리고 불을 끄면 다시 어둠이 되어 거기 있는 불가사의한 존재'가 '여자'라는 인식을 의물법으로 표현하고 있다. 생물을 무생물로 바꾸는 이러한 의물법은 바뀐 무생물 속에 바꾸기 전 생물의 생명을 옮겨놓게 된다. 의인법과는 형태가 정반대로 되어 있는 의물법은 그래서 의인법의 일종으로 간주된다.

물활론物活論이라는 사상이 있다. 만물유생론萬物有生論이라고 일컬어지기도 하는 이 사상은 모든 물질이, 아니 우주의 삼라만상이 생명·혼·마음을 가졌다고 주장한다. 또 이 사상은 일체 만유가 신성神性을 가졌다는 범신론汎神論과 본질을 같이한다.

이러한 물활론은 비과학적인 원시적 사고의 소산이라 할 수 있다. 따라서 과학적 사고가 주조를 이루고 있는 현대에 있어서는 일종의 미신으로 치부되기도 한다. 그러나 비과학적인 그 물활론적 사고가 완전히 사라져버린 곳에서는 인간이 사물과 세계를 과학이 아닌 마음의 눈으로 이해할 수 있는 길도 막혀버린다. 그때 우리 앞에 전개되는 것은 그야말로 피도 눈물도 없는 차가운 무기질의 세계이다. 시는 그런 세계를 거부한다. 그래서 시는 과학이 무슨 소리를 해도 사물과 세계를 마음의 눈으로 바라보는 태도를 굽히지 않는다. 그것은 사물과 세계를 또한 마음 있는 존재로 바꿔서 그것들이 마음으로 인간에게 응답해오도록 하는 태도이다. 그 응답의 내용을 표현하는 기본 방법이 바로 의인법이다. 여기서 우리는 의인법이 단순한 표현 장치로만 그치지 않고 시의 본질에 뿌리를 두고 있는 사물 이해 방법이란 사실을 알 수 있다.

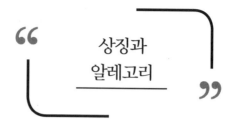

의미의 다양성과 단순성

순전히 물리적 차원에서 본다면 태극기는 태극 무늬와 팔괘가 그려져 있는 천이나 종이에 불과하다. 그러나 태극기를 그렇게 보는 한국인은 한 사람도 없다. 우리가 생각하는 태극기는 국가와 민족을 의미하는 공인된 표상물이기 때문이다. 이처럼 어떤 사물이 그 자체 이외의 다른 것을 대신할 때 그 사물은 넓은 의미에서의 상징이 된다.

이러한 상징은 우리의 생활 주변에서 얼마든지 찾아볼 수 있다. 물리적 차원에서 본다면 돈은 종이 또는 쇠붙이 조각이지만 실제로는 그것이 경제적 가치를 대신하고 있다. 즉 돈은 상징이다. 또 우리들은 까치 소리를 반기고 까마귀 소리를 싫어하는데, 그것은 전자가 반가운 소식, 후자가 불길한 소식을 예고하는 상징이라고 생각하기 때문이다. 훈장은 어떤 공로를 나타내는 상징이다. 이러한 상징 가운데서 국기, 돈, 훈장 같은 것은 사람들로 하여금 목숨까지도 걸게 하는 위력을 지니고 있다.

오직 인간만이 상징을 만든다. 인간은 그 상징의 숲 속에서 살고 있다.

그래서 독일의 철학자 에른스트 카시러는 인간을 '상징적 동물'이라고 규정하고 있다.

상징이란 시의 유일한 표현 매체인 언어이자 시를 이루는 구성요소의 하나이다. 이를테면 '달'이라는 말은 그 자체가 하늘에 떠 있는 달은 아니다. 달의 상징일 뿐이다. 시는 그러한 언어만을 사용해서 무엇인가를 표현하고 있다. 그러니까 시와 상징은 떼려야 뗄 수 없는 밀접한 관계를 갖는다.

넓은 의미에서 상징은 어떤 사물이 다른 것을 대신하는 것이지만 문학에서의 상징은 그처럼 범위가 넓지 않다. 상징과 상징 대상과의 관계가 인위적인 약속으로 일대일로 대응하는 것은 기호라고 해서 제외한다. 거리의 신호등이나 수업 시간을 알리는 벨소리, 버스표 같은 것은 상징의 영역에서 제외되는 기호의 예이다. 그것들은 모두가 순전히 인위적 약속에 의해 다른 것을 대신하고 있고, 또 그 대신하는 대상과의 관계가 정확하게 일대일이다. 이러한 기호의 경우는 그것과 그 지시 대상의 연결에 추리적인 사고가 끼어들 수 없다.

신호등의 빨간 불은 그냥 그렇게 정해져 있으니까 서라는 뜻으로 받아들여질 뿐, 그것이 어째서 그렇게 되는지를 추리적으로 설명할 수는 없다. 그러나 상징은 그렇지 않다. 그것은 대신하는 것과 대신되는 것의 연결을 추리적으로 설명할 수 있게 되어 있다. 이를테면 우리는 '소나무'를 '절개'의 상징으로 보고 있는데, 그것은 소나무가 사시사철 푸르다는 속성이 절개의 변치 않는 마음과 같다는 식으로 설명할 수 있는 추리적 사고를 배후에 거느리고 있는 것이다. 이러한 상징은 또 원관념 T를 감추고 보조관념 V만을 내세운 은유라 할 수 있다. '절개'라는 T는 덮어둔 채 '소나무'라는 V만을 보여주는 것이 절개를 상징하는 소나무인 것이다.

'소녀는 꽃이다'라는 표현은 '소녀'라는 T가 '꽃'이라는 V와 결합된 은유이다. 그러나 거기서 '소녀'를 빼고 '꽃'만을 내세워 그것이 소녀를 뜻하도록 표현하면 그때의 꽃은 상징이 된다. 상징은 이처럼 눈에 보이는 현실의 사물(V)을 통해 보이지 않는 초현실의 세계(T)를 표현하는 것이다.

초현실의 세계는 정신적 세계이기 때문에 그 내포가 단순할 수 없다. 얼마든지 다양한 해석을 내릴 수 있는 복잡 미묘한 세계인 것이다. 그러므로 상징이 표현하는 내용은 한 가지로만 국한되지 않는다.

기호는 지시 대상과의 관계가 일대일이지만 상징은 본질적으로 일대다多이다. 소나무와 절개, 비둘기와 평화 같은 상징이 대상을 일대일로 지시하는 것처럼 보이는 까닭은 그것들의 그 상징 관계가 습관화되어 고착됐기 때문이다. 습관화된 상징은 죽은 비유와 마찬가지로 신선감과 독창성이 없다. 따라서 시에는 잘 쓰이지 않는다. 시인이 힘써 만들어야 할 것은 독창성이 있는 개인적 상징이다.

알레고리allegory는 성격이나 형태가 상징과 비슷하기 때문에 흔히 상징과 함께 거론되는 표현 장치이다. 우리말로는 우유寓喩 또는 풍유諷喩라고 번역되는 알레고리는 '다른 것을 말한다'는 뜻을 갖는 그리스어 알레고레인allegorein을 어원으로 하고 있다. 상징 역시 '소나무'를 '절개'라고 하는 식으로 어떤 사물을 가지고 다른 것을 말하는 방법이다. 그러니까 그 어원부터가 상징과 비슷한 알레고리는 실제로 T를 감추고 V만을 내세운, 상징과 똑같은 형태인 은유의 일종이다.

그러나 이름이 다른 이상 내용도 완전히 같을 수는 없다. 가장 두드러진 차이는 상징이 일대다의 세계를 지시하지만, 알레고리는 그것이 대체로 일대일의 세계를 지시한다는 점이다.

우리 고시조의 한 구절 '까마귀 싸우는 곳에 백로야 가지 마라'에 나오는 '까마귀'와 '백로'라는 알레고리도 그렇게 되어 있다. '까마귀'는 세속적 욕심에 사로잡힌 인간이요, '백로'는 고귀한 선비라고 일대일로 해석할 수 있는 것이 그 알레고리의 내용이다. 그런 뜻에서 알레고리는 기호에 가까운 것이라 할 수 있다. 그러나 알레고리는 그것과 지시 대상과의 결합을 추리적으로 설명할 수 있다. 양자의 결합이 인위적 약속에 의존하고 있는 기호와는 그 점에서 구별된다.

앞에 예시한 '까마귀 싸우는 곳에……'의 시조는 그 내용이 교훈적인 것이다. 여기서 우리는 알레고리가 주로 도덕적·교훈적 내용을 표현하는 방법으로 이용된다는 사실을 알 수 있다. 그 이유는 뒤에 따로 밝히겠지만 그 때문에 알레고리는 시를 설교의 수단으로 변질시킬 우려가 있다는 말을 듣기도 한다. 그러나 모든 알레고리가 반드시 그렇게만 쓰이는 것은 아니다. 알레고리는 비판적·풍자적 의도를 갖는 시와 관념적 내용의 알기 쉬운 표현을 노리는 시에서는 매우 효과적인 기능을 발휘한다.

상징의 암시적 표현 효과

그러면 이제부터는 상징과 알레고리가 시에서 어떻게 사용되고 있는가를 좀 더 구체적으로 살펴보기로 하자.

먼저 상징이다. 상징은 크게 두 가지 종류로 구분된다. 하나는 대중적 상징public symbol이고 다른 하나는 개인적 상징private symbol이다. 전자는 그 상징의 의미가 사회적으로 공인되어 있는 것을 말한다.

앞에 예시한 소나무↔절개, 비둘기↔평화, 국기↔국가 같은 상징이나 연꽃↔불교, 십자가↔기독교 같은 상징은 모두 대중적 상징이다. 이러한 대중적 상징은 다시 습관적 상징과 제도적 상징으로 나뉜다. 습관적 상징은 생활 경험의 축적을 통해 습관적으로 형성된 것이며, 소나무↔절개, 까치 소리↔반가운 소식, 아침 해↔희망 같은 것이 그 예이다. 제도적 상징은 어떤 제도에 의해 성립된 것으로, 연꽃↔불교, 십자가↔기독교,

국가↔국가 같은 것이 그 예가 된다. 제도적 상징은 그 제도에 속해 있는 사람에게만 의미가 있다. 국기는 그 나라 국민에게만 의미가 있고 또 연꽃이나 십자가도 불교와 기독교를 믿는 사람에게만 의미 있는 상징이다.

제도적 상징이나 습관적 상징, 그러니까 대중적 상징은 앞에서 말한 대로 그 의미가 모두 사회적으로 공인된 것이기 때문에 독창성이 없다. 개인적 상징은 개인이 독창적으로 만든 상징이다. 따라서 독창성을 존중하는 시와 문학에 있어서는 개인적 상징이 상징의 주종을 이루게 된다.

해바라기 밭으로 가려오
해바라기 밭 해바라기들 새에 서서
나도 해바라기가 되려오

황금 사자 나룻
오만한 왕후의 몸매로
진종일 쩍소리 없이
삼복의 염천을 노리고 서서
눈부시어 요요히 호접도 못오는 백주白晝!
한 점 회의도 감상도 용납지 않는
그 불령스런 의지의 바다의 한 분신이 되려오

해바라기 밭으로 가려오
해바라기 밭으로 가서
해바라기가 되어 섰으려오

　　　　　　　　　　　—유치환, 〈해바라기 밭으로 가려오〉 전문

이 시에 나오는 해바라기는 단순한 꽃이 아니라 상징이다. 2연을 보면 해바라기의 상징적 의미는 '불령스런 의지'임을 알 수 있다. 이와 같이 해바라기를 '불령스런 의지'의 상징으로 만든 것은 전적으로 유치환 개인의 창작이다. 따라서 시의 독창성도 그만큼 높이게 되는 이러한 개인적 상징은 문학적 상징이라고 불리기도 한다.

'해바라기'는 현실적 사물이요, '불령스런 의지'는 초현실적 세계이다. 상징은 눈에 보이는 사물을 통해 보이지 않는 세계를 표현한다는 사실을 여기서 우리는 재확인할 수 있다. 그리고 그 보이지 않는 세계, 즉 '불령스런 의지'는 다양한 해석이 가능한 의미를 지니고 있다. 이를테면 그것은 자연이나 운명의 시련에 무릎 꿇지 않고 감내하는 의지일 수도 있고 또 시대적 고난을 꿋꿋이 견디는 의지일 수도 있다. 이처럼 다양한 상징의 의미는 물론 명쾌하게 설명될 수 없다. 설명될 수 없는 미지의 부분, 즉 어떤 신비의 세계는 암시적 방법에 의해서만 그 표현이 가능하다.

지금 어드메쯤
아침을 몰고 오는 분이 계시옵니다.
그분을 위하여
묵은 의자를 비워 드리지요.

지금 어드메쯤
아침을 몰고 오는 어린 분이 계시옵니다.
그분을 위하여
묵은 의자를 비워 드리겠어요.

먼 옛날 어느 분이

내게 물려주듯이

지금 어드메쯤
아침을 몰고 오는 어린 분이 계시옵니다.
그분을 위하여
묵은 의자를 비워 드리겠습니다.

— 조병화, 〈의자〉 전문

이 시에 등장하는 의자도 개인적 상징이다.

시의 화자가 '아침을 몰고 오는 어린 분'을 위해 비워 주겠다고 말하는 그 의자는 실은 화자 자신이 '먼 옛날 어느 분'에게서 물려받은 것이다. 이러한 사실을 바탕으로 할 때 의자의 그 상징적 의미는 시간이 흐름에 따라 기성세대가 새로운 세대에게 필연적으로 물려주게 마련인 시대 주역의 자리라는 해석이 나올 수 있다. 인간의 역사는 그렇게 의자를 물려주고 물려받는 가운데서 변화하고 발전하는 기나긴 과정이라 할 수 있다. 이 시의 화자는 그런 의자를 그냥 물려주는 것이 아니라 '비워 드리겠습니다'라고 경어로 말하고 있다. 의자에 대한 미련이나 집착을 갖지 않고 오히려 공손하게 물려주겠다는 이 어조는 시간의 흐름에 대한 순응의 자세를 암시한다.

그러나 의자의 상징적 의미가 꼭 이렇게만 해석돼야 한다는 법은 없다. 여러 가지 다른 해석이 가능한 상징이다. 이를테면 그것은 만물이 끊임없이 유전流轉 변화하는 우주의 원리를 상징하는 것일 수도 있고 또 단순히 은퇴를 앞둔 노인의 담담한 심경을 상징하는 것일 수도 있다. 이 다양한 가능성 속에서 어떤 해석을 얻어내느냐는 시를 분석하고 이해하는 독자의 능력에 맡겨진 몫이다.

이 시에는 유치환의 〈해바라기〉의 경우처럼 '의자'의 상징적 의미를 직접 밝혀주는 구절이 없다. 시의 전체적 문맥 속에서 독자가 그것을 상상으로 추리하게 되어 있을 뿐이다. 그래서 독자는 이해에 어려움을 느낄 수도 있다.

하지만 사실은 그것이 시 속에 독자를 보다 깊이 끌어들일 수 있는 상징의 묘미인 것이다.

이마 푸른 선비의
마음은 한로寒露에 젖어
잘 굽은 나무 사이로
내다보이는 옥빛 하늘.
그러나 아른대는 보살님
머리에 가리워
서역西域은 잘 안 보인다.
그래도 상관은 없는 일,
오늘은 돌 속에
보살님을 캐는 날이니,

— 신동집, 〈가을의 얼굴〉 부분

너희는, 영혼의 갈구와 체읍涕泣으로
영영 잠겨버린 나의 목소리가
불길을 몰아온다고 오해하지 말라.
오직 나는 영롱한 내 심안心眼에 비친
너희의 불의가 빚어내는 재앙을
미리 알리고 일깨워 줄 따름이다.

까욱 까욱 까욱 까욱

— 구상, 〈까마귀〉 부분

앞에서 인용한 두 편의 시에서는 개인적 상징이 아니라 대중적 상징을 사용하고 있다. 〈가을의 얼굴〉에 나오는 '서역'은 극락세계를 뜻하는 불교의 제도적 상징이요, '까마귀'의 까욱까욱하는 울음소리는 불길한 소식을 예고하는 습관적 상징이다.

여기서 우리는 시가 개인적 상징을 존중하면서도 대중적 상징을 사용할 때도 있다는 사실을 잘 알 수 있다. 그러나 앞에서 인용한 시에 나타나는 대중적 상징은 그 의미를 볼 때 일반적으로 알려져 있는 그대로라고 할 수가 없다.

앞의 시를 보면 극락세계를 뜻하는 '서역'은 사실 그가 보다 밝게 보여주어야 할 '보살님 머리에 가리어' 잘 안 보일 뿐 아니라 '그래도 상관없는' 세계로 되어 있다. 또 불길한 까마귀 울음은 '불의가 빚어내는 재앙을 / 미리 알리고 일깨워'주는 경고로 바뀌어져 있다. 이러한 의미의 변화는 시인이 원래의 상징에 자신의 개성적 해석을 새로 보탠 결과이다. 대중적 상징은 그리하여 시인의 개인적 상징으로 탈바꿈하게 된다. 이처럼 새롭게 탈바꿈한 대중적 상징은 이미 시인의 독창성을 반영하는 개인적 상징이고, 이런 상징은 처음부터 그렇게 만들어진 개인적 상징과 똑같은 평가를 받는다.

알레고리의 교훈성과 비판성

우리는 상징과 알레고리의 차이를 이미 알고 있다. 그래도 참고삼아 다시 한 번 되풀이한다면 의미의 다의성多義性과 단순성이 상징과 알레고리의 가장 큰 차이점이라고 요약할 수 있다. 그러니까 알레고리는 그 지시 대상의 의미가 상징의 경우처럼 신비의 베일에 가려져 있지 않고 분명하게 확정되어 있는 것이다. 그 확정된 의미는 물론 알레고리를 만든 사람이 말하고자 하는 관념이다. 그 관념의 내용은 원칙적으로 개인이 자유롭게 결정할 수 있는 것이다. 그러나 순전히 개인적인 관념은 가치의 보편성을 보장할 수 없기 때문에 그것을 알레고리의 내용으로 확정하기가 어렵다. 따라서 알레고리는 스스로의 정당성을 확보하기 위해 보편적 가치가 있는 의미의 지시를 선호하게 된다. 알레고리가 도덕적 관념을 주로 지시하게 되는 까닭이 여기에 있다. 왜냐하면 도덕적 관념은 가치의 보편성이 가장 큰 의미이기 때문이다.

그러나 시의 창작 방법을 논의하는 지금의 우리가 이러한 이론에 너무 깊이 얽매일 필요는 없다. 보다 중요한 것은 알레고리를 사용한 표현의 실제 면을 살피는 일이다.

> 껍데기는 가라
> 껍데기는 가라
> 동학년東學年 곰나루의 그 아우성만 남고
> 껍데기는 가라
>
> 그리하여 다시
> 4월도 알맹이만 남고
> 껍데기는 가라
>
> ― 신동엽, 〈껍데기는 가라〉 부분

이 시의 중심 이미지인 '껍데기'는 일상적 의미로 해석되어야 할 사물이 아니다. 그것으로 다른 것을 말하고 있는 알레고리이다.

시의 화자는 우리에게 '껍데기'와 반대되는 '알맹이'의 내용을 보여주고 있다. 즉 동학농민운동의 정신을 표상하는 '동학년 곰나루의 그 아우성'이 아닌 것, 그리고 4·19혁명을 뜻하는 '4월도 알맹이'가 아닌 것은 '껍데기'인 것이다. 그러니까 동학농민운동과 4·19혁명을 관류貫流하는 정신에 위배되는 인간이나 상황의 알레고리가 바로 '껍데기'라고 할 수 있다. 시의 화자는 그러한 '껍데기'를 명령조로 '가라'고 말하고 있다. 그것은 동학농민운동과 4·19혁명의 정신을 민족정기의 '알맹이'로 본다는 화자의 도덕적 판단에 근거를 두고 있는 발언이다. 앞에서 이미 밝힌 바 있지만 알레고리는 이처럼 도덕적 관념을 표현하는 방법으로 자주 쓰이고 있다.

도덕적 관념은 모든 사람이 마땅히 그에 따라야 한다는 당위성을 대전제로 하기 때문에 필연적으로 교훈성을 갖게 된다. 그래서 교훈적 성격이 강했던 고대의 시와 문학에 있어서는 알레고리가 매우 큰 비중을 차지하고 있다.《이솝우화》같은 것은 알레고리가 표현 방법의 주종을 이룬 고대문학의 대표적인 예이다. 그러나 시인과 설교자의 차이에 대한 인식이 강화된 현대시에 있어서는 알레고리를 통해 도덕적 관념을 표현하는 경향도 상대적으로 감소하고 있다.

말은 한 마디씩
더듬어 찾을밖에 없다.
살기 좋은 고호의 마을에서는
아무도 그런 고생 하지 않는다.
테이프만 틀면
청산유수로 쏟아지는 말의 자동화 시대

들으나 마나다 암기하고 있으니까

이제 귀는 할 일이 없다.
빈둥빈둥 혈색 좋게 자라기만 한다.
덕분에 귀고리가게가 번창한다.
세공은 날로 정교해지고
사이즈는 날로 커가는 귀고리
무위도식하는 귀의 위신을
절렁절렁 번쩍번쩍 훈장처럼 드높인다.

— 이형기, 〈고흐의 마을〉 부분

　이것은 적당한 예문이 잘 찾아지지 않아서 쑥스러움을 무릅쓰고 인용한 필자의 시 〈고흐의 마을〉의 앞부분이다. 이 시에 나오는 '귀'는 진실의 언어가 사라진 시대의 세태와 그런 세태 속에서 거짓된 꾸밈만을 일삼는 인간을 풍자하는 알레고리이다. 인용 부분 다음에는 '그렇다면 내게는 없는 게 좋겠군 / 가난뱅이 고흐는 어느 날 제 귀를 잘라 버렸다'는 구절이 이어진다. 진실의 말을 들을 수 없는 귀, 귀고리를 다는 데나 소용되는 장식품 같은 귀는 차라리 없느니만 못한 것이 아니냐는 뜻이다. 그러나 시의 표면에는 그런 뜻이 노출되어 있지 않다. 노출되어 있는 것은 정교해진 세공에 사이즈가 커진 귀고리를 절렁절렁 달고 있는 귀 자체일 뿐이다. 이와 같이 속뜻을 감추고 다른 사물을 내세워 그것으로 하여금 감춰진 속뜻을 말하게 하는 표현 장치가 알레고리이다.
　이 시의 경우는 그 속뜻이 시대에 대한 풍자적 비판을 노리고 있다. 풍자는 대상을 우스꽝스럽게 만들어서 비판의 효과를 높이는 방법이다. 그리고 현대시에 있어서는 알레고리가 주로 교훈이 아니라 비판 의식의 풍자적인 표현 방법으로 이용되고 있다.

비닐 우산,
받고는 다녀도
바람이 불면
이내 뒤집힌다.
대통령도
베트남의 대통령.

비닐 우산,
싸기도 하지만
잊기도 잘하고
버리기도 잘한다.
대통령도
콩코의 대통령

— 신동문, 〈비닐 우산〉 부분

이 시는 각 연이 '비닐 우산'과 '후진국 대통령'이라는 이질적 사물의 결합에 의한 은유를 이루고 있다. 그러나 그 은유의 보조관념(V)인 '비닐 우산'은 알레고리의 의미도 갖고 있다.

걸핏하면 군사 쿠데타가 일어나 자주 바뀌는 후진국의 대통령은 일회용으로 쓰고 버리는 값싼 비닐 우산과 같다는 것이 그 알레고리의 감추어진 속뜻이다. 알레고리는 원래 원관념을 감추고 보조관념만 내세운 은유의 일종이다. 여기서 우리는 알레고리가 은유의 형태를 빌려서도 나타날 수 있다는 사실을 알 수 있다.

대통령이 비닐 우산처럼 자주 바뀌는 후진국의 정치 상황에 대한 날카로운 비판 의식을 이 시는 풍자적으로 표현하고 있다. 이 시는 우리에게 '비닐 우산'이라는 알레고리를 통해 시인의 비판적 관념을 보다 실감 나게 보여주고 있으며, 현대시에 있어서는 알레고리가 대체로 어떻게 쓰이고 있는가를 엿보게 한다.

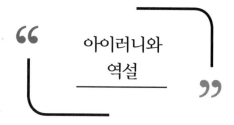

모순을 통한 진실의 발견

아이가 장난을 치다가 그만 그릇을 깨뜨린다. 어머니가 눈을 흘기면서 "예쁜 짓만 골라서 하누만" 하고 혀를 찬다. 여러분도 어렸을 땐 몇 번이나 들었을 게 분명한 어머니의 이 말은 속뜻과 겉뜻이 반대로 되어 있다. 밉다는 뜻을 짐짓 예쁘다고 표현한 것이다. 그러나 그러면서도 그 말은 바로 밉다고 소리치는 경우보다 훨씬 따끔한 꾸지람의 효과를 거두고 있다. 이러한 언어 표현을 아이러니irony라고 한다. 그것은 일상생활뿐만 아니라 시에도 자주 사용되는 표현이다.

반대의 뜻을 나타낸다고 해서 우리말로는 이 아이러니를 반어反語라고 한다. 뚱뚱한 사람을 보고 '날씬하다'고 말하는 것도 물론 아이러니의 예가 된다. 이 경우 '날씬하다'는 말 속에는 상대방의 뚱뚱함에 대한 비꼼이나 풍자의 뜻이 내포되어 있다. 일종의 비판적 의도라 할 수 있는 속뜻을 감추기 위해서는 시침을 떼지 않으면 안 된다. 아이러니는 시침을 떼고 겉으로 드러난 내용과 반대가 되는 말을 하는 표현 방법이다.

이러한 아이러니는 변장 또는 위장을 뜻하는 그리스어 에이로네이아 eironeia를 어원으로 하고 있다. 고대 그리스인들은 그 에이로네이아를 바탕으로 해서 에이론eiron이라는 하나의 인간상을 만들어내어 그를 아라존alazon이라는 대조적인 인물과 짝을 지어 희극에 등장시켰다. 아라존은 힘이 세고 거만한 강자이지만, 지적知的으로는 우둔하다. 반대로 에이론은 약하지만 영리하다. 그래서 표면적으로는 아라존이 에이론을 억누르게 됐어도 궁극적으로는 에이론이 승리를 거둔다. 에이론은 지는 척하면서 영리한 꾀로 강자 아라존의 허점을 찔러 결국에는 그를 꺼꾸러뜨리고 만다. 에이론이 최후의 승리를 거두기까지 지는 척하고 있었던 그 태도는 위장이라고 할 수 있다. 달리 말하면 그는 시침을 떼고 있었던 것이다.

시에서의 아이러니도 이러한 에이론의 경우와 같이 표면적으로는 지는 척 시침을 떼면서 실질적으로는 아라존을 꺼꾸러뜨리는 표현 방법이다. 그때의 그 시침 떼기는 물론 아라존의 눈을 속이기 위한 계산된 위장이 아닐 수 없다. 속은 아라존은 반격의 기회를 놓치고 만다. 아이러니의 시침 떼기는 그렇게 아라존을 속여서 그를 보다 효과적으로 공격하기 위한 전략이다.

이 세상에는 수많은 아라존이 있다. 횡포를 부리는 권력이나 금력, 타락한 세태와 각박한 인심 등은 아라존의 대표적인 예가 된다. 그리고 그밖에도 우리의 비판 의식을 촉발하는 이런저런 사태와 현상들은 모두 아라존으로 비유할 수 있는 대상이다. 이러한 아라존에 대해서는 다른 사람들과 마찬가지로 시인도 강한 비판 의식을 갖는다. 그러한 비판 의식을 효과적으로 표현하기 위해 주로 이용하는 방법이 아이러니다.

비판은 감정이나 정서보다도 지적知的인 의식에서 우러난다. 따라서 아이러니를 이용하는 시는 주정主情이 아니라 주지적主知的 성격을 띠게 된다. 주지적 성격의 강화는 현대시의 중요한 특징이기 때문에 아이러니는 곧 현대적인 시의 방법이라 할 수 있다.

이러한 아이러니는 앞에서 말한 대로 표면적으로는 시침을 떼고 있다. 그 시침 떼기가 노리고 있는 것은 반전反轉의 효과이다. 뚱보를 '날씬하다'고 말할 때는 나중에 그 말이 뚱보라는 뜻으로 반전된다는 전제가 있다. 이러한 반전이 보다 흥미롭게 수행되기 위해서는 재치, 즉 기지機智가 필요하다. 일반적으로는 위트wit라 불리는 그 기지가 작용하지 않는 아이러니는 따끔한 맛이 없다. 아이러니는 이 따끔한 맛 때문에 대상(아라존)을 정면으로 공격하는 논리적 비판보다 재미가 있고 따라서 그만큼 강한 호소력을 발휘하게 된다.

이러한 아이러니와 매우 유사한 표현법으로 역설이 있다. 역설, 즉 패러독스paradox는 그리스어 para(초월)와 doxa(의견)의 두 낱말이 모여서 이루어진 합성어이다. 고대 그리스의 수사학은 이 역설을 아이러니와 함께 중요한 표현법의 하나로 다루고 있다. 그리고 현실적으로도 역설은 자주 아이러니와 혼동되고 있다. 그도 그럴 것이, 아이러니와 역설은 다같이 '이것'(A)을 말하면서 실은 '이것'과 상반 모순되는 '저것'(B)을 드러내는 표현법이기 때문이다. '살고자 하면 죽고 죽고자 하면 산다'는 말은 우리가 흔히 듣는 역설의 한 예이다. 여기서는 '삶'이라는 A가 '죽음'이라는 상반된 B를 가리키고 있다. '날씬하다'는 말이 정반대의 개념인 '뚱보'를 가리키는 아이러니의 경우도 그 점에 있어서는 역설과 다를 바 없다.

아이러니와 역설의 차이는 무엇일까? 이론적으로 따지면 여러 가지 차이를 지적할 수 있지만 여기서는 한 가지 두드러진 차이만을 기억하도록 하자. 아이러니는 진술 자체에 모순이 없고, 역설은 진술 자체가 모순을 그대로 드러내고 있다.

앞에 든 예를 다시 인용하면 뚱보는 날씬하다고 한 아이러니의 그 '날씬하다'는 말 자체는 표면적으로 모순이 없다. 다만 숨겨진 속뜻과 상충되고 있을 뿐이다. 그러나 '살고자 하면 죽고 죽고자 하면 산다'는 역설은 표면적인 언어 구조부터가 모순되어 있다.

이러한 차이를 갖는 아이러니와 역설도 일종의 모순어법이라는 점에서는 일맥상통한다. 모순을 통한 진실의 발견이 아이러니와 역설의 본질이라 할 수 있는 것이다. 모든 진실이 다 그렇다고 할 수는 없지만, 많은 진실이 모순 속에 있고 또 모순성을 띠고 있다. 이를테면 가치 있는 인간은 그가 죽은 후에 참다운 생명을 얻게 된다는 사실도 모순 속에 있는 진실의 한 예이다. 인생 만사에 밝음과 어둠의 양면이 있는 것도 모순성을 띠고 있는 진실이라 하겠다. 그리고 그 모순 속의 진실은 성숙한 정신의 소유자만이 제대로 이해할 수 있는 가치이다.

미국의 평론가 크린스 브룩스는 이러한 아이러니와 역설 중에서 특히 역설을 중시하여 "시의 언어는 역설의 언어"라고 말하고 있다. 이 말에는 많은 해설이 필요하고 일각에서는 비판도 하고 있는 말이지만, 시에 있어서의 역설은 중요성을 이렇게 강조하는 이론가도 있다는 사실은 기억해둘 만하다.

상치되는 겉뜻과 속뜻

그러면 이제부터는 아이러니와 역설의 순으로 그것들을 시에서 어떻게 표현하고 있는가 살펴보기로 하자. 먼저 한 편의 시를 인용한다.

한 줄의 시는커녕
단 한 권의 소설도 읽은 바 없이
그는 한평생을 행복하게 살며

많은 돈을 벌었고

높은 자리에 올라

이처럼 훌륭한 비석을 남겼다

그리고 어느 유명한 문인이

그를 기리는 묘비명을 여기에 썼다

비록 이 세상이 잿더미가 된다 해도

불의 뜨거움 꿋꿋이 견디며

이 묘비는 살아남아

귀중한 사료史料가 될 것이니

역사는 도대체 무엇을 기록하며

시인은 어디에 무덤을 남길 것이냐

— 김광규, 〈묘비명〉 전문

이 시에 등장하는 '그'라는 주인공은 세속적인 의미에서 성공한 인물이다. 그렇기 때문에 시의 화자는 그가 '많은 돈을 벌었고 / 높은 자리에 올라' '한평생을 행복하게' 살았고 또 죽어서는 '훌륭한 비석을 남겼다'고 말하고 있다. 그러나 그는 살아생전에 '한 줄의 시는커녕 / 단 한 권의 소설도 읽은 바 없'는 인물이라는 설명에서 문학적 소양이나 감각이 전혀 없는 인물이라는 사실을 어렵잖게 읽어낼 수 있다. 그러한 그가 차지한 많은 돈과 높은 자리와 행복은 물론 가치 있는 것이 되지 못한다. 아무리 훌륭한 비석과 굉장한 묘비명을 남겼다 해도 오히려 그것은 경멸에 값하는 인생인 것이다. 그러나 시의 화자는 조금도 그런 내색을 하지 않고 객관적인 사실만을 진술하고 있다. 이 시에서 내색을 하지 않는다는 말은 시침 떼기의 동의어로 쓰인다. 그리고 이 시가 주인공의 무가치한 삶과 유명한 문인이 그에게 묘비명까지 써 바치는 세태를 날카롭게 풍자하고 있다는 것은 구태여 두말할 나위가 없다. 표면에 드러난 겉뜻과 감추어진 속뜻이 그야말로 정반대로 되어 있는 아이러니의 시인 것이다.

이 시에서는 화자와 주인공이 각각 에이론과 아라존의 역할을 맡고 있다. 아라존의 입장에서는 자기를 비판하는 에이론이 얄밉기 짝이 없을 것이다. 그러나 에이론은 비판의 속뜻을 감추고 시침을 떼고 있기 때문에 반격할 수가 없다. 그리고 독자 역시 자기 나름대로 한참을 생각하고 나서야 비로소 에이론의 속뜻을 이해하게 된다. 전자는 에이론의 비판이 보다 날카롭고 보다 재미있게 수행될 수 있게 하고, 후자는 독자가 능동적으로 시의 세계 속에 뛰어 들어올 수 있게 유도하는 점이 아이러니의 매력이다.

> 성경에 가라사대 마음이 가난한 자에게 복이 있다 하였으니
>
> 2백억을 축재한 사람보다 1백9십9억을 축재한 사람은 그만큼 마음이 가난하였으므로
> 천국은 그의 것이요
>
> 1백9십9억 원 축재한 사람보다 1백9십8억을 축재한 사람 또한 그만큼 더 마음이 가난하였으므로
> 천국은 그의 것이요
>
> 그보다 훨씬 적은 20억이나 30억이니 하는 규모로 축재한 사람은 다른 사람과는 비교가 안 될 만큼 마음이 가난하였으므로

천국은 얻어놓은 당상이라

　　　　　　　　　　　　　　　─오규원, 〈마음이 가난한 자〉 부분

　이 시도 아이러니의 좋은 예가 된다. 표면적으로 드러난 뜻은 1백99억이나 1백98억을 축재한 사람이 천국에 가고, 20억이나 30억을 축재한 사람은 따놓은 당상으로 틀림없이 천국에 간다는 것이지만 속뜻은 그 반대이다. 그 속뜻을 시의 첫 연처럼 성경의 인용으로 대신한다면 '부자가 천국에 가기는 낙타가 바늘구멍으로 들어가기보다도 어렵다'는 말이 되겠다. 그 속뜻은 단순히 축재자를 비판하는 데서만 그치지 않고 모든 가치를 오직 돈으로만 가름하려 드는 황금만능주의적 세태의 풍자로까지 발전할 수 있는 것이다.

　그러나 이러한 속뜻을 이해하는 것만으로는 이 시를 제대로 읽었다고 말할 수 없다. 사실 그 속뜻, 즉 황금만능주의에 대한 비판은 평소 우리가 귀에 못이 박히도록 듣고 있는 상식이다. 여기서는 그 비판이 우리에게 해학성을 곁들인 신선감으로 다가오고 있다. 그것은 성경에서 말하는 저 엄숙한 '마음의 가난'을 엉뚱하게도 2백억에 대한 1백99억의 가난으로 바꿔버린 시인의 기지(위트)에 기인하는 것이다. 기지는 이처럼 아이러니의 표현 효과를 드높인다. 시를 쓰고 싶은 그대들이라면 아이러니의 시를 읽을 땐 이러한 기지의 묘미도 즐길 줄 알아야 할 것이다.

　앞에 든 두 편의 시의 경우 아이러니가 비판적 의도의 표현 수단으로 사용되고 있다. 그러나 모든 아이러니가 언제나 그렇게만 사용되는 것은 아니다. 김소월의 시 〈진달래꽃〉의 마지막 연, '나보기가 역겨워 / 가실 때에는 / 죽어도 아니 눈물 흘리우리다'는 비판적 의도를 갖지 않는 아이러니의 좋은 예이다. '죽어도 아니 눈물 흘리우리다'라는 말은 실은 한없이 눈물을 흘리게 될 것이라는, 그러니까 그 겉뜻과 속뜻이 반대로 되어 있는 아이러니인 것이다. 이와 같이 비판적 의도를 갖지 않는 이 아이러니도 그것이 바로 아이러니이기 때문에 매우 강력한 호소력을 발휘한다. 만일 〈진달래꽃〉의 이 대목이 아이러니가 아닌 직설법으로 '한없이 눈물 흘리우리다'라고 표현되었더라면 어떠했을까 생각해보라. 좀 지나친 말일지는 몰라도 그랬으면 그 대목뿐만 아니라 시 전체의 표현 효과가 아주 크게 떨어졌을 것이다.

시의 이론가들은 몇 가지 유형으로 아이러니를 구분하고 있다. 언어적 아이러니, 낭만적 아이러니, 내적 아이러니, 구조적 아이러니 등이 그것이다. 그러나 이러한 종류 구분의 지식은 실제로 시를 쓰는 데 있어서는 크게 도움이 되지 않는다. 그리고 종류가 어떻게 구분되든 모든 아이러니는 기본적으로 속뜻과는 반대되는 말을 하면서 감추어진 속뜻을 보다 효과적으로 표현한다는 원리를 공유한다. 속뜻과 겉뜻이 상반되기 때문에 아이러니는 모순된 세계를 만들어낸다고 말할 수 있다. 모순된 세계란 자연의 법칙을 초월한 초자연의 세계인 것이다.《악의 꽃》의 시인 샤를 피에르 보들레르는 아이러니를 통해 초자연의 세계를 창조하는 것이 시의 목적이라고까지 말하고 있다. 지금의 우리는 이 말을 제대로 이해하기 어려울 것이다. 하지만 이해가 잘 되지 않더라도 보들레르 같은 시인이 그런 말을 할 만큼 시의 중요한 요소 중 하나가 아이러니라는 사실은 여기서 충분히 짐작할 수 있다.

역설은 시의 뛰어난 표현 장치

이러한 아이러니와 자주 혼동되는 역설은 표면적인 언어 구조 자체가 모순된 진술이라는 사실을 우리는 이미 알고 있다. 그리고 그 역설 역시 아이러니 못지않게 비중이 큰 시의 표현 장치 중 하나이다. 그래서 많은 시인들이 시에 역설을 사용하고 있지만, 한국의 시인 중에는 한용운이 특히 역설을 즐겨 사용하고 있다. 먼저 그의 시 한 편을 읽어보자.

> 남들은 자유를 사랑한다지만 나는 복종을 좋아하여요.
> 자유를 모르는 것은 아니지만 당신에게는 복종만 하고 싶어요.
> 복종하고 싶은 데 복종하는 것은 아름다운 자유보다도 달콤합니다.
> 그것이 나의 행복입니다.
>
> 그러나 당신이 나더러 다른 사람을 복종하라면, 그것만은 복종할 수가 없습니다.
> 다른 사람을 복종하려면, 당신에게 복종할 수가 없는 까닭입니다.
>
> ── 한용운, 〈복종〉 전문

'복종'은 '자유'의 반대개념이다. 그리고 사람들은 누구나 일반적으로 얽매임을 뜻하는 복종이 아닌 자유를 추구한다. 그러나 이 시의 화자는 그러한 통념을 뒤엎고 '당신에게는 복종만 하고 싶어요 / 복종하고 싶은 데 복종하는 것은 아름다운 자유보다도 달콤합니다'라고 말한다. 복종을 자유보다 훨씬 높은 가치의 개념으로 인식하고 있는 이 말은 분명 그 표면구조가 모순되어 있는 역설이 아닐 수 없다.

이 역설에서 우리는 먼저 통념이 전복됨에 따르는 놀라움을 느끼게 된다. 우리가 어떤 충격을 받았다는 의미인 그 놀라움은 우리를 그만큼 강하게 시 속으로 끌어들이는 요인이다. 이처럼 독자를 끌어들이면 그 시의 표현은 일단 성공한 것이라 할 수 있다. 역설이 시의 뛰어난 표현 장치가 된다는 사실은 여기서도 쉽게 드러나는 사실이다.

그러나 역설은 단순히 그 정도의 표현 효과만을 노리는 충격 장치가 아니다. 표현 효과보다도 훨씬 중요한 역설의 기능은 그것이 독자로 하여금 시의 의미를 스스로 생각하게 하고 그리하여 그것을 보다 깊이 있게 이해할 수 있도록 유도하는 결정적인 계기가 된다는 것이다. 그 이유는 역설의 그 모순된 표현이 우리의 의식 속에 어째서 그런 모순이 가능한가라는 의문을 강하게 불러일으키기 때문이다.

한용운의 시 〈복종〉의 경우도 '복종하고 싶은 데 복종하는 것은 아름다운 자유보다도 달콤합니다'라는 역설은 바로 그러한 의문을 촉발하는 표현이 되고 있다. 생각을 거듭한 끝에 우리는 지극한 사랑, 아니 절대적인 사랑에 있어서는 복종이 자유보다 훨씬 가치 있는 개념이란 사실을 깨닫게 된다. 다른 말로 하면 이러한 깨달음은 진리의 새로운 발견이라 할 수 있다. 그것도 단순한 진리가 아니라 상식을 초월한 신비롭고 차원 높은 복합적 내포를 갖는 진리인 것이다.

종교나 철학의 영역에서 그렇게 표현하는 진리가 많다. '있음이 곧 없음이요, 없음이 곧 있음(색즉시공 공즉시색色卽是空 空卽是色)'이라는 불교의 가르침과 '슬퍼하는 자는 복이 있나니 그는 위로를 받을 것'이라는 성경의 한 구절도 역설로 표현한 종교적 진리이다. 한용운의 시에 많은 역설을 사용하고 있는 것은 그가 불교의 큰 승려였다는 사실과 깊은 관련이 있는 현상이라 하겠다.

세상에 널리 알려진 그의 대표작 〈님의 침묵〉은 '아아 님은 갔지만 나는 님을 보내지 아니하였습니다. / 제 곡조를 못이기는 사랑의 노래는 님의 침묵을 휩싸고 돕니다'라고 끝맺고 있다. 이 대목 이전까지 이 시는 주로 님의 떠남, 즉 님과 이별한 슬픔을 노래하는 내용이다. 따라서 화자가 '님은 갔지만 나는 님을 보내지 아니하였'다고 말하는 것은 그야말로 역설이 아닐 수 없다. 우리는 그 역설이 이 시 〈님의 침묵〉의 의미의 핵심이요, 또 그 표현 효과의 절정이란 사실을 곰곰이 새겨보아야 할 것이다.

먼 훗날 당신이 찾으시면
그때에 내 말이 잊었노라

당신이 속으로 나무라면
무척 그리다가 잊었노라

그래도 당신이 나무라면
믿기지 않아서 잊었노라

오늘도 어제도 아니 잊고
먼 훗날 그때에 잊었노라

— 김소월, 〈먼 후일〉 전문

이 시의 각 연에서 되풀이되고 있는 '잊었노라'는 말은 화자의 진심이
아니다. 그 말은 오히려 아무래도 잊을 수 없다는 간절한 그리움을 역설
적으로 강조하고 있다. 특히 마지막 연, '오늘도 어제도 아니 잊고 / 먼 훗
날 그때에 잊었노라'는 구절은 역설의 두드러진 보기가 된다. '오늘도 어
제도 아니 잊고' 화자가 노상 생각하고 있는 '당신'은 '먼 훗날 그때'에도
잊을 수 없는 사람이라고 보아야 할 것이다. 그리고 설령 잊는다 하더라
도 그것은 먼 훗날의 일이기 때문에 지금은 단정할 수가 없다. 그럼에도
불구하고 이 시의 화자가 먼 훗날의 일을 마치 기정사실인 것처럼 '잊었
노라'고 과거형으로 단언하고 있는 것은 그 말이 곧 역설임을 입증하는
뚜렷한 증거이다.

아이러니와 역설의 모순어법은 독특한 표현 효과를 노린 표현상의 기교이며 여기서 우리는 이 역설이 화자의 그리움을 표현할 때 '먼 훗날 그때까지 당신을 잊지 않겠노라'고 말하는 경우보다 훨씬 강렬한 효과를 거두고 있다는 사실을 눈여겨보지 않으면 안 된다.

이 형 기 시 인 의 시 쓰 기 강 의

제4장

음악 같은,
때로는
그림 같은 시

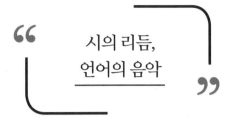

시의 리듬, 운율

 시의 유일한 표현 매체인 언어는 내용에 해당하는 '의미'와 형식에 해당하는 '소리'의 결합체이다. 앞부분에서 밝힌 언어의 이 두 가지 요소는 표리일체의 관계를 이루고 있다. 따라서 '언어의 직공'인 시인은 언어를 다룰 때 의미뿐 아니라 소리까지도 최대한의 효과를 거둘 수 있도록 세심한 배려를 해야 한다.

 일상의 담화나 산문의 경우는 소리의 측면을 거의 무시하고 의미 중심으로만 언어를 사용한다. 의미와 소리가 하나로 어우러져야만 비로소 완전한 언어가 되므로 이것은 언어의 불완전한 사용법이 아닐 수 없다. 그러나 시인은 언어를 그렇게 사용하지 않는다. 의미를 살리면서 소리도 살릴 수 있는 방향으로 언어의 완전한 사용을 기약하는 사람이 시인인 것이다.

 소리가 잘 조직되어 예술적 효과를 거두게 된 것을 음악이라 한다. 그렇기 때문에 시의 경우에서도 언어의 소리의 측면이 만들어내는 효과를 음악성이라고 한다. 인간의 여러 언어행위 중에서 이 음악성을 의도적으로 추구하고 그것을 자신의 한 특징으로 삼고 있는 것이 시이다. 시는 곧 운문이라는 예로부터 전해 내려오는 고전적 관념도 여기에 그 뿌리를 두고 있다. 운문이란 두말할 것도 없이 언어의 소리가 빚어내는 음악적 효과를 크게 염두에 두고 쓰인 문장이다.

시에서는 음악적 효과를 리듬rhythm이라고 한다. 우리말로는 운율韻律이라고 하는 이 리듬은 음악이나 시에만 국한되지 않고 무엇이든 규칙적으로 반복되는 현상에 대해서는 두루 적용될 수 있는 폭넓은 개념이다. 이를테면 낮과 밤의 교체나 일정한 간격을 두고 반복되는 인간의 호흡도 리듬의 예이다. 따라서 시의 리듬은 기본적으로 소리의 규칙적 반복이라는 조건을 갖추도록 요구된다.

그러나 오직 소리에 의해서만 시의 리듬이 만들어지는 것은 아니다. 의미도 그것이 어떤 규칙성을 고려해서 배열되면 그 나름의 리듬을 만들어내게 된다.

한시漢詩에서 흔히 보는 대구對句 같은 것은 의미의 규칙적 배열이 만들어낸 리듬의 일종이다. 그리고 언어에서는 소리와 의미가 서로 떨어져 있지 않고 동전의 양면처럼 일체화되어 있다. 그래서 소리가 어떤 형식을 갖게 되면 의미도 그에 상응하는 변화를 일으키게 된다.

산에
산에
피는 꽃은
저만치 혼자서 피어 있네

— 김소월, 〈산유화〉 부분

김소월의 이 〈산유화山有花〉의 한 구절도 소리의 형식이 의미의 변화를 가져오고 있다. 보다시피 여기서는 소리가 '산에 / 산에 / 피는 꽃'이라고 행갈이 하여 배열됨으로써 '산'과 '피는 꽃'이란 사물이 또한 각각 그만큼 강조되고 있다. 행갈이를 하지 않고 그냥 '산에 산에 피는 꽃'이라고 썼을 때에는 이루어지지 않는 이 강조의 효과는 바로 의미의 변화를 말해주는 현상이 아닐 수 없다. 그래서 엘리엇은 "시의 음악성은 의미에서 독립된 것이 아니다"라고 말했다.

사실 시가 언어의 소리만을 가지고 음악성을 추구한다면, 아무리 훌륭한 성과를 거둔다고 해도 도저히 음악 그 자체와는 경쟁할 수가 없다. 그러나 시에서는 소리가 의미를 변화시키고, 음악만으로는 경쟁할 수 없다는 사실은 시로 하여금 음악 이상의 음악이 될 수 있게 하는 특성이 된다. 그리고 앞에 예로 든 〈산유화〉는 시의 행갈이가 그러한 음악성, 즉 리듬을 살리는 장치의 하나라는 사실을 깨우쳐주고 있다.

이러한 시의 리듬을 우리말로 운율이라고 하는 것은 그것이 운과 율이라는 두 가지 요소로 구성되어 있음을 뜻한다. 영어로는 전자를 라임 rhyme, 후자를 미터meter, metre라고 하는데 개괄적으로 말하면 전자는 같은 소리의 반복, 후자는 언어가 갖는 그 소리의 고저高低, 장단長短, 강약强弱 등의 주기성을 가리키는 개념이다. 그리고 이 두 가지 요소는 다시 복잡한 내용으로 세분된다. 그러나 운과 율의 종류 같은 것은 실제로 시를 쓰는 데 있어 별로 도움이 되지 않는 지식이다. 게다가 언어는 그 소리가 나라마다 다르기 때문에 우리가 설령 운율에 대한 일반론적 지식을 갖춘다고 하더라도 그것을 그대로 우리말의 소리에 적용하기는 어렵다. 그러므로 우리는 운율에 대한 지식보다 앞으로 우리가 시를 쓸 때 활용할 수 있는 한국시의 리듬의 실상에 더 많은 관심을 기울여야 할 것이다.

시의 리듬에는 그 틀이 정해져 있는 것과 그렇지 않은 것이 있다. 전자를 정형시라 하고 후자를 자유시라 하는 것은 상식이다. 정형시의 리듬은 밖으로 노출되고 자유시의 리듬은 시 속에 감춰져 있다. 그래서 전자를 외형률이라 하고 후자를 내재율이라 한다. 외형률이든 내재율이든 리듬은 모두 리듬이기 때문에 정형시가 그것을 독점할 수는 없다. 그리고 많은 현대시는 그 리듬이 내재율로 되어 있는 자유시이다. 따라서 우리가 그 실상을 살펴야 할 주된 대상도 자유시의 리듬이 아닐 수 없다.

자유시의 율격 이모저모

자유시의 역사는 그다지 오래되지 않았다. 서양에서는 19세기 말부터 자유시가 나타났다는 게 통설이고 우리 문학에서는 신문학 초창기인 1910년대부터 등장하고 있다.

자유시가 등장하기 이전의 시는 물론 동서를 막론하고 모두 정형시였다. 그 정형시의 미리 정해져 있는 리듬의 틀, 즉 언어 배열의 규칙은 인간의 개성적 편차와 또 그에 따른 사상과 감정의 다양성을 그대로 자유롭게 표현하기 어렵게 만드는 제약 조건이었다.

자유시의 출현은 이러한 제약 조건의 타파를 뜻한다. 그 타파의 원동력이 된 것은 근대정신의 기반인 개성에 대한 자각이다. 자유시는 인간의 개별성을 대전제로 자유를 추구하는 근대정신의 소산이다. 개성의 차이를 존중하지 않는 곳에는 자유가 없다. 따라서 자유시의 리듬은 시인마다, 그리고 작품마다 다르다. 정형시의 경우처럼 미리 정해진 틀이 없는 자유시의 리듬은 그 하나하나가 모두 그 시인, 아니 그 시에만 어울리는 독자성을 지니고 있다.

그러나 자유시의 리듬에 있어서 그 자유에도 수많은 정도의 차이가 있다. 얼핏 보면 정형시 같은 느낌을 주는 시가 있는가 하면 행갈이를 하지 않고 산문 형태로 쓴 시도 있다. 행갈이를 하고 있는, 우리가 흔히 보는 시와 함께 산문 형태로 쓴 시도 모두 자유시의 범주에 속한다.

강나루 건너서
밀밭 길을

구름에 달 가듯이
가는 나그네

길은 외줄기
남도 삼백리

술 익는 마을마다
타는 저녁놀

구름에 달 가듯이
가는 나그네

— 박목월, 〈나그네〉 전문

얼핏 보면 정형시 같은 느낌을 주는 자유시의 하나로 이 시를 꼽을 수 있다. 그러한 느낌을 뒷받침하는 두드러진 조건은 이 시가 음수율音數律과 음보율音步律에 있어서 모두 일정한 규칙성을 구현하고 있는 점이다.

음수율, 즉 소리의 음절수를 맞추는 율격은 2, 4, 5연에서 보다시피 7·5조를 그 바탕으로 하고 있다. 1연과 3연은 7·5조가 아니지만 7·5조의 변형이라 할 수 있다. 이러한 변형은 처음부터 끝까지 동일한 음수율이 반복될 때 생겨날 수 있는 단조로움을 깨뜨리기 위해 흔히 사용되는 방법이다.

그리고 박자 개념에 의한 율격인 음보율의 경우를 보면 이 시는 그 각 연이 '강나루 / 건너서 / 밀밭 길을 // 구름에 / 달 가듯이 / 가는 나그네'라고 3박자로 읽을 수 있게 되어 있다. 3음보의 율격인 것이다.

전문가들은 3음보의 율격이 우리나라 민요의 기본 율격이라고 말한다. 대표적인 민요인 〈아리랑〉이 '아리랑 / 아리랑 / 아라리요 / 아리랑 / 고개를 / 넘어간다'라고 3박자를 이루고 있는 것이 그 좋은 예이다. 그러니까 박목월의 〈나그네〉는 음수율과 음보율 양면에 걸쳐 어떤 규칙성을 구현하고 있는 정형시로 지목될 가능성도 없지 않은 것이다.

그러나 우리는 이 시의 형식에 나타난 규칙성이 시는 으레 그렇게 써야 한다는 식으로 정해져 있는 틀을 그대로 답습한 것이 아니라는 사실을 기억할 필요가 있다. 비록 규칙적인 형식을 가졌다고 해도 그것은 결코 일반화할 수 없는 이 시만의 독자적 규칙이다. 따라서 이 시 또한 자유시이며, 다만 이 시는 그 자유의 폭이 비교적 좁다고 말할 수 있다. 그리고 그 때문에 이 시는 다른 자유시보다 율격이 빚어내는 음악적 효과를 더 많이 거두고 있다.

음보율은 원래 서구시의 율격 단위였다. 좀 더 구체적으로 말하면 악센트가 있는 강한 음절과 악센트가 없는 약한 음절이 교차되면서 만들어내는 이른바 강·약률의 기본단위가 음보이다. 한국시에는 강한 음절과 약한 음절의 교차에 의한 율격이 없다.

한국시의 율격이 오랫동안 음보율이 아닌 음수율을 기준으로 분석되어 왔던 것도 이 때문이다. 그러나 막상 하나하나의 작품을 살펴보면 그 음수율도 고정되어 있는 것이 많지 않다. 음수율의 규칙이 비교적 잘 지켜지고 있으리라 생각하는 고시조의 경우도 실상은 3백여 종의 다양한 음수율을 보여주고 있다. 이처럼 다양한 음수율로써는 한국시의 율격을 정리하기가 어렵다. 그래서 음수율보다는 서구시의 음보율의 개념을 받아들여 한국시의 율격을 정리하는 것이 옳다는 논의가 60년대부터 일어나 오늘에 이르고 있다. 그 음보율을 적용하면 한국시의 율격은 크게 3음보와 4음보의 두 가지로 나뉜다.

지금은 남의 땅, 빼앗긴 들에도 봄은 오는가?

나는 온몸에 햇살을 받고

푸른 하늘 푸른 들이 맞붙은 곳으로
가르마 같은 논길을 따라 꿈속을 가듯 걸어만 간다.
— 이상화, 〈빼앗긴 들에도 봄은 오는가〉 부분

이 시는 각 행을 4음보로 나누어 읽을 수 있다. '지금은 / 남의 땅, / 빼앗긴 들에도 / 봄은 오는가'라고 읽을 수 있다. 그리고 그렇게 읽을 때는 박목월의 〈나그네〉에 비해 형태상 자유의 폭이 훨씬 큰 이 시도 4음보의 리듬을 구현한 것이라고 말할 수 있다.

내게로 오너라. 어서 너는 내게로 오너라. — 불이 났다. 그리운 집들이 타고, 푸른 동산, 난만한 꽃밭이 타고, 이웃들은, 이웃들은, 다 쫓기어 울며 울며 흩어졌다. 아무도 없다.
— 박두진, 〈푸른 하늘 아래〉 부분

이 시는 산문시 형태를 취하고 있다. 그러나 '내게로 / 오너라. // 어서 / 너는 / 내게로 / 오너라. // ─ 불이 / 났다. // 그리운 / 집들이 타고, // 푸른 / 동산 // 난만한 / 꽃밭이 타고, // 이웃들은 / 이웃들은, 다 / 쫓기어 / 울며 울며 / 흩어졌다. // 아무도 / 없다'라고 율독을 해보면 2음보가 중첩된 율격을 쉽게 찾아낼 수 있다. 2음보는 4음보를 둘로 분할한 것이기 때문에 4음보의 변형으로 보아도 무방하다.

> 남들이 자유를 사랑한다지마는
> 나는 복종을 좋아하여요.
>
> 자유를 모르는 것은 아니지마는
> 당신에게는 복종만 하고 싶어요.
>
> ─ 한용운, 〈복종〉 부분

한용운의 〈복종〉 또한 '남들은 / 자유를 / 사랑한다지마는 // 나는 / 복종을 / 좋아하여요 // 자유를 / 모르는 것은 / 아니지마는 // 당신에게는 / 복종만 / 하고 싶어요'라고 읽으면 3음보의 율격이 드러난다.

음보율을 적용하면 이와 같이 산문시나 자유시에 있어서도 일정한 율격을 찾아낼 수 있는 사례가 많다. 그러나 한국시의 리듬이 오직 이 음보율에 의해서만 결정되는 것은 아니다. 그래서 서구시의 율격 단위인 음보율을 우리 시에 그대로 적용할 때는 무리가 생길 수 있다는 점을 알려둔다.

리듬을 깨는 리듬
음보율이나 음수율 같은 '율'이 아니라 '운'도 시의 리듬을 만들어내는

요소이다. '같은 소리의 반복'이라고 앞에서 말한 그 운의 일례를 다음의
시에서 찾아볼 수 있다.

> 물구슬의 봄새벽 아득한 길
> 하늘이며 들 사이에 넓은 숲
> 젖은 향기 불긋한 잎 위의 길
> 실그물의 바람 비쳐 젖은 숲
> 나는 걸어가노라 이러한 길
> 밤저녁의 그늘진 그대의 꿈
> 흔들리는 다리 위 무지개 길
> 바람조차 가을 봄 거츠는 꿈
>
> ─ 김소월, 〈꿈길〉 전문

　이 시는 각 행의 끝말이 '길'과 '숲', '길'과 '꿈'으로 되어 있다. 같은 소
리의 반복, 그러니까 운을 맞춰 쓴 시인 것이다. 그리고 이 시처럼 시행의
끝에 있는 운을 각운脚韻이라 한다. 시행의 첫머리나 중간 부분에 있는 운
도 있다. 전자를 두운頭韻, 후자를 요운腰韻이라 하는데, 세 가지 운을 통틀
어 말할 때는 압운押韻이라 한다.
　한시漢詩와 서구시에는 압운이 자주 사용되고 있다. 그러나 한국시에
는 압운을 사용한 예가 많지 않고, 또 그 효과도 한시나 서구시처럼 묘미
가 잘 살아나지 않는다. 그것은 교착어인 우리말이 굴절어인 중국어나
서구어와 구조가 다르기 때문에 일어나는 현상이다. 그렇기 때문에 한국
시의 리듬에서는 압운이 차지하는 비중이 크지 않다.
　소리뿐만 아니라 의미도 어떤 규칙성을 고려해서 배열되면 리듬을 이
루게 된다고 말한 바 있다.

내 마음은 호수요,

그대 노 저어 오오.

나는 그대의 흰 그림자를 안고, 옥같이

그대 뱃전에 부서지리다.

내 마음은 촛불이요,

그대 저 문을 닫아 주오.

나는 그대의 비단 옷자락에 떨며, 고요히

최후의 한 방울도 남김없이 타오리다.

— 김동명, 〈내 마음은〉 부분

이 시는 각 연의 각 행이 서로 대응 관계를 이루고 있다. 이 시의 리듬은 음절이나 음보보다도 의미의 측면에서 한층 뚜렷하게 드러난다. 첫 연에 물(호수)이 나오고 둘째 연에 불(촛불)이 나오는 것은 일종의 대구對句라 할 수 있다.

그리고 각 연의 전체적 의미는 표면적으로 차이가 있음에도 불구하고 본질을 같이하는 동어반복적 성격을 띠고 있다. 그러니까 동질적 의미의 규칙적 배열인 것이다.

내 고향 한 늙은 미루나무를 만나거든

나도 사랑을 보았으므로

그대처럼 하루하루 몸이 벗겨져 나가

삶을 얻지 못하는 병을 앓고 있다고 일러주오

내 고향 잠들지 못하는 철새를 만나거든

나도 날마다 해 뜨는 곳에서

해 지는 곳으로 집을 옮겨 지으며

눈물 감추는 법을 알게 되었다고 일러주오

— 김종철, 〈해뜨는 곳에서 해지는 곳까지〉 부분

앞 부분 2연까지를 인용한 이 시에서도 연 단위로 동질적 의미가 반복되고 있음을 발견할 수 있다. 표면적 의미는 다르지만 '향수'로 요약되는 내면적 의미를 반복하고 있는 것이다. 그래서 이 시와 앞에서 예로 든 김동명 시인의 〈내 마음은〉은 모두 산문에서는 전혀 느껴볼 수 없는 리듬을 만들어내고 있다. 두 시에서 보이는 그 리듬은 시인이 의도적으로 추구한 결과이다.

그러면 율격이 뚜렷하지 않고 소리나 의미의 반복도 없는 일반 자유시의 경우는 그 리듬이 어떻게 될까?

이제 더 떨어버릴 것이 없다

더 말라버릴 것도

더 잃어버릴 것도 없는

나뭇가지들이 들판에 서서

삼동을 견디고 있다.

물기는 남김없이

땅 밑 깊은 뿌리 속으로 거두어들이고

이제 더 죽어갈 것이 없는

홀가분한 몸과 마음으로

한랭한 대륙성 고기압권 속에서

칼날 같은 바람과 맞서는

나뭇가지들의 늠름한 결의決意 사이를

바람이 휘파람 소리를 내며 지나간다.

— 정한모 〈삼동기행三冬紀行〉 전문

이 시에는 이렇다 할 운이나 율, 의미의 반복이 없어 자유시 중에서도 자유의 폭이 매우 넓은 시라고 할 것이다. 그러나 우리는 이 시를 산문처럼 읽을 수는 없다. 행갈이가 되어 있는 대로 읽어야만 하는 것이다. 그리고 그렇게 읽을 때는 이 시 나름의 어떤 리듬을 느끼게 된다. 그것은 우리가 이 시를 산문처럼 그냥 읽거나 또 행갈이를 멋대로 바꾸어 '이제 더 / 떨어버릴 것이 / 없다 더 말라버릴 것도 / 더 잃어버릴 / 것도 없는 나뭇가지들이'와 같이 읽어보면 차이가 드러나는 미묘한 리듬이다. 대부분의 자유시는 이러한 리듬을 지니고 있다. 시 속에 감추어져 있다고 해서 내재율이라고 부르는 이러한 리듬은 그 시만이 갖는 독자적인 음악성이다.

아무래도 나는 비켜서 있다 절정 위에서 서 있지

않고 암만해도 조금쯤 옆으로 비켜서 있다

그리고 조금씩 옆에 서 있는 것이 조금쯤

비겁한 것이라고 알고 있다

— 김수영, 〈어느 날 고궁을 나오면서〉 부분

이 시를 행갈이 되어 있는 대로 읽으면 어떤 저항감을 느끼게 된다. 그것은 인용문의 첫 행이 '서 있지'로 끝나고 다음 행 첫머리에 '않고'가 나와서 '서 있지 않고'라는 정상적인 구문을 비틀어놓은 데서 기인하는 저항감이다. 그래서 이 시가 리듬을 고려하기는커녕 오히려 그것을 파괴한 것이 아니냐는 의문을 가질 수 있다. 실제로 이 시에서 구문의 왜곡은 리듬을 파괴하려는 의도에서 나온 것이다. 그러나 그 리듬의 파괴를 리듬의 부재不在로 보아서는 안 된다. 현대의 전위음악이 협화음의 쾌적한 조화보다도 불협화음에 의한 무조주의無調主義를 지향하고 있는 것은 널리 알려진 사실이다. 정상적인 구문을 왜곡시킴으로써 리듬을 파괴하는 시도 그러한 전위음악의 무조주의적 방법과 같다고 말할 수 있다. 아무리 구문을 비틀어놓고 그리하여 리듬을 파괴했다고 하더라도 시는 시이지 산문이 아니다. 따라서 정도의 차이는 있을망정 거기에는 그 나름의 음악성이 있다.

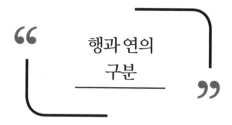

왜 행과 연을 구분하는가

대부분의 시에는 행行과 연聯의 구분이 있다. 모든 시가 아니고 대부분의 시라고 한 것은 예외가 있기 때문이다. 그 예외 중에서 우리가 가장 자주 접하게 되는 것은 행 구분만 있고 연 구분이 없는 경우다. 손쉬운 예를 들면 3행으로 되어 있는 우리의 고시조가 그렇게 되어 있다. 이런 것을 시 한 편이 하나의 연으로 되어 있다고 해서 단연시單聯詩라고 한다. 널리 알려진 유치환의 〈깃발〉이나 김영랑의 4행시 같은 것은 단연시의 좋은 보기가 된다.

산문시에는 연 구분과 함께 행 구분도 없는 것이 많다. 연 구분이 없는 만큼 역시 단연시라 할 수밖에 없는 그러한 산문시를 이상李箱이 많이 썼다.

사과한알이떨어졌다.지구는부서질그런정도로아팠다.최후最後.이미여하如何한정신도발아發芽하지아니한다.

— 이상, 〈최후〉 전문

띄어쓰기를 무시하고 있는 이상의 이 시도 행과 연의 구분이 없는 산문시이다. 그러나 모든 산문시를 그렇게만 쓰는 것은 아니다. 행과 연이 구분되어 있는 산문시도 있다. 그리고 그런 시들을 통해 우리는 행과 연의 구분이 시의 일반적 통례라는 사실을 재확인하게 된다.

시는 왜 행과 연을 구분하게 될까? 이 문제를 밝혀주는 중요한 단서는 시도 문장의 일종이란 점에 있다.

시를 포함한 모든 문장에는 어떤 내용이든 담겨 있다. 그 내용은 물론 단순한 것일 수도 있지만 실제로는 결코 단순하지 않고 복잡하다. 단순한 내용은 그것을 구태여 문장화할 필요가 없는 것이다. 이처럼 복잡한 문장의 내용은 하나의 커다란 덩어리를 이룬다. 커다란 덩어리인 만큼 그 속에는 또 몇 개의 작은 덩어리가 들어 있게 마련이다. 어떤 사람은 이러한 문장을 열차로 비유하고 있다. 기관차, 객차, 식당차, 전망차, 화차 등이 연결되어 하나의 전체를 이루고 있는 것이 열차이다. 여러 개의 작은 내용의 덩어리가 모여서 보다 큰 내용의 덩어리를 이루는 문장은 아닌 게 아니라 열차와도 같다.

이때의 이 작은 덩어리는 전체 내용의 부분적 단락이다. 그 단락을 반드시 밖으로 표시해야 한다는 법은 없지만 이왕이면 표시하는 것이 좋다. 표시를 하면 그것은 우선 독자에게 친절을 베푸는 일이 되고 또 한 걸음 나아가서는 문장을 쓰는 당사자도 그로 인해서 호흡을 조절할 수 있기 때문이다. 그래서 특별한 경우가 아닌 한 문장은 으레 이 단락을 표시하고 있다.

시에 있는 행이나 연의 구분도 기본적으로는 이러한 원칙에 입각해 있다. 그것은 전체 내용의 부분적 단락을 밝히기 위한 작업인 것이다. 그러니까 시에 담겨 있는 내용은 그 행 구분, 또는 그 연 구분의 모양대로 단락이 지어져 있다는 이야기가 된다.

산문에서 부분적 단락은 의미의 단락을 나타내는 것이다. 그것은 산문이 의미의 전달을 주된 목표로 하는 데 기인하는 현상이다. 그리고 산문의 의미의 단락은 우리가 두루 아는 바와 같이 행갈이의 형태로 표시되고 있다. 그러나 시라는 문장 속에 담겨 있는 내용은 의미뿐만이 아니다. 의미 이외의 내용도 의미 못지않은 비중을 가지고, 아니 때로는 의미보다 훨씬 큰 비중을 가지고 그 속에 담겨 있다. 이것을 단적으로 입증하고 있는 것은 시가 운율에 의한 음악적 효과와 또 문자화된 언어의 그 배열 형태가 빚어내는 회화적 효과를 노리기도 한다는 사실이다.

시의 행 구분이 음악적 효과를 살리기 위한 장치 구실을 한다는 것은 지난번에 이미 말한 바 있다. 게다가 시는 또 언어가 갖는 밖으로는 잘 드러나지 않는 비밀스러운 힘과 그 매력까지도 모두 살려내려는, 즉 언어 의식이 가장 날카로운 문학 양식이다. 그러므로 시에 있어서는 자연 날말 하나, 토씨 하나도 세심한 배려의 대상이 된다.

시는 그 내용의 부분적 단락이 산문과 같을 수는 없다. 산문의 경우는 단락이 곧 의미의 단락을 뜻하지만 시의 경우는 거기에 의미 외에 음악적이고 회화적인 효과 또 기타의 복합적 요소가 내포되어 있다. 그래서 시는 그러한 단락을 표시할 때도 산문과는 아주 판이한 형태를 취하게 된다. 그 구체적인 예가 바로 보통 문장에선 볼 수 없는 시의 독특한 행 구분, 연 구분이다.

시의 연을 영어로는 스탠자stanza라고 한다. 그것은 원래 방을 뜻하는 이탈리아 말에서 유래된 것이다. 방은 집의 한 부분이면서도 그 나름의 독립성을 지니고 있다. 독립된 그 방들이 서로 유기적 관계를 맺고 전체를 이룬 것이 한 채의 집이다. 이 한 채의 집이 곧 한 편의 시에 해당한다. 따라서 연은 집에 있어서의 방처럼 시 속에 담겨 있는 내용의 부분적 단락이 아닐 수 없다. 단락인 만큼 거기에는 물론 어떤 매듭이 지어져 있다. 앞에서 말한 것처럼 여러 가지 복합적 요소가 얽혀 있는 시 내용의 한 매듭, 그것이 연이다.

방으로 비유되는 이러한 연에는 문이나 창이나 벽에 해당하는, 그러니까 방 자체를 구성하는 부분적 요소도 있다. 그것이 영어로는 라인line이라고 말하는 시의 행이다. 예외가 아주 없는 것은 아니지만 그 행은 대체로 둘 이상의 복수로 되어 있다. 그리고 정형시가 아닌 자유시에 있어서는 그 행들의 구분도 역시 자유롭다. 자유롭다는 이 말은 천방지축이란 뜻이 아니라 시마다 행 구분을 달리할 수 있다는 뜻이다.

다시 방의 비유를 빌린다면 행 구분의 그 자유로움은 창을 특별히 크게 만든 방, 벽을 특별히 화려하게 꾸민 방, 문을 특별히 견고하게 만든 방이 있는 것과 같은 이치라 하겠다. 이때 각각의 방은 제 나름의 특색을 갖게 된다. 그리고 이러한 방의 특색은 집 전체의 특색으로 연결된다. 그러니까 시의 행 구분의 자유는 그 행들이 속해 있는 연과 그 연이 또 다른 연과 어울려 완성되는 시 전체의 표현 효과를 극대화하는 길이 무엇인가를 언제나 깊이 생각하면서 행사되어야만 하는 것이다.

별난 행 구분 사례 몇 가지

시의 행 구분과 연 구분에 대한 이상의 일반론을 염두에 두고 이제는 그 구체적 사례를 살펴보자. 먼저 행 구분의 사례이다.

> 청산도 절로절로 녹수도 절로절로
> 산절로 수절로 산수간에 나도 절로
> 이 중에 절로 자란 몸이 늙기도 절로절로
>
> —김인후, 〈청산도 절로절로〉 전문

이조 중종 때의 문신 김인후의 작품 〈청산도 절로절로〉로 알려져 있는 이 시조의 행 구분은 두 가지 일을 한꺼번에 해내고 있다. 하나는 그것이 의미의 단락을 나타내고 있는 점이고, 다른 하나는 그것이 음악적 효과를 거두고 있는 점이다.

의미의 단락은 너무나 뚜렷해 누구나 쉽게 알 수 있다. 음악적 효과도 그렇지만 굳이 설명을 붙인다면 그것은 각 행 말미의 '절로'의 그 'ㄹ'음의 중첩에서 드러나고 있다. 이 시조는 이러한 음악적 효과와 의미의 단락이 잘 조화된 행 구분을 보여주고 있다. 이 시조의 작자가 만일 이런 조화를 무시하고 행 구분을 달리했다면 그것은 적절하지 못한 정도를 넘어서 작품 전체를 죽였다는 말도 듣게 될 것이다.

하늘의 병풍 뒤에
뻗은 가지, 가지 끝에서
　포릉
　포릉
포릉
튀는
천상天上의 악기들.

— 박남수, 〈종달새〉 부분

이 시에 있어서는 3행에서 6행까지를 주목해주기 바란다. 세 번 되풀이되고 있는 '포릉'은 종달새가 하늘로 날아오르는 모양의 의태어이다. 그것이 두 번째까지는 다른 시행보다 한 칸 뒤에 있고 세 번째에 가서는 정상으로, 그러니까 한 칸 앞으로 솟아올라 다음 행의 '튀는'과 어깨를 나란히 하고 있다.

그러니까 '포롱'의 이러한 위치 변화는 낮은 데서 높은 데로 날아오르는 종달새의 모양을 시각적으로도 알 수 있게 하려는 행 구분이다. 더구나 그 세 번째의 '포롱'이 글자 수도 같은 두 자로 되어 있는 형용사 '뛰는'과 나란히 병치되어 있는 것은 종달새의 날아오르는 모양이 뛰는 것과 같음을 시사하고 있다. 바꿔 말하면 이 시는 언어의 배치나 배치된 언어의 의미가 모두 회화적 효과를 거둘 수 있게 행 구분을 하고 있는 것이다.

월

　화

　　수

　　　목

　　　　금

　　　　　토

하낫 둘

　　하낫 둘

일요일로 가는 "엇둘, 소리……"

자연의 학대에서

너를 놓아라

영사의 여백餘白

영혼의 위생衛生데이……

일요일의 들로

바다로……

— 김기림, 〈일요일 행진곡〉 전문

이 시의 첫 연에서는 월·화·수·목·금·토의 각 요일이 한 자씩 한 행을 이루면서 경사지게 배치되어 있다. 그리고 둘째 연에서는 또 두 번 되풀이되고 있는 '하낫 둘'의 두 번째 구령이 한 칸 뒤로 처지게 배치되어 있다. 이러한 행 구분의 전자는 월요일부터 시작되는 한 주일의 생활이 토요일까지 이르는 동안 차츰 힘이 빠지는 과정을 그림을 그리듯 나타내려는 의도의 소산이다. 그리고 후자의 한 칸 뒤에 배치된 '하낫 둘'은 그 두 번째 구령의 소리가 좀 낮게 발음된다는 것을 말해주고 있다.

글자의 배치를 통해 어떤 시각적 효과를 노리는 이러한 행 구분은 서양에서도 더러 시도되고 있다. 조판이 까다롭기 때문에 본문의 인용은 생략하지만 영국의 딜런 토마스는 시의 각 연이 커다란 마름모꼴이 되도록 행 구분을 한 시를 쓴 일도 있다. 이런류의 행 구분은 도형시圖形詩의 기법이라고 불린다.

타래지는 마음의 끝 간 데
모른다. 소용돌이 속
깊다. 들어설수록 동구 밖은
고빗길. 돌아가는 비탈진
생각. 하늘 밖이라
소라 속 그만큼 비었다.

— 김광림, 〈소용돌이〉 전문

이 시의 행 구분은 지금까지 인용한 시들과 비교할 때 유별난 점을 지니고 있다. 이를테면 둘째 줄 첫머리의 '모른다'의 위치부터가 이상하다. 그것은 첫째 줄 끝에 이어져도 좋고, 또 둘째 줄에 그냥 둔다 해도 그 자체로 독립시킬 것이지, '소용돌이 속'이라는 이질적인 구절을 거느리게 할 필요가 없지 않느냐는 의문을 불러일으키는 것이다. 셋째 줄의 '깊다', 넷째 줄의 '고빗길', 다섯째 줄의 '생각'도 그렇다. 일반 산문에서는 있을 수 없고, 시로써도 좀 어색하게 느껴지는 이러한 행 구분을 시인은 어째서 감행하고 있을까?

몇 가지 이유를 생각해볼 수 있다. 첫째는 '모른다'가 행의 첫머리에 올라옴으로써 얻는 강조의 효과다. 만일 그것이 첫째 줄 끝에 붙어버린다면 의미는 통해도 강조의 효과는 기대할 수 없다. 그리고 둘째로 그 '모른다'가 첫째 줄의 '마음의 끝 간 데'는 물론 둘째 줄의 '소용돌이 속'까지를 아울러 포괄하는 이중적 역할을 수행하고 있는 점을 고려하지 않으면 안 된다. 그러니까 이 '모른다'는 '마음의 끝 간 데'와 '소용돌이 속'을 동시에 지칭하는 시어인 것이다. 셋째 줄의 '깊다', 넷째 줄의 '고빗길', 다섯째 줄의 '생각'도 모두 그렇게 이중적인 역할을 하고 있다. 어떤 구절 속에 들어 있는 말이 이처럼 자리를 옮기지 않고 그대로 앉아서 다른 구절에도 크게 영향을 미치는 사례는 언어의 쓰임새가 그만큼 확장되었음을 뜻하는 현상이다.

세 번째로는 이러한 행 구분이 빚어내는 위화감 자체를 눈여겨볼 필요가 있다. 독자를 약간 당황하게 만드는 이러한 시행은 술술 넘어가지 않기 때문에 왜 그런가 생각하는 태도로 거기에 접근하지 않을 수 없다. 즉 시인은 유별난 자신의 행 구분을 통해 시에 대한 독자의 지적인 접근을 유도하고 있다. 그리고 실제로 이 시는 그렇게 지적으로 접근해야만 그 맛이 제대로 살아나는 작품이다.

이상 살펴본 몇 가지 사례는 시인들이 제멋대로 나눈 듯한 행 구분에 실은 여러 가지 깊은 생각들이 반영되어 있음을 말해주고 있다. 당연한 일이지만 독자들 역시 그런 숨은 생각까지 읽어낼 수 있도록 노력해야 할 것이다.

감탄사 하나도 연이 된다

다음은 연 구분의 예를 살펴보자. 앞에서 말한 대로 연은 보통 두 개 이상의 행으로 구성되어 있다. 한 편의 시 속에 담겨 있는 전체 내용의 부분적 단락이 연이라는 사실을 생각하면 당연한 일이다. 그러나 시의 모든 연이 반드시 복수의 행을 갖는 것은 아니다. 경우에 따라서는 하나의 행이 하나의 연을 이루기도 한다.

넓은 벌 동쪽 끝으로
옛이야기 지줄대는 실개천이 휘돌아 나가고,
얼룩백이 황소가
해설피 금빛 게으른 울음 우는 곳,

—그곳이 차마 꿈엔들 잊힐리야.

질화로에 재가 식어지면
비인 밭에 밤바람 소리 말을 달리고,
엷은 졸음에 겨운 늙으신 아버지가
짚베개를 돋아 고이시는 곳,

—그곳이 차마 꿈엔들 잊힐리야.

— 정지용, 〈향수鄉愁〉 부분

여기서는 앞부분 4연만 인용한 이 시는 이런 형태로 계속 이어져 10연까지 나간다. 그 10연 중에서 5개의 연은 '그곳이 차마 꿈엔들 잊힐리야'라는 구절로 되어 있는데, 그것은 보다시피 1행이 1연을 이루고 있다. 그러나 이 1행짜리 연의 비중을 낮게 평가해서는 안 된다. 1행도 연으로 독립될 때는 앞뒤에 놓여 있는 4행짜리 다른 연과 맞먹는 비중을 갖는다. 그것이 그렇게 연 구분을 한 시인의 1차적 의도이다.

이 시는 1행짜리 연이 두 가지 다른 구실을 아울러 해내고 있다. 하나는 그것이 앞뒤에 배치된 4행짜리 연을 서로 연결시키는 다리 구실을 하고 있는 점이고, 다른 하나는 그것이 이 시의 후렴 구실을 하고 있다는 점이다. 이 복합적인 구실만 보더라도 우리는 이 1행짜리 연의 중요성을 어렵잖게 짐작할 수 있다.

다음의 시에서도 특이한 연 구분을 볼 수 있다.

눈이
오는데
옛날의 나직한 종이 우는데

아아

여기는
명동
성니콜라이사원寺院 가까이

— 박목월, 〈폐원廢園〉부분

이 시에서는 '아아'라는 한 행이 하나의 연을 이루고 있다. 말이 한 줄이지 실상 그것은 단어 하나, 아니 감탄사 하나로 된 한 줄이다. 그러나 이 감탄사 하나의 연도 복수의 행으로 된 다른 연과 기본적으로 동일한 비중을 갖는다. 그리고 이 시의 경우는 그것이 또 앞에서 본 〈향수〉의 그 1행짜리 연처럼 다른 역할을 해내고 있다. 그 점에 대해 김춘수는 다음과 같이 말하고 있다. "여기서 연의 구실을 하고 있는 감탄사의 앞뒤에 배치된 연들을 생각해 보라. 앞의 연은 과거의 회상에서 아직 깨어나지 못하고 있다. 그런데 뒤의 연은 완전히 현실의 어느 지점이 각성되고 있다. 즉 이 두 개의 연은 '아아'라는 감탄사를 사이에 두고 회상에서 현실로 완전히 각성하는 대목들이다. 그러니까 이 '아아'는 감개무량과 가벼운 감탄을 나타내는 '아아'인 것이다. 그것은 이 시의 주제로 보아 충분히 하나의 연을 차지할 만한 중량을 지니고 있다."

이러한 김춘수의 견해에 의하면 이 시에서 '아아'라는 감탄사 하나로 된 이 연은 복수의 행으로 된 다른 연보다 오히려 비중이 크다고 말할 수 있다.

금실琴瑟은 구구 비둘기……

열두 병풍
첩첩 산곡山谷인데
칠보七寶 황홀히 오롯한 나의 방석.
오오 어느 나라 공주오이까?
다소곳 내 앞에 받들었소이다.

(중략)

어느새 누님 같은 아내여.
쇠갈퀴 손을 잡고 세월이 원통해 눈을 감으면

그대 다시 살포시 찾아오는 아직 신부고녀.

금실은 구구 비둘기.

— 이동주, 〈혼야婚夜〉 전문

  이 시에서는 '금실은 구구 비둘기'라는 한 줄짜리 연이 첫머리와 끝맺음을 이루고 있다. 이것은 바로 그 1행으로 시작해서 다시 그 1행으로 되돌아가는 사연이 이 시의 내용임을 시사하고 있다. 그러니까 이 1행짜리 연이 시인의 특별한 의도의 소산임은 구태여 두말할 나위가 없다.

  극히 드문 일이지만 단어 하나도 사용하지 않고 점선만 한 줄 쳐놓은 아주 별난 연도 있다. 1930년대 전반기에 활동했던 시인 오일도吳一島의 〈내 소녀〉라는 시에 그런 연이 나온다. 전문이 3연 4행으로 이루어진 그 시는 앞뒤에 각 2행의 연이 하나씩 있고 그 중간에 '……' 표시의 점선 한 줄이 연으로 자리 잡고 있다. 그 점선은 말로는 도무지 표현할 수 없는, 그래서 차라리 입을 다물 수밖에 없는 심정을 암시한다고 봐야 할 것이다. 그렇게 점선으로 1연을 만든 그 시가 잘된 것이냐 아니냐는 여기서 문제로 삼을 것이 아니다. 다만 그러한 점선 한 줄도 시에서 하나의 연으로 성립될 수 있다는 사실만 기억하면 그만이다. 그것은 시의 연 구분이 얼마나 자유롭고 얼마나 다양한 것인가를 단적으로 입증하는 사례이다.

  새삼스러운 말이지만 정형시에는 행 구분과 연 구분에도 미리 정해진 규칙이 있다. 첫 연과 둘째 연은 각각 4행으로 되어야 하고 셋째 연과 넷째 연은 또 각각 3행으로 되어야 한다는 소네트의 경우가 그 좋은 예이다. 그러나 오늘날 시의 대명사처럼 보편화되어 있는 자유시에는 그런 규칙이 없다. 시인들이 저마다 마음대로 행과 연을 구분하고 있다. 이것은 행과 연의 구분이 시인들 각자의 개성의 소산임을 의미하고 있다. 쉽게 말하자면 잘된 행과 연의 구분은 시인의 개성이 충분히 반영된 것이라고 할 수 있다. 이때의 개성은 한 편의 시에서 그 전체적 조화와 균형을 극대화하는 방향으로 작용해야 한다는 대전제를 갖는다.

그 자체로는 아무리 잘된 행과 연의 구분도 그것이 시 전체의 조화를 살리는 데 효과적으로 기여하지 못한다면 실패했다는 판정을 면할 수 없다. 잘된 행과 연의 구분을 다른 데서 찾는다면 헛수고만 하고 만다. 그것들은 오직 잘된 시에만 존재하는 것이다.

제 5 장

그가
한 편의 시가
되기까지는

소재 선택에는 제한이 없다

시는 언어의 조직체인 문장의 일종이다. 따라서 시도 필수적으로 그것에 대해 무엇인가를 말하는 언급의 대상을 갖게 된다. 그 대상이 시의 재료, 즉 소재이다. 구체적으로 예를 들면 '달아 달아 밝은 달아 / 이태백이놀던 달아'라고 시작하는 우리의 전래동요는 달이 그 언급의 대상이 되는 달을 소재로 한 시이다.

그러나 이 말에 대해서는 그 동요의 언급 대상이 어디 달뿐인가 하는이의가 제기될 수 있다. 과연 그렇다. 우선 인용한 대목만 보더라도 거기에는 달 외에 이태백이라는 시인이 언급되고 또 인용을 생략한 다른 대목에는 계수나무니 초가삼간이니 하는 사물이 언급되고 있다. 여기서 우리는 한 편의 시에서도 소재는 한 가지로만 국한되지 않는다는 사실을알게 된다. 모든 시는 복수의 소재를 이용해서 만들어진 하나의 구조물인 것이다.

그러나 그 복수의 소재가 모두 동일한 무게를 갖는 것은 아니다. 어떤 것은 크고 어떤 것은 작은, 의미론적인 비중의 차이가 있다. 앞에 예로 든 전래동요의 경우는 달, 이태백, 계수나무, 초가삼간 등의 여러 소재들 가운데서 달의 비중이 가장 크다. 소재가 가진 비중의 차이는 시가 아닌 다른 구조물에서도 찾아볼 수 있다. 이를테면 책상은 나무와 못과 도료 등을 재료로 해서 만들어진 것이지만 그중에서 제일 큰 비중을 차지하는 것은 나무이다. 시에 있어서는 이러한 소재를 제재題材 또는 중심 소재라 한다. 한 편의 시는 이 제재를 주된 대상으로 해서 무엇인가를 말하고 있는 특수한 문장이라고 규정할 수 있다. 제재 이외의 다른 재료는 주변 소재라 한다. 제재보다 비중이 가볍기는 하지만 이 주변 소재도 반드시 필요한 시의 재료이다.

제재를 비롯한 모든 소재는 그 종류에 제한이 없다. 감각적으로 지각할 수 있는 사물은 말할 것이 없고, 관념이나 감정 그리고 어떤 종류의 심리 상태도 시의 소재가 될 수 있다. 달리 말하면 우주의 삼라만상과 인간 경험의 온갖 일 모두 시의 소재가 될 수 있다는 뜻과 같다.

인간 경험의 온갖 일들이라 했지만 실은 우주의 삼라만상도 우리의 인식이라는 경험의 영역 안에 존재하고 있다. 이를테면 '밝은 달'은 하늘에 떠 있는 어떤 천체를 우리가 '밝은 달'이라고 인식한 경험의 결과이다. 그러므로 시는 인간 경험의 그 전부를 소재로 이용할 수 있다는 말이 성립된다. 그야말로 그 선택에 있어 무제한의 자유가 허용되고 있는 것이 시의 소재이다.

이처럼 무엇이든 자유롭게 선택할 수 있는 것이 소재인 이상 소재가 시의 가치를 좌우하는 요인이 될 수는 없다. 따라서 소재의 특이함을 통해 사람들의 주목을 끌려는 이른바 소재주의적 태도는 취하지 말아야 할 것이다.

시를 읽어보면 시인에 따라 소재를 선택하는 경향이 다름을 알게 된다. 어떤 시인은 주로 자연에서 소재를 얻고, 또 다른 어떤 시인은 사회현상에서 소재를 얻는 차이가 바로 그것이다. 이러한 사실은 시인의 개성과 시에 대한 견해, 즉 시론의 차이에 원인을 두고 있다. 원칙적으로는 무엇이든 자유롭게 선택할 수 있는 소재도 현실적으로는 시인의 개성과 시론에 부합되는 대상들로 그 범위가 좁혀지게 된다.

전통적 서정파에 속하는 시인들의 소재 선택은 전통적인 사물과 풍속을 선호하는 경향이 있다. 시론이 소재에 영향을 미친 예의 하나이다.

전통적인 사물 중에서 가장 오랜 역사를 갖는 것, 그리고 보편성이 가장 큰 것은 자연이다. 그렇기 때문에 전통적 서정파의 시인들은 대체로 자연에서 소재를 얻는 일이 많다. 모더니즘을 지향하는 시인들의 경우도 소재의 선택이 그들의 시론을 뚜렷이 반영하고 있다.

> 옮겨다 심은 종려나무 밑에
> 삐뚜루 선 장명등.
> 카페 프란스에 가자.
>
> 이놈은 루바쉬카
> 또 한놈은 보헤미앙 넥타이
> 삐쩍 마른 놈이 앞장을 섰다.
>
> 밤비는 뱀 눈처럼 가는데
> 페이브먼트에 흘늘기는 불빛
> 카페 프란스에 가자.
>
> ── 정지용, 〈카페 프란스〉 부분

이것은 30년대의 대표적인 모더니스트 정지용의 〈카페 프랑스〉의 앞부분이다. 보다시피 여기서는 제목이 된 '카페 프랑스'를 비롯하여 '루바쉬카', '보헤미앙 넥타이', '페이브먼트' 등 현대의 도시 문명을 반영하는 사물이 소재로 되어 있다. 그리고 1930년대의 또 다른 모더니스트 김기림의 〈기상도〉나 김광균의 〈와사등〉 같은 시도 제목부터가 이미 소재의 도시적·문명적 성격을 입증하고 있다. 이처럼 도시와 문명 속에서 소재를 구하는 것은 시의 현대성을 추구하는 모더니즘의 시론에 뿌리를 두고 있는 특징적인 현상의 하나이다. 시는 사회를 바로잡기 위한 발언이 되어야 한다고 생각하는 사회 참여파의 시인들이 사회정의에 어긋나는 현상의 소재를 선호하는 것도 물론 그들이 갖고 있는 시론의 소산이 아닐 수 없다.

시의 역사를 살펴보면 시대의 변화도 시인들의 소재 선택에 상당한 영향을 주고 있다는 사실이 드러난다. 왕조시대의 시조가 대체로 충군忠君 사상이나 자연을 소재로 한 것과는 달리 현대시가 사회적·문명적 현상을 소재로 많이 이용하고 있는 것이 그 좋은 예이다. 이러한 소재의 시대적 변화는 생활환경과 인간 경험의 밀접한 함수관계에 기인하는 필연적 귀결이다. 그리고 거기에는 시대의 변화에 따르는 시론의 변화도 아울러 작용하고 있다.

그러나 시인의 개성, 시론, 그리고 시대가 시의 소재 선택에 영향을 미친다고 하더라도 소재가 시의 가치를 좌우하는 요인이 아니라는 사실은 분명히 기억해둘 필요가 있다. 이것은 소재의 중요성을 낮추어보는 말이 아니다. 무엇이든 자유롭게 선택할 수 있는 소재의 그 완전한 개방성은 시가 끊임없이 세계를 새롭게 확장해갈 수 있는 무한한 가능성의 디딤돌이 될 수 있다.

주제의 바탕인 소재의 해석

소재가 시의 가치를 좌우하는 요인이 아니라는 말 속에는 물론 소재와 시를 엄격하게 구분해야 한다는 뜻이 담겨 있다. 시는 요리에 비유될 수 있다. 요리사는 여러 가지 재료로 맛있는 요리를 만든다. 마찬가지로 시인은 소재를 기술적으로 처리해서 한 편의 시를 써낸다. 기술적으로 처리, 가공되기 이전의 소재가 시일 수는 없다.

이러한 시는 언어의 조직물인 문장의 일종인 만큼 반드시 언급의 대상을 갖게 된다. 그 대상이 소재라는 사실을 우리는 이미 알고 있다. 그리고 이러한 시에는 또 필연적으로 그 대상에 대해 무엇인가를 말하는 내용이 있지 않을 수 없다. 그 말하는 내용의 핵심, 즉 시 속에 내포된 사상이나 감정 또는 태도가 주제인 것이다. 그러니까 일단은 시인이 소재를 기술적으로 처리한다고 할 때의 기술은 주제를 보다 효과적으로 표현하기 위한 방법이라고 규정할 수 있다.

그러나 여기서 서둘러 덧붙여 두어야 할 것은 주제가 그것만을 따로 떼어낼 수 있는 독립적 형태로 존재하는 요소가 아니라는 사실이다. 그것만을 따로 떼어낼 수 있는 주제는 사지선다형 시험문제의 답안을 쓸 때는 필요할지 몰라도 시를 쓰거나 이해하는 데 있어서는 아무런 도움이 되지 않는다.

주제의 의미 있는 존재 방식은 그것이 시의 전체적인 표현 속에 완전히 용해된 상태이다. 미국의 시론가인 크린스 브룩스와 시인 로버트 펜 워렌은 그들의 공저《시의 이해》에서 '시와 관련되는 한 관념(주제)은 시 속에서 극화劇化되거나 시를 버리는 것처럼 보이지 않으면 무가치하다'고 말했다.

주제가 극화된다는 것은 그 주제가 시 속에 펼쳐지는 일련의 행위나 상황과 완전히 일체화되어 있는 경우를 말한다. 사람들은 김소월의 〈진달래꽃〉의 주제를 흔히 '이별의 슬픔'이라 하고 있지만 사실은 그렇지 않다. 일반적 관념에서 말하는 '이별의 슬픔'이 아니라 진달래꽃을, 그것도 영변寧邊 약산의 진달래꽃을 한아름 따서 님이 떠나는 길에 뿌리는 상황, 그러니까 시의 전체적 표현을 통해 특수하게 구체화된 이별의 슬픔이 그 시의 주제인 것이다.

주제가 시의 전체적인 표현 속에 용해되어 있다고 말할 수 있는 이러한 상태를 만들어내는 것이 곧 주제의 극화이다. 이러한 극화가 성공적으로 이루어지면 시의 주제만 독립적으로 불거져 나올 수 없게 된다. 그것이 주제의 잠적과 같은 현상이라는 의미에서 '주제가 시를 버린다'는 말이 나오게 되는 것이다. 그러므로 시를 결코 주제를 설명하는 수단이라고 할 수는 없다.

시의 해설서 같은 데서 주제를 따로 가려내고 있는 것은 실제로 주제가 그런 형태로 존재하기 때문이 아니라 다만 시의 이해를 돕기 위한 편의적인 방법일 뿐이다. 그러나 주제가 시를 버리는 상태에 이른다 해도 주제가 아주 소멸되어버린다고 할 수는 없다. 소재에 대해 무엇인가를 말하고 있는 것이 시인 이상 그 시가 말하는 내용이 있게 마련이다. 그렇게 무엇인가를 말하기 위해서는 기본적으로 소재에 대한 해석이 선행되지 않으면 안 된다. 이를테면 '꽃은 소녀처럼 웃는다'는 단순하고 소박한 가상의 시구도 꽃이라는 소재에 대한 일종의 해석인 것이다.

해석의 대상인 시의 소재는 앞에서 말한 대로 우주의 삼라만상과 인간 경험의 그 전부에 걸쳐 있다. 이것은 소재에 대해 무엇인가를 말하는 내용의 핵심인 시의 주제가 궁극적으로는 세계와 인생에 대한 해석으로 귀착한다는 사실을 뜻하고 있다. 그러므로 시인은 평소에 세계와 인생을 폭넓게 바라보고 또 깊이 있게 생각하는 태도를 갖도록 노력해야 할 것이다. 좁은 시각, 옅은 생각으로는 시를 못 쓴다고 할 수는 없지만 좋은 시는 쓰기 어렵다.

소재를 어떻게 해석할 것인가는 두말할 것도 없이 우리들 각자의 자유에 맡겨져 있다. 그러니까 그 해석에서 비롯한 시의 주제 역시 소재의 경우와 마찬가지로 제한할 수 없고 또 그것이 시의 가치를 좌우하지도 못한다. 사랑을 노래하는 시는 좋고 미움을 노래하는 시는 나쁘다는 식의 말은 할 수 없다. 그러나 아무리 해석의 자유가 무제한이라 해도 독창성이 없는 해석은 배격하지 않으면 안 된다. 독창적인 해석의 바탕이 되는 것은 인습적 사고나 고정관념에 얽매이지 않고 대상을 자기 나름대로 새롭게 바라볼 수 있는 개성적인 시각이다. 그러한 시각을 갖고자 할 때는 아래에 소개하는 릴케의 시가 큰 도움을 주리라고 생각한다.

나는 사람들의 말을 두려워한다.
그들은 분명하게 말하고 있다.
'이것은 개, 저것은 집, 여기 시작이 있고 저기 끝이 있다'고.

내가 걱정하는 것은 그들의 감각과 농간이다.
그들은 미래도 과거도 다 알고 있다.
그들에겐 산도 이미 신기하지 않고
그들의 화원과 집은 신에 닿아 있다.

나는 언제나 '멀리 떨어져 있으라'고 권고하려 한다.
나는 좋아한다. 사물이 노래하는 것을.
너희들이 사물을 만지면 곧 굳어버린다.

너희들은 저마다 그것을 죽이고 있다.

　　　　　—라이너 마리아 릴케, 〈나는 사람들의 말을 두려워한다〉 전문

　사실 이 시에는 제목이 없다. 제목을 붙여야 할 때는 관례상 첫 줄을 제목으로 내세우게 된다.

　이 시는 사물을 바라보는 태도에 대해 귀중한 가르침을 주고 있다. 아닌 게 아니라 우리는 많은 사물을 아무런 주저 없이 "이것은 개, 저것은 집"이라는 식으로 말하고 있다. 그것은 '개' 또는 '집'이라는 사물에 대한 자신의 이해가 완전하다는 사실을 무의식적으로 전제하고 있는 발언이다. 사물을 그처럼 완전하게 이해하고 있는 사람은 모르는 것이 없다. 따라서 그는 '여기 시작이 있고 저기 끝이 있다'고도 자신 있게 말한다. 이것은 그가 과거도 미래도 다 아는 사람, 즉 '화원과 집이 신에 닿아 있는' 사람이 되었음을 뜻하는 것이다. 산인들 어찌 신기한 대상이 될 수 있겠는가.

　그러나 인간은 시작과 끝, 과거와 미래를 다 아는 사물의 완전한 이해자가 될 수 없는 존재이다. 인간이 이미 이해하고 있는 내용은 빙산의 작은 일각에 불과하다. 모든 사물은 얼마나 되는지 짐작도 할 수 없는 거대한 미지의 부분을 언제나 바다 밑에 감추고 있다. '개'와 '집'도 예외는 아니다. 그럼에도 불구하고 우리는 인습적 사고와 고정관념의 포로가 되어 "이것은 개, 저것은 집"이라고 마치 그것들을 다 알고 있는 양 함부로 단언하고 있다. 그러한 단언적 시각으로 바라보면 개는 개, 집은 집으로 굳어져서 바다 밑에 감춰져 있는 거대한 미지의 부분은 영영 밝힐 수 없게 된다. 릴케는 그것이 사물을 죽이는 일이라고 준엄하게 지적하고 있다.

　사물을 살리기 위해서는 내가 다 안다는 단정적인 시각을 버리고 어떤

신비를 대하는 눈으로 사물을 다시 바라보지 않으면 안 된다. 다 아는 사람은 사물과 아주 가까운 거리에 서 있다고 할 수 있다. 그래서 릴케는 우리에게 사물에서 '멀리 떨어져 있으라'고 권고한다. 그래야 사물이 스스로 자신의 비밀을 드러내 '노래'를 부르게 된다는 것이다. 그때의 사물은 물론 인습적 사고와 고정관념을 벗어난 새로운 모습을 하고 있다. 그 모습은 사물을 그렇게 바라본 그 사람의 독자적인 상상력과 개성을 반영하고 있다. 즉 그 사람의 새로운 발견이다.

모든 사물은 시의 소재가 될 수 있다. 그리고 인간의 온갖 경험은 우리들 각자가 어떤 형태로든 사물과 교섭을 가진 결과이다. 그러므로 사물로부터 '멀리 떨어져 있으라'는 릴케의 권고는 시의 소재를 개성적으로 해석하는 방법의 기본 지침이 될 수 있다.

주제가 있는 시와 없는 시

소재에 대한 해석이 그 바탕을 이루는 시의 주제는 그러나 반드시 관념이나 사상의 형태로만 존재하는 것이 아니다. 시에 따라서는 관념과 사상이 주제의 내용으로 되어 있는 작품도 있지만 그렇지 않은 작품도 있다. 그리고 심지어는 주제가 없다는 말을 듣는 시도 있다.

꽃씨를 떨구듯
적요한 시간의 마당에
백지 한 장이 떨어져 있다.
흔히 돌보지 않는 종이지만
비어 있는 그것은
신이 놓고 간 물음.
시인은 그것을 10월의 포켓에 하루 종일 넣고 다니다가

밤의 한 기슭에

등불을 밝히고 읽는다.

흔히 돌보지 않는 종이지만

비어 있는 그것은 신의 뜻.

공손하게 달라하면

조용히 대답을 내려주신다.

— 조정권, 〈백지 1〉 전문

이 시는 우리에게 어떤 인생론을 들려주고 있다. 그것은 '신의 뜻에 대한 겸허한 순종'을 권하는 내용이다. '공손하게 달라하면 / 조용히 대답을 내려주신다'는 마지막 구절에는 시인의 그런 인생론이 보다 선명하게 드러나 있다. 그것이 이 시의 주제임은 두말할 나위가 없다. 요즘 말로 하면 '마음을 비우라'는 뜻이 될 수 있는 이러한 주제는 인생에 대한 철학적 성찰을 배후에 거느리고 있다. 거기서 얻은 결론을 바탕으로 시인은 '백지'라는 소재, 아니 제재를 '신의 뜻'의 표상물이라고 해석한 것이다. 여기서 소재의 해석과 주제와의 관계를 재확인할 수 있다.

대체로 인생론은 올바른 삶의 길이 무엇인가를 밝히는 사상적 지표를 제시한다. 따라서 주제가 인생론으로 귀착되는 시는 대부분 어떤 교훈성을 갖게 된다. 주로 현실에 대한 비판과 고발도 그래서는 안 된다는 일종의 교훈이다. 모든 시가 다 그런 것은 아니지만 옛날부터 현대에 이르기까지 상당히 많은 시가 교훈성을 통해 인간의 정신적 순화와 각성에 기여하고 있다. 그리고 그런 시는 앞에서 보다시피 관념이나 사상으로 추출될 수 있는 주제를 지니고 있는 것이다.

그러나 아래와 같은 시는 사정이 좀 다르다.

처마 끝에 명태를 말린다.

명태는 꽁꽁 얼었다.

명태는 길다랗고 파리한 물고긴데

꼬리에 길다란 고드름이 달렸다.

해는 저물고 날은 다 가고 별은 서러움에 차갑다.

나도 길다랗고 파리한 명태다.

문턱에 꽁꽁 얼어서

가슴에 길다란 고드름이 달렸다.

— 백석, 〈멧새소리〉 전문

이 시에서는 관념이나 사상으로 통할 수 있는 주제를 얼른 찾아내기
어렵다. 그래서 주제가 없다는 말이 나올 가능성이 있다. 그것은 이 시가
명태라는 소재를 해석했다기보다도 그냥 보여주는 방법을 취하고 있기
때문이다. 즉 해석은 독자에게 맡긴다는 태도라 할 수 있다.

그러나 우리는 이 시가 제시하고 있는 명태의 모양을 눈여겨볼 필요가
있다. 그것은 일반적 개념의 명태가 아니라 특수하게 구체화된 명태이
다. 시의 본문을 빌리면 말리느라고 처마 끝에 매어 있는 명태, 꽁꽁 얼어
서 꼬리에 기다란 고드름이 달려 몰골이 참혹한 명태라 하겠다.

명태가 언제나 이런 모양을 하고 있는 것은 아니다. 바다에서 날렵하
게 헤엄치는 명태도 있고 찌개거리가 되어 사람들의 입맛을 돋우는 명태
도 있다. 그럼에도 불구하고 이 시는 유독 꽁꽁 얼어서 꼬리에 길다란 고
드름이 달린 참혹한 명태를 보여주고 있다. 문제는 바로 거기에 있다. 왜
냐하면 하고많은 사물, 하고많은 명태 가운데서 시인이 특별히 선택적으
로 유심히 눈길을 보내고 있는 대상이기 때문이다. 그 눈길 속엔 시인의
마음이 깃들어 있다. 그러니까 꼬리에 길다란 고드름이 달려 있는 꽁꽁

언 참혹한 몰골의 명태는 그런 것을 유심히 바라볼 수밖에 없는 시인의 참담한 심정을 반영하는 사물인 것이다. 시의 마지막 3행은 그런 사실을 더욱 뚜렷이 밝혀준다. '나도 길다랗고 파리한 명태다. / 문턱에 꽁꽁 얼어서 / 가슴에 길다란 고드름이 달렸다'라는 참담한 자기 인식이 이 시의 주제이다. 얼핏 보면 이처럼 시의 주제가 없는 것 같은 모양을 하고 있는 일도 많다.

그러면 다음에 소개하는 시의 주제는 무엇일까.

> 밤은 마을을 삼켜 버렸는데
> 개구리 울음소리는 밤을 삼켜 버렸는데
> 하나 둘…… 등불은 개구리 울음 속에 달린다.
> 이윽고 주정뱅이 보름달이 빠져나와 은으로 칠한 풍경을 토한다.
>
> ─ 김종한, 〈고원故園의 시〉 전문

이 시는 한 세대 전의 여름밤의 어떤 시골 풍경을 보여주고 있다. 그리고 거기에는 관념이나 사상뿐 아니라 시인 자신의 마음의 상태인 감정도 뚜렷하게 반영되어 있지 않다. 그래서 이 시는 주제라고 할 만한 것을 건져낼 수 없다. 주제를 사상이나 관념이라고 볼 때는 더욱 그러하다.

하지만 이 시에 주제는 없을지 몰라도 사물에 대한 특수한 시각이 있다. 그것은 여름밤의 어떤 시골 풍경이 표현되어 있는 모습 그대로를 바라보고 있는 시각이다.

여름밤의 시골 풍경을 비롯한 모든 사물은 그것을 바라보는 시각에 따라 그야말로 천만 가지 다른 모습을 드러낼 수 있다. 그 예로, 밤이 마을을 삼키고, 개구리 울음소리가 또 그 밤을 삼키고, 다음에 술 취한 보름달이 '은으로 칠한 풍경'을 토하는 그런 여름밤도 있다는 사실을 이 시는 말해주고 있는 것이다. 이런 점이야말로 사상적 의미는 없다고 하더라도 그것은 분명 하나의 신선한 발견이요, 새로운 경험이 아닐 수 없다. 그리고 그 경험은 또 다른 관념으로 요약하면 변질이 되고 마는 그 전부가 이 시의 주제인 것이다.

이 시에 주제가 없다는 말을 듣는 까닭은 그것이 관념으로 요약되지 않는다는 점에 있다. 그것은 시인이 의도적으로 시를 그렇게 썼기 때문이다. 따라서 이런 시를 쓸 때는 일반적 의미의 주제의식은 갖지 않게 된다. 주제를 뚜렷하게 추출할 수 있는 시는 그렇지 않다. 정도의 차이는 있어도 대체로 그때는 시인이 처음부터 주제를 의식하고 있는 것이다. 그러나 주제의식의 유무는 시의 성패와 무관하다.

주제의식을 갖는다고 해도 시의 표현이 반드시 그에 부합되는 쪽으로만 되어 간다는 보장은 없다. 집필 과정에서 예기치 않았던 언어와 이미지들이 떠올라 처음에 의도했던 바와는 내용이 전혀 다른 작품을 쓰게 되는 일도 종종 생긴다. 주제가 바뀔 수밖에 없는 그러한 사태도 시의 실패를 뜻하지는 않는다. 시는 주제의 전달 수단이 아니라 주제를 포함하는 여러 가지 요소가 유기적으로 결합하여 만들어낸 하나의 완결된 표현물인 것이다.

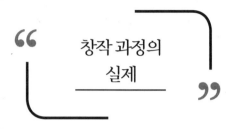

고통의 인내와 〈낙화〉

이제 마무리를 지으려고 한다. 마무리를 짓는 방법으로 내가 택한 것은 시의 실제 창작 과정을 구체적으로 살펴보는 일이다. 시의 창작 과정은 규격화될 수 없다. 시인마다 다르고 또 심지어는 매 편의 시마다 다른 것이 창작 과정이다. 그러므로 우리가 이제부터 몇 편의 시를 대상으로 그 창작 과정을 살펴본다 하더라도 그것이 결코 어떤 모델을 제시하는 것은 아니라는 사실을 미리 기억해둘 필요가 있다. 그러나 시의 초심자에게 있어서는 자기가 직접 시를 써보려고 할 때 다른 사람의 그 창작 과정이 참고가 될 수 있다.

쑥스러운 일이지만 대상 작품은 나 자신의 시를 택할 수밖에 없다. 어떤 시의 창작 과정을 가장 소상하게, 그리고 가장 확실하게 말할 수 있는 사람은 오직 그 시를 쓴 시인 자신이기 때문에 이것은 어쩔 수 없는 선택이다.

시 한 편을 소개한다.

가야 할 때가 언제인가를
분명히 알고 가는 이의
뒷모습은 얼마나 아름다운가.
봄 한철
격정激情을 인내한
나의 사랑은 지고 있다.

분분한 낙화……
결별訣別이 이룩하는 축복에 싸여
지금은 가야 할 때,

무성한 녹음과 그리고
머지않아 열매 맺는
가을을 향하여

나의 청춘은 꽃답게 죽는다.

헤어지자
섬세한 손길을 흔들며
하롱하롱 꽃잎이 지는 어느 날

나의 사랑, 나의 결별,
샘터에 물 고이듯 성숙하는
내 영혼의 슬픈 눈.

— 이형기, 〈낙화〉 전문

이 시는 중학교 교과서에 실려 있어 비교적 많은 사람이 기억하는 나의 졸작 〈낙화〉의 전문이다.

1950년대 중반, 그러니까 나이로는 20대 초반에 나는 이 시를 썼다. 휴전협정의 성립으로 한국전쟁은 끝이 났지만 전쟁의 포화가 무참하게 파괴해버린 여러 도시가 아직 복구되지 않은 채 앙상한 폐허의 양상을 그대로 드러내던 시절이었다. 그래서 많은 사람들이 좌절과 실의에 빠져 고달픈 나날을 보내고 있었다. 특히 우리 집은 홀어머니가 삯바느질로 사 남매를 키우는 처지였기 때문에 고달픔이 더했다.

그 무렵 나는 등록금을 낼 수 없어 학교에 가지 못하고 혼자 서울 거리를 헤매고 있었다. 고향에 내려가지 않은 것은 집에 가도 별수가 없는 데다가 서울에 있어야만 아르바이트 자리라도 얻을 수 있기 때문이었다.

아르바이트 자리를 구하지 못해 끼니를 거르는 날도 많았지만 그저 참고 견딜 수밖에 없었다. 그래서 그 무렵 나는 자기도 모르는 사이에 '고통의 인내'라는 관념을 정신의 지주로 삼고 살았다. 참고 견디면 지금의 이 쓰라린 고통도 언젠가는 맑고 깨끗한 그 무엇으로 승화되지 않겠는가 하는 마음이랄까.

그러던 어느 날 문득 하나의 이미지가 떠올랐다. 전에도 흔히 있던 일인데 그날의 그것은 작은 샘이면서 동시에 슬픔이 가득 어려 있는 눈의 이미지였다. 그 이미지가 떠오른 이유를 지금도 알 수가 없다. 말하자면, 우연인 것 같다. 그러나 그때 나는 거의 본능적으로 이것은 시가 되겠구나 하는 느낌을 받았다. 곧 종이쪽지를 꺼내 '샘=슬픈 눈'이라고 메모를 해놓고 역시 평소의 버릇대로 한동안 이리저리 생각을 굴렸다. 그러자 이윽고 떠오른 것이 '샘터에 물 고이듯 성숙하는 / 내 영혼의 슬픈 눈'이라는 구절이다. 마음에 드는 구절이었다. 성숙한 영혼의 샘터에 고이는 맑은 물은 승화된 고통의 표상이 아닌가.

눈은 그런 영혼의 창이다. 그 눈에는 수많은 고통을 참고 견디는 동안 느꼈던 갖가지 슬픔이 어려 있을 수밖에 없다. 대충 이런 생각을 하면서 마음에 드는 그 한 구절을 살리기 위해 쓴다고 쓴 시가 이 〈낙화〉이다.

그러나 아무리 마음에 들었다 해도 처음에 얻은 그 한 구절만으로는 시가 될 수 없다. 그래서 그것을 보완하고 발전시키는 다른 표현이 필요하다. 다시 생각에 잠긴 내가 한참 만에 찾아낸 것은 '낙화 속의 이별'이라는 말이었다. 이렇게 말하면 그 발견이 우연인 것 같은 느낌을 주기 쉽지만 사실은 그렇지 않다. 실상 그 '낙화 속의 이별'은 그 무렵 내가 막연하게 품고 있던 감정의 한 갈래와 관계가 있다. 조금 더 구체적으로 말하면 그것은 마음에 두고 있는 여자로부터 버림받은 듯한 감정이었는데 실제로는 그런 일이 없었다. 그러나 한창 여자가 그리운 나이에 객지에서 혼자 고달프게 살다 보니 때때로 자기가 그런 실연자 같은 느낌이 들기도 했던 것이다. 그로 인해서 어느 날 나는 자신의 상상 속의 실연을 꽃잎이 지고 있는 벚나무 아래서 그녀와 헤어진 아름다운 이별이었다고 역시 상상으로 미화해본 일이 있다. '낙화 속의 이별'이란 말의 발견은 여기에 그 근거를 두고 있다.

이렇게 일단 떠오른 그 말은 곧 새로운 연상작용을 일으켰다. 그것은 낙화 자체가 바로 꽃과 꽃나무의 아름다운 이별이요, 또 장차 열매를 기약하는 값진 이별이라는 생각으로 발전한 연상이다. 나는 이 연상의 내용을 처음에 얻은 마음에 든 구절과 결합시켰다. 그랬더니 낙화의 이별의 고통이 인내를 통해 '슬픈 눈'을 가진 '성숙한 영혼'을 이루어간다는 줄거리가 잡히게 되었다. 대략적인 줄거리가 잡히면 시를 쓸 수 있다. 〈낙화〉는 그 줄거리를 바탕으로 해서 의외로 하룻밤 사이에 쓴, 나로서는 예가 드문 속성速成의 작품이다.

속성으로 썼다 해도 시를 쓰는 동안에 고심한 대목이 없을 수는 없다. 가장 큰 고심거리는 그 시의 줄거리가 처음에 의도했던 것처럼 '인내를 통한 고통의 승화'보다도 이별의 문제를 클로즈업시키게 된다는 점이었다. 그러나 시라는 것은 쓰다 보면 처음 의도했던 것과는 다른 내용의 표현물이 될 수도 있다. 그래서 나는 당초 의도에 대한 집착을 버리고 잡힌 줄거리를 그냥 살려 나가기로 한 것이다.

일주일쯤 뒤에 간신히 퇴고를 시작했다. 퇴고의 과정에서는 '결별訣別'이냐 '몌별袂別'이냐를 두고 생각을 거듭했다. 뜻이 비슷하지만 전자는 '기약 없는 이별', 후자는 '섭섭한 헤어짐'이라는 함축을 갖는 말이다. 그러니까 시의 내용으로 보아서는 '몌별'이 거기에 어울리는 말이라 할 수도 있다. 그러나 그것은 자주 쓰지 않는 말이기 때문에 어감이 귀에 설다. 결국 나는 몇 번인가 사전을 펼쳐보다가 처음 쓴 대로 '결별'을 택하고 퇴고를 마쳤다. 정서를 하고 나서 다시 읽어보니 '인내를 통한 고통의 승화'라는 당초 의도도 어느 정도 시에 반영되어 있다는 느낌이 들었다.

고심했던 흉악범 찾기

범박하게 유형화하면 〈낙화〉는 여성적 감수성이 그 정서의 바탕으로 되어 있는 부드러운 서정시라 할 수 있다. 그렇기 때문에 요즘에 와서도 나를 만나 그 시를 안다고 말하는 사람 중 대부분이 젊은 여성이다. 또 우리나라에서는 그런 류의 서정시에 대한 선호도가 높다. 베스트셀러가 되는 시집은 모두가 그런 류의 서정시만을 모은 책이다.

읽어주는 독자가 많다는 것은 시인의 기쁨이 아닐 수 없다. 그러나 나

는 자신에게 그런 기쁨을 안겨줄 가능성이 좀 있다고 할 수 있는 〈낙화〉
와 같은 시를 오래 쓸 수 없었다. 왜 그랬는지 이유를 다 말할 수는 없지
만, 20대 후반부터 그런 시에 차츰 회의가 들었기 때문이다. 예를 들면
그런 서정시는 내가 아니라도 다른 사람들이 과거에 많이 썼고 앞으로도
많이 쓸 것이기 때문에 나는 달리 써야겠다는 생각을 하게 되었다. 그래
서 나는 30대로 접어들 그 무렵부터 새로운 시의 방향을 찾느라 방황과
모색을 거듭했다. 다음에 소개하는 시는 방향이 크게 바뀐 것이다.

> 흉악범 하나가 쫓기고 있다.
> 인가人家를 피해 산속으로 들어와선
> 혼자 등성이를 넘어가고 있다
>
> 그러나 겁에 질린 모습은 아니다
> 뉘우치는 모습은 더욱 아니다
> 성큼성큼 앞만 보고 가는 거구장신巨軀長身
>
> 가까이 오지 말라
> 더구나 내 몸에 손대지는 말아라
> 어기면 경고 없이 해치워 버리겠다
> 단숨에
>
> 그렇다 단숨에
> 쫓는 자가 모조리 숯검정이 되고 말
> 그것은 불이다
> 불꽃도 뜨거움도 없는

불꽃을 보기 전에
뜨거움을 느끼기 전에 이미
만사가 깨끗이 끝나 버리는
3상相 3선식線式 33만 볼트의 고압전류……

흉악범은 차라리 황제처럼 오만하다
그의 그 거절의 의지는
멀리 하늘 저쪽으로 뻗쳐 있다

— 이형기,〈고압선高壓線〉전문

　이 시를 쓴 것은 10·26사건으로 계엄령이 선포되었던 1979년이다. 그 무렵 나는 부산의〈국제신문〉에서 편집국장으로 일하고 있었다. 편집국장은 시국의 동향에 대해 민감한 안테나를 세우고 있지 않으면 안 된다. 그런 나의 안테나에 걸려든 많은 정보는 민주화의 여망이 실현되기에 어려움이 있었다. 그런 이유로 그 무렵 나의 의식 속에는 울분과 불안과 압박감이 뒤섞인 복합적인 감정이 무겁게 자리하고 있었다.

　그러던 어느 일요일, 나는 동래의 온천장에 가서 온천욕을 하고는 부근에 있는 금강공원에 들렀다가 우연히 저쪽 산 위에 우뚝하게 솟아 있는 고압선의 철탑을 보았다. 이상하게도 철탑에 마음이 끌렸다. 고압선의 철탑은 여러 번 본 적 있지만 그렇게 마음이 끌린 적은 한 번도 없었다. 그래서 계속 바라보고 있었더니 이윽고 뇌리에는 하나의 이미지가 떠오르는 것이었다. 그것은 지독하게 고독한 사나이, 그러면서 자신의 그 고독을 군소리 없이 꿋꿋하게 견디고 있는 사나이의 모습이었다.

　저 사나이의 이미지를 살려서 시 한 편을 써보자는 생각이 절로 들었다. 시를 써보자는 생각이 절로 들었다고 하는 데는 두 가지 이유가 있다.

첫째로 그 이미지는 〈낙화〉의 서정시를 버리고 나서 내가 새로 추구했던 요소의 하나인 남성적 강인성과 어울리는 것이었고, 둘째로 그것은 또 시국의 압박감에 대응하는 바람직한 정신 자세의 상징이란 느낌이 들었기 때문이다. 그러니까 나의 정신 속에는 그날 이전에 이미 그 사나이의 출현을 가능케 하는 소지가 어느 정도 마련되어 있었다고 하겠다.

집으로 돌아온 나는 서재에 들어앉아 노트에 '외로운 사나이 / 혼자 산등성이를 넘어가는 고압선 철탑'이라고 써놓고 그것을 시가 되게끔 발전시킬 수 있는 다른 표현들을 찾기 시작했다. 그러나 그럴듯한 구절이 도무지 떠오르지 않았다. 우선 그 사나이가 어째서 외롭고 또 어째서 산등성이를 넘어가야 하는지부터가 명확하게 파악되지 않았다. 그런 것도 모르고 그냥 막연히 '외로운 사나이'니 '고독한 사나이'니 해서는 좋은 표현이 나올 리 없다. 그래서 나는 그 사나이의 고독이 무엇에 기인하는가를 먼저 밝히는 쪽으로 생각을 모았다. 즉 그 사나이의 모습을 좀 더 구체화시키기 위해 이리저리 상상의 날개를 펼쳐본 것이다.

나는 인물이든 상황이든 사물이든 간에 내가 시에서 어떤 대상을 묘사하려 할 때는 대체로 이렇게 상상력의 힘을 빌리는 방법을 취한다. 하지만 그날은 상상력에 발동이 잘 걸리지 않았다. 결국, 자정 무렵까지 연거푸 담배만 피우다가 내일의 출근을 위해 잠을 청할 수밖에 없었다. 그날 이후 사나이는 모호하고 막연한 그대로 하나의 골치 아픈 숙제가 되어 내 의식의 밑바닥에 숨어들었다.

그 후로 보름쯤 흘렀다. 오후의 편집회의 때 사회부장이 요즘은 기사가 없어 죽을 지경이라면서 큼직한 사건 한 방 터지게 고사라도 지냈으면 좋겠다고 익살을 부렸다. 사건은 기사를 낳기 때문에 기사로 먹고사는 신문기자들이 쉽게 할 수 있는 농담이었다. 그런데 평소 같으면 나도 예사롭게 흘려들었을 그 말이 그날은 그렇지 않았다. 내 머릿속에서는 갑자기 '사건→범인', '큰 사건→큰 범인→흉악범'이라는 연상작용이 일어났고, 동시에 의식의 밑바닥에 숨어 있는 문제의 사나이가 떠오른 것이다. '아, 그렇다' 하고 나는 속으로 무릎을 쳤다. 그 사나이는 쫓기는 흉악범이다. 그렇기 때문에 그는 숨을 곳을 찾아 혼자 고독하게 산등성이를 넘어가고 있는 것이다!

이제는 시를 쓸 수 있겠다 싶었다. 세부적인 표현은 앞으로 찾아야 하겠지만 어떤 흉악범이 사람들의 눈을 피해 산등성이를 넘어간다는 시의 큰 줄거리는 잡힌 셈이었다.

나는 다음 날 일요일 아침부터 작업을 시작했다. 큰 어려움 없이 먼저 쓴 것은 '흉악범 하나가 쫓기고 있다. / 인가를 피해 산속으로 들어와선 / 혼자 등성이를 넘어가고 있다'는 첫 연이었다. 그러나 뒤가 잘 이어지지 않았다. 뒤가 잘 이어지지 않게 나를 가로막은 것은 주인공이 흉악범은 흉악범이라도 누구나가 고개를 돌리는 단순한 흉악범이어서는 안 된다는 생각이었다. 차라리 확신범에 가까운 흉악범, 그리고 거기에 마카로니 웨스턴의 냉혹성과 꿋꿋한 의지를 가진 그런 흉악범을 나는 그려내고 싶었다. 그래야만 그는 그 무렵 내가 추구하던 남성적 강인성을 구현하게 될 것이 아닌가.

생각이 여기에 미치자 이윽고 2연이 떠올랐다. 그러나 겁에 질리지도 않고 뉘우치지도 않는 당당한 모습만으로는 부족했다. 주인공은 그런 흉악범이면서 동시에 무서운 고압전류인 것이다. 그러니까 이 고압전류와 흉악범의 동일화를 긴장감 있게 표현할 수 있는 구절을 찾지 않으면 안되었다. 그것을 찾으려고 누웠다 앉았다 하다가 나는 그만 낮잠이 들었다. 깨어보니 저녁 무렵이었다. 전등을 켰다. 그 전등의 불빛과 함께 떠오른 것이 3연이다. 3연 이하는 밤에 비교적 수월하게 썼다. 다만 고압선을 타고 가는 전기의 전압이 어느 정도인지를 몰라서 5연만은 여러 번 쓰고 지우곤 했다.

이럴 때 내가 도움을 청하는 것은 백과사전이다. 3상 3선식이란 사전에서 알아낸 고압전선의 한 종류이다. 그리고 33만 볼트는 흔히 볼 수 없는 특별 고압이지만 3상 3선식에 맞춰 일부러 택한 수치이다.

이 시에는 철학적 관념이나 윤리적 메시지가 담겨 있지 않다. 성공 여부는 알 수 없지만 내가 노린 것은 고압선을 흉악범으로 의인화한 좀 엉뚱한 비유의 재미와 또 그로 인해서 조성된 강렬한 남성적 긴장감이다. 시는 이렇게도 쓸 수 있는 것이다.

한 마리의 새우가 된 고래

나에게는 허무주의적인 성향이 있다. 허무는 내가 〈낙화〉 같은 서정시를 버린 이후 오늘까지 계속 추구하고 있는 또 하나의 주제이다. 파스칼은 《팡세》에서 '마지막에 한 줌 흙이 뿌려지고 만사는 끝나버린다'고 말했다. 인간은 누구나 조만간 그렇게 한 줌 흙으로 돌아가는 덧없는 존재가 아닌가. 긴 말을 줄이고 단순화시키면 이러한 인식으로 귀착되는 것이 나의 허무주의이다.

물론 이러한 허무주의 자체에 대해서는 여러 가지 엇갈린 의견이 나올 수 있다. 그러나 시의 창작 과정을 살피는 지금의 우리는 그런 문제에 관심을 가질 필요가 없다.

다만 시를 쓴 내가 허무라는 주제의 형상화를 의도했다는 사실만을 염두에 두고 다음의 시를 읽어주기 바란다.

영화는 끝났다

예정대로 조연들은 먼저 죽고

에이허브 선장은 마지막에 죽었지만

유일한 생존자

이스마엘도 이제는 간 곳이 없다

남은 것은 다만

불이 켜져 그것만 커다랗게 드러난

아무것도 비쳐주지 않는 스크린

희멀건 공백

그러고 보니 모비 딕 제놈도

한 마리 새우로

그 속에 후루룩 빨려가고 말았다

진짜 모비 딕은

영화가 끝나고 나서야 이렇게

만사를 허옇게 다 지워버리는

그리하여 공백으로 완성시키는

끔찍한 제 정체를 드러낸다

— 이형기, 〈모비 딕〉 전문

　이것은 90년 초에 쓴 작품이다. 평소 나는 제목을 미리 정해놓고 시를 쓰는 일이 거의 없다. 먼저 초고인 스케치를 작성하고 그것을 다듬어 나가는 동안에 제목을 정한다. 그 스케치의 바탕이 되는 것은 〈낙화〉와 〈고압선〉의 창작 과정을 설명할 때 말한 시의 줄거리이다. 그러나 이 시는 스케치 작성 이전에 제목을 잡았다. 아니 정확하게 말하면 '희멀건 공백의 스크린'이라는 이 시를 쓸 때의 최초의 이미지와 함께 곧바로 〈모비 딕〉이라는 제목이 떠올랐다. 제목이 정해지면 그 제목에 어울리는 장면이나 상황도 어느 정도 윤곽이 잡힌다. 그래서 이 시는 다른 작품의 경우보다 스케치 만들기가 비교적 수월하게 진행된 것이다.

그러나 제목을 〈모비 딕〉으로 정하게 해준 최초의 이미지 '희멀건 공백'을 우연한 돌출이라고 할 수는 없다.

실은 2년 전 어느 날 모비 딕을 거대한 허무의 상징이라고 생각한 일이 있었다. 그리고 앞에서 말한 대로 허무는 평소 내가 큰 관심을 가졌던 주제의 하나였기 때문에 그날부터 그 모비 딕은 줄곧 내 머릿속에서 오락가락하고 있었다.

물론 그동안 나는 오락가락하고 있는 그 모비 딕의 형상화를 몇 번인가 시도해보았지만 일이 잘 되지 않았다. 모비 딕을 소설에 나오는 그대로의 모습, 즉 거대한 흰 고래의 모습으로 시에 등장시켜서는 재미가 없다. 그래서 모비 딕의 모습을 고래가 아닌 다른 무엇, 그것도 좀 엉뚱한 다른 무엇으로 바꿔보려고 한 것이 그동안 내가 시도해보았던 작업의 내용이었다. 하지만 성과는 별로였다. 변용에 실패한 모비 딕은 한동안 자취를 감추고 말았다. 즉 나는 모비 딕을 잊어버린 것이다.

그러던 어느 날 나는 학교 운동장에서 한동안 멍하게 하늘을 쳐다보고 있었다. 그러자 갑자기 '희멀건 공백의 스크린'이란 이미지와 함께 잠적했던 모비 딕이 되살아났다. 허무주의적 성향을 가진 나는 평소에도 하늘을 희멀건 공백으로 보는 습성이 있었다. '희멀건 공백의 스크린'이라는 이미지가 갑자기 떠오르게 된 배후에는 그런 습성의 무의식적인 작용이 있었다고 보아야 할 것이다.

이로써 나는 2년 동안 머릿속에 오락가락하던 모비 딕을 형상화할 수 있는 확실한 계기를 잡게 되었다. 제목을 미리 정한 것은 앞에서 말한 바와 같다. 순조롭게 진행된 스케치의 작성을 결정적으로 도와준 것은 '모비 딕을 새우 한 마리로 후루룩 빨아먹고 마는 더 큰 모비 딕'이라는 상념이다. 이 상념이 떠올랐을 때 나는 정말 기분이 좋았다. 거대한 고래가 한 마리 작은 새우로 바뀌어서 또 다른 고래의 먹이가 된다는 것은 제법 기발하고 따라서 그만큼 충격성이 있는 변용이 아닌가.

이 변용은 고래라는 T가 새우라는 V와 결합된 일종의 은유를 만들어내고 있다. 그리고 그 은유에 있어서는 T와 V의 거리가 상당히 먼 편이라 할 수 있다. 실은 이처럼 거리가 먼 이질적 사물을 결합시켜 표현의 충격성을 높이려고 하는 것이 평소 내가 시를 쓸 때의 기본적인 유의 사항이다. 〈고압선〉에서 고압선을 흉악범으로 의인화한 것도 그러한 방법론이 거의 무의식적으로 적용된 결과라 할 수 있다. 그러나 T와 V의 거리가 너무 멀어서 이해할 수 없을 정도가 되지 않도록 유념하고 있는 것 또한 사실이다.

앞에서 살펴본 세 편의 시와 창작 과정에는 두 가지 공통점이 있다. 하나는 그 창작 동기로서 어떤 이미지가 떠올랐다는 점이고 다른 하나는 작품을 쓰기 전에 먼저 줄거리를 잡았다는 점이다. 시의 전체적인 구도에 해당하는 이 줄거리를 잡기 위해서는 일종의 계산이 필요하다. 그러니까 시의 종자에 해당하는 최초의 이미지가 우연히 떠올랐다 해도 정작 그것을 작품화하는 과정에 있어서는 냉철해질 수밖에 없는 것이 나의 경우이다.

시는 저절로 우러나는 천재의 소산이 아니라 시인이 무슨 수공업의 직공처럼 언어를 이리저리 선택하고 조립해서 만들어내는 일종의 공작품이라고 나는 생각하고 있다. 그리고 우연히 떠올랐다고 했지만 시의 종자도 평소의 노력과 밀접하게 관련되어 있다. 다시 말하면 평소 지속적으로 시를 생각하고 있어야만 그것이 떠오르게 되는 것이다. 첫머리에서 '시에도 공짜는 없다'고 한 말을 거듭 상기해주기 바란다.

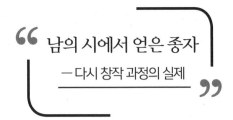

남의 시에서 얻은 종자
─ 다시 창작 과정의 실제

백석에게 얻은 〈적막강산〉

루이스가 말한 시의 종자, 즉 시의 동기는 여러 가지 경로를 통해 얻을
수 있다. 일반적인 경우를 말한다면 우리의 생활 체험이 시의 동기를 가
장 많이 제공해주는 영역이지만 그 밖에 다른 분야에서도 시의 동기는
적지 않게 발견될 수 있다. 이를테면 명상 또는 공상을 하거나 다른 사람
의 작품을 읽고 나서도 시의 종자가 떠오를 수 있다.

특히 처음 시를 쓰는 사람들은 다른 사람의 시를 읽고 감동을 받아서
자기도 시 한 편 써보자는 생각을 하는 사람이 많다. 나 역시 여러 번 경
험한 적이 있는 그러한 발심은 다른 사람의 시에서 받은 감동이나 충격
이 자기 시의 종자가 된 경우이다.

초심자 아닌 기성 시인도 다른 사람의 시를 읽다 자기 시의 동기를 발
견하는 일이 결코 적지 않다. 다른 사람의 시의 운자韻字를 그대로 달고
앞뒤의 차례도 원작대로 따서 지은 차운시次韻詩 같은 것은 그 대표적인
예가 될 것이다.

차운은 원래 한시漢詩가 이용한 시작법의 하나이지만 우리나라의 현대 시에도 같은 방법으로 쓴 작품을 찾아볼 수 있다. 김소월의 〈차안서선생 삼수갑산운次岸曙先生 三水甲山韻〉은 제목이 가리키는 바 그대로 소월이 자기의 스승인 안서 김억金億의 시 〈삼수갑산〉을 차운한 작품이다. 이러한 차운시는 두말할 것도 없이 원작에서 그 종자를 얻고 있다.

차운시는 아니지만 나에게도 다른 사람의 시를 감동 깊게 읽고 거기서 동기를 발견하여 쓴 작품이 몇 편 있다. 그중 하나가 다음에 소개하는 졸작 〈비〉이다.

적막강산에 비 내린다.

늙은 바람기

먼 산 변두리를 슬며시 돌아서

저문 창가에 머물 때

저버린 일상日常

으슥한 평면에

가늘고 차운 것이 비처럼 내린다.

나직한 구름자리

타지 않는 일모日暮……

텅 빈 내 꿈의 뒤란에

시든 잡초 적시며 비는 내린다.

지금은 누구나

가진 것 하나하나 내놓아야 할 때

풍경은 정좌正座하고

산은 멀리 물러앉아 우는데

나를 에워싼 적막강산

그저 이렇게 빗속에 저문다.

살고 싶어라.

사람 그리운 정에 못 이겨

차라리 사람 없는 곳에 살아서

청명淸明과 불안

기대期待와 허무

천지에 자욱한 가랑비 내리니

아아 이 적막강산에 살고 싶어라.

— 이형기, 〈비〉 전문

　

　이것은 내가 20대 초반인 1954년에 쓴 작품이다. 그리고 이 졸작에 종자를 제공한 다른 사람의 시는 1947년 가을 《신천지新天地》란 잡지에 발표된 백석白石의 〈적막강산寂寞江山〉이다. 당시 중학교 3학년이었던 나는 서점에서 백석의 시를 읽고 큰 감동을 받았다. 아니 이 말은 정확하지 않다. 사실대로 말하면 그 시의 제목이자 본문에 한 번 등장하는 '적막강산'이란 시어가 나의 가슴을 강하게 울렸던 것이다.

　내가 그동안 적막강산이란 말을 몰랐을 리는 없다. 그러나 그날은 난생처음으로 그 말을 들어본 듯한 느낌을 받았다. 그리고 그러면서 그 말은 또 나에게 전혀 낯설지 않았다. 처음 발견한 말이기는 하되 사실은 오래전부터 찾고 있던 맘에 꼭 드는 말을 이제야 만났다는 느낌이 들었던 것이다. 그러니까 졸작 〈비〉의 종자가 된 것은 백석의 시 〈적막강산〉 전체가 아니라 바로 그 제목이 된 '적막강산'이란 단어였다고 말할 수 있다. 참고로 그 시를 소개한다.

　오이밭에 벌배채 통이 지는 때는

산에 오면 산 소리
벌로 오면 벌 소리

산에 오면
큰솔밭에 뻐꾸기 소리
잔솔밭에 덜거기 소리

벌로 오면
논두렁에 물닭의 소리
갈밭에 갈새 소리

산으로 오면 산이 들썩 산 소리 속에 나 홀로
벌로 오면 벌이 들썩 벌 소리 속에 나 홀로

정주定州 동림東林 구십여 리 긴긴 하루 길에
산에 오면 산 소리 벌에 오면 벌 소리
적막강산에 나는 있노라

— 백석, 〈적막강산〉 전문

　백석의 시에서는 자기 고향인 평안북도 정주 지방의 사투리를 빈번하게 사용하는 것이 하나의 특징이다. 위의 시에서도 '벌배채'나 '덜거기'나 '물닭' 같은 말이 그런 예를 보여준다. 전문가의 해석에 의하면 벌배채는 들배추, 덜거기는 늙은 장끼, 물닭은 비오리를 뜻하는 말이지만, 타 지방 사람이 그냥 들어서는 이해하기 어렵다. 게다가 이 시를 처음 읽었을 때 나는 평안도 사투리를 한마디도 들어본 적이 없는 경상도내기 소년이었기 때문에 백석의 사투리 시어들이 더욱 어려웠다. 그러니까 오히려 시의 전체적인 내용도 잘 이해되지 않았지만 이상하게도 '적막강산'이란 시어만은 앞에서 말한 대로 나를 강하게 사로잡았던 것이다. 나의 마음속엔 적막강산이란 그 말 한마디를 잘 살릴 수 있는 시를 한 편 써보자는 생각이 절로 솟아났다.

그러나 당시의 나는 정작 그런 작품을 써낼 만한 능력이 못 되었다. 몇 번인가 시도를 해보기는 했지만 결과는 번번이 실패했다. 시를 씀에 있어서 말 한마디를 제대로 살린다는 것이 얼마나 어려운 일인가를 그때 나는 처음 깨달았다. 그리고 이렇게 재주가 없어서야 앞으로 어떻게 시를 쓸 것인가 하는 불안감을 느끼면서 나는 작업을 포기하고 말았다. 그리하여 시일이 흐르는 동안에 적막강산이란 말 자체도 의식의 표면에서 망각의 저쪽으로 사라져버렸다.

자그마치 7년의 세월이 흘렀다.

때는 1949년, 추적추적 봄비가 내리는 어느 날 멍하게 창밖을 내다보고 있던 나의 의식 속에 느닷없이 오래전에 잊어버린 그 말 '적막강산'이 떠올랐다. 그리고 그와 함께 그 말은 곧 비와 결부되어 '적막강산에 비 내린다'는 한 줄의 시구를 이루었다. 7년 전에 내가 백석한테서 얻은 시의 종자 '적막강산'이 그동안 아주 소멸되어버린 것이 아니라 무의식 세계의 어느 구석진 자리에 나도 모르게 간직되었던 것이다. 그렇다 하더라도 7년 만의 소생은 뜻밖이요, 또 대견한 일이었기에 나는 약간의 흥분을 느끼면서 시를 쓰기 시작했다.

그러나 쉽게 쓸 수 있었던 것은 첫 줄이었을 뿐 도무지 뒤가 이어지지 않았다. 그날 하루 종일 생각을 짜내고 또 밤새 자취방에서 끙끙대도 결과는 마찬가지였다. 내 작업의 진척을 방해한 가장 큰 요인은 종자를 비록 백석에게서 얻어왔다 하더라도 시가 백석의 모방이 되어서는 안 된다는 자경심自警心이었다. 그렇게 스스로 경계하는 생각을 앞세우다 보니 그것이 도리어 심리적 압박으로 작용하여 표현이 잘 떠오르지 않았던 것이다.

거의 한 달이 지난 뒤에야 나는 졸작 〈비〉를 간신히 마무리 지었다. 집필 기간은 한 달이지만 백석의 시를 읽고 '적막강산'이란 말 한마디의 종자를 얻은 것은 7년 전이다. 그러니까 〈비〉는 수태에서 출산까지의 기간이 7년이나 된다.

그러나 발표한 뒤에 다시 읽어보니 마음에 들지 않는 구절이 눈에 많이 띄었다. 그래서 또 손질을 했는데 앞에 소개한 것은 물론 손질을 한 작품이다. 그리고 그렇게 손질을 했지만 어딘지 모르게 미흡하다는 느낌이 아직 남아 있다.

1932년에 낸 나의 처녀 시집은 표제가 《적막강산寂寞江山》이다. 시집의 표제를 그렇게 정할 때 나는 역시 백석을 의식했다. 그의 시 〈적막강산〉의 문제에서 그 '적막강산'이란 말 한마디가 내게 준 충격이 그만큼 컸던 것이다.

그러나 졸작 〈비〉를 읽고 백석의 〈적막강산〉을 연상했다는 사람은 아직 한 사람도 없다. 종자는 백석에게서 얻었으되 그의 모방작이 되지는 않았다는 증거려니 하고 나는 스스로 위로하고 있다.

실제로 나는 이 시에서 백석의 그것과는 내포가 좀 다른 적막감을 표현해보려고 애썼다. 그것은 사람을 그리워하면서도 그 때문에 도리어 사람을 멀리하는 적막감, 그러니까 모순된 이중성을 갖는 감정 상태이다. '사람 그리운 정에 못이겨 / 차라리 사람 없는 곳에 살아서 / 청명과 불안 / 기대와 허무'라는 구절은 그런 의도를 표현한다고 해본 대목이다. 청명한 마음에는 불안감이 없고 기대가 있는 곳엔 허무감이 없다. 그러나 나의 적막강산에는 서로 상반되는 그 두 가지 감정이 비를 매개체로 해서 하나로 어우러져 있다고 나는 생각한 것이다.

사람을 간절히 그리워하면서도 사람을 멀리하고 혼자 있고 싶은 마음, 그리고 뭔가를 기대하면서도 기대하는 것이 이루어져 봤자 별것 아니라는 허무감을 동시에 저버릴 수 없는 모순된 감정 상태를 당신은 경험해 본 적이 없는가?

보들레르의 〈우울〉과 거미

나는 비를 좋아한다. 비가 오는 날이면 계절을 가리지 않고 혼자 교외로 나가고 싶은 충동을 느낀다. 부슬비도 좋고 소낙비도 좋고 또 여름의 장맛비도 좋다. 아련한 슬픔이 그 속에 녹아든 안식으로 비는 내 마음을 흥건히 적셔주는 것이다. 그래서 내게는 앞에 든 〈비〉 말고도 비를 제재로 한 시가 몇 편 더 있다. 사실은 내 첫 추천작 〈비오는 날〉도 제목이 가리키는 바 그대로 비를 제재로 한 시다. 또 다른 비에 대한 시 한 편을 소개한다.

비가 온다.
하늘의 어두운 광 속에 갇혀 살던
눈 먼 거미들이
햇빛 가려진 그 틈에 밖으로 기어나와
가늘게 꼬아 늘인 반투명의 창자
거미줄을 풀어낸다.
—구조 신호?
—허사虛事인 줄 모르리!

—그럼 한이라도 풀어 보려고?

—졸업한 지 오래야!

일제히 풀리는 거미줄이 서로 얽혀

그물을 짜내고

그물 위에 다시 그물이 씌워져

풍경을 얽어맨다.

서서히, 마침내는 꼼짝달싹 못하게 조여드는

지구대地球大의 고치여.

아무 말도 말고 다 가져가거라.

오늘의 내 몫은 우수憂愁 한 짐

나머지는 모두 너희들 차지다.

— 이형기, 〈비〉 전문

위에 소개한 필자의 졸작도 제목이 〈비〉이다. 앞에 소개한 것처럼 백석에게서 종자를 얻은 〈비〉와 혼동되기 십상이라 제목을 바꿔보려고 했지만 잘 되지 않았다. 같은 제목으로 몇 십 편을 쓰는 연작시도 있지 않느냐하고 그냥 〈비〉라고 한 것이다.

이 시는 1980년대 초에 썼다. 그러니까 〈적막강산〉이 동기가 된 〈비〉와는 30년 가까운 시간의 거리를 두고 있다. 당연한 일이지만 내용이나 표현도 〈적막강산〉의 〈비〉와는 많은 차이를 가질 수밖에 없다. 편의상 두 번째 〈비〉라고 구분을 해보는 이 시도 그러나 다른 사람의 시에서 종자를 얻어왔다는 점에서는 전작과 공통된다. 내가 이 시의 동기를 발견한 다른 시는 보들레르의 〈우울〉이다.

《악의 꽃》을 보면 보들레르에게는 〈우울〉이란 제목의 시가 4편 있다. 그 4편 모두를 나는 좋아하지만 이 시에 종자를 제공한 〈우울〉은 《악의 꽃》초판에 62번으로 번호가 매겨져 있는 작품이다.

전문은 다음과 같다.

얕고 무거운 하늘이 뚜껑처럼
오랜 권태에 시달려 신음하는 마음을 짓누르고
둥그런 원을 금 그은 지평선으로부터
밤보다도 더 슬픈 어둔 빛을 쏟을 때

땅이 지적지적한 토굴로 바뀌고
거기서 희망은 박쥐와도 같이
겁먹은 날개로 이 벽 저 벽을 치며
썩은 천장에 머리를 부딪치며 사라질 때

비가 끝없는 발을 펼쳐
널따란 감옥의 쇠창살을 닮고
창피스런 거미들의 말없는 떨거지가
우리 골 한복판에 그물을 치러 올 때

종鍾들은 난데없이 성이 나 펄쩍뛰며
무섭게 울부짖는다 하늘을 향해
악착스런 불평을 늘어놓기 시작하는
나라 없이 떠도는 망령들처럼

—그리곤 북도 음악도 없이 긴 영구차가

천천히 내 넋 속을 줄지어 간다

희망은 져서 울고, 포악한 고뇌가

내 숙여진 머리통에 검은 기旗를

세운다

— 보들레르 · 〈우울〉 전문

　내 두 번째 〈비〉를 염두에 두고 보들레르의 위 시를 읽은 사람은 3연을 주목하게 될 것이다. 그렇다. 거기에는 '창피스런 거미들의 말없는 떨거지가 / 우리 골 한복판에 그물을 치러 올 때'라는 구절이 나온다. 그것은 나에게 강한 충격을 준 구절이다. 짙은 우울감을 자아내는 빗발이 거미줄로, 그것도 '골 한복판에 그물을' 치는 거미줄로 비유한 그 표현은 그동안 읽은 어떤 시에서도 만나본 적이 없는 특이한 이미지였기 때문이다. 그래서 내 의식 속에는 '비=거미줄'이라고 요약할 수 있는 이미지가 기억에 값하는 귀중품의 하나로 들어앉게 되었다. 그것은 내가 심심하면 《악의 꽃》을 꺼내서 읽던 1970년대 전반의 일이다.

　이렇게 되면 '비'라는 이미지는 내 시의 종자가 되었다고 말할 수 있다. 종자는 노력해서 키워야 한다. 그래야만 시라는 열매를 맺을 수 있는 것이다. 그러나 나는 보들레르에게서 얻은 종자에 대해서는 빨리 키울 생각을 하지 않았다. 일을 조급하게 서둘면 보들레르의 아류와 같은 작품이 되기 쉽다는 우려가 앞섰기 때문이다. 그래서 오히려 나는 그 종자의 작품화를 의식적으로 피했다. 바꿔 말하면 그것을 일부러 잊고자 했는데 한두 달 시일이 흐르는 동안에 실제로 나는 그 종자를 완전히 잊어버렸다.

　그러던 1980년대 초의 어느 날, 그것은 예고 없이 되살아났다. 그날도 비가 오는 날이었다. 평소의 버릇대로 나는 혼자 교외로 나가고 싶은 충동을 느끼면서 창밖의 빗발을 내다보고 있었다. 여느 때 같으면 이런 경우 나는 아무것도 생각하지 않고 멍한 상태에 빠져들었지만 그날은 사정이 좀 달랐다. 모 잡지사에서 시 청탁을 받고 무슨 시를 어떻게 쓸까 하고 막연한 대로 이리저리 생각을 굴리고 있었다. 그러자 뿌옇게 내리는 빗발이 무수한 거미줄의 그물이 되어 풍경을 얽어매고 있는 것처럼 보이는 게 아닌가!

그 이미지와 함께 되살아난 것이 7~8년 전에 읽고 충격을 받았던 보들레르의 문제의 구절이다. 그러니까 내가 보들레르한테서 얻은 시의 종자는 루이스의 말처럼 나의 무자각적 의식 속에 간직되어 있다가 그때 불쑥 자각의 수면 위에 떠오른 것이다. 무수한 빗발의 거미줄이 풍경을 얽어맨다는 이 발상은 곧 풍경의 총화라 할 수 있는 지구 자체가 그렇게 되어 있다는 생각을 불러왔다.

지구는 둥글다. 둥근 지구를 무수한 거미들의 그물이 하루 종일 얽어매고 또 얽어매면 끝장에 가서 지구는 거대한 고치가 될 수밖에 없는 거 아닌가. 이것은 시가 될 수 있다는 느낌이 들었다. 그래서 약간 생각을 가다듬어 노트에 3연을, 지금의 모양대로는 아니고 거미줄의 그물과 그에 얽매이는 풍경과 거대한 고치가 된 지구 이미지를 기본으로 하는 구절을 먼저 썼다.

비가 거미줄이라면 그것을 땅으로 풀어 내리는 거미들은 물론 하늘에 살고 있는 것이다. 그러나 하늘에 산다 해도 풍경과 풍경의 총화인 지구를 꼼짝달싹 못하게 얽어매버리는 거미는 밝은 천사일 수 없다. 어두운 광 속에 갇혀 사는 불행한 존재일 것이다. 그렇다면 그들이 풀어 내리는 거미줄, 즉 비는 우리를 여기서 벗어나게 해달라는 일종의 구조 신호라고 해석할 수 있는 것이 아닌가.

3연을 먼저 써놓고 그것을 발전시키는 과정에서 나는 위와 같은 쪽으로 연상을 펼쳐보았다. 그러나 그것은 너무 단순한 해석이었다. 거미들은 자기네의 갇힘이 구조 신호나 한풀이로써는 해결될 수 없는 존재의 근원적 숙명이란 사실을 자각하고 있었다. 나는 이쪽으로 생각을 틀었다. 거기에 농도 짙게 반영되어 있는 것은 지난번에 말한 나의 허무주의적 성향이다. 그래서 마음에 들기도 했던 그 생각을 정리해 이 시의 첫 연과 둘째 연을 썼다.

　　이제 남은 것은 마무리를 짓는 일이었다. 그러나 마무리를 지을 수 있는 시상은 잘 떠오르지 않았다. 사흘 동안 틈틈이 생각을 굴리다가 간신히 얻게 된 것이 지금의 4연이다. 그것은 거미줄이 거미줄을 풀어서 지구를 얽어매는 이유를 암시한 이 시의 주제연이기도 하다.

　　구조 신호도 허사요 한풀이도 소용없다는 것을 잘 알고 있는 거미들의 삶에 대한 기본 감정은 우울할 수밖에 없다는 생각이 이 4연의 바탕을 이룬다. 그리고 거기에는 나 자신의 심정도 투영되어 있다. 그러나 '우울한 짐'이라고 해서는 어감이 좋지 않고 또 보들레르의 제목도 걸리고 해서 '우수 한 짐'이라고 했다.

　　보들레르의 제목도 걸렸다는 이 말은 내가 이 시를 쓸 때 그를 의식했다는 사실을 감추기 위해 그랬다는 뜻이 아니다. 동기 자체를 그에게서 얻어온 이 시에는 많든 적든 그에게 받은 영향이 분명히 있다. 그리고 이처럼 다른 사람의 시에서 영향을 받게 되면 자기도 모르게 영향을 받은 그 사람을 모방할 우려가 없지 않다. 영향을 받은 몫이 많으면 많을수록 무의식적인 모방의 위험성도 커진다. 그렇기 때문에 독창성을 존중하는 시의 세계에 있어서는 다른 사람으로부터 영향을 받았다는 말은 입 밖에 내기를 꺼려하는 것이다.

그러나 인간은 모두가 수많은 다른 사람들에게 영향을 받으면서 자기를 형성해간다는 사실을 우리는 기억할 필요가 있다. 어릴 때는 가정에서 부모를 비롯한 손위 사람들의 영향을 받고 또 청소년기에는 학교에서 교육을 통해 수많은 선인先人들의 영향을 받는다. 책을 읽고 지식을 얻거나 교양을 쌓는 것도 그 책을 쓴 다른 사람의 영향을 받는 행위인 것이다. 그러므로 그런 영향은 우리들 각자의 인간 형성을 위한 필수적 조건이 아닐 수 없다.

　　물론 시인도 다른 사람들에게 수많은 영향을 받으면서 자랐고, 또 지금도 어떤 형태로든 누군가의 영향을 받고 있는 인간이다. 그 점에 있어서는 그의 시도 결코 예외일 수 없다. 특히 그가 처음 시의 길에 들어섰을 때는 대체로 다른 사람의 시를 읽고 감동을 받아서 습작을 시작하게 된다. 그리고 이 단계의 습작시는 자기가 좋다고 생각한 시, 즉 강하게 영향을 받은 다른 사람 시의 모방작이 되기 쉬운 것도 사실이다.

　　이러한 모방의 단계는 시를 쓰는 사람이라면 누구나 극복해야 할 과정이다. 모방의 허물을 벗고 자기 나름의 독자성을 획득할 때 비로소 한 사람의 시인이 탄생한다. 그러나 이 독자성의 획득을 이제는 누구의 영향도 받지 않는 상태로 보아서는 안 된다.

　　앞에서 말한 대로 인간은 모두가 어떤 형태로든 다른 사람의 영향을 받기 마련이다. 그러니까 독자성도 그런 영향을 전적으로 배제한 결과일 수는 없다. 받은 영향을 개성적으로 소화한 결과로 독자성을 이루게 되는 것이다. '사자의 몸뚱이는 양을 먹고 이룩된 것'이라고 발레리는 말하고 있다. 양을 먹고도 양이 되지 않고 사자가 되는 이 비밀의 열쇠가 바로 사자의 개성적인 소화 능력인 것이다. 양을 먹었다고 해서 자기도 양이 되어버린다면 그는 하찮은 모방꾼에 불과하다.

혹시라도 네가 사자란 말이냐고 묻는 이가 있을지 모르겠다. 물론 그런 말이 아니라는 것은 잘 알 것이다. 그러나 보들레르를 의식하면서 이 시를 쓸 때와 또 백석한테서 종자를 얻은 첫 번째 〈비〉를 쓸 때, 내가 한결같이 영향의 개성적인 소화를 의도적으로 추구한 것만은 사실이다.

　앞으로 시를 쓰기 위해 많은 시를 읽고 있는 당신은 의식적이든 무의식적이든 간에 여러 시인들로부터 이런저런 영향을 받고 있을 게 분명하다. 내 자신의 경험으로 미루어 당신에게 참고가 될까 해서 남의 시에서 종자를 얻은, 그러니까 남의 시의 영향을 받고 썼다고 할 수 있는 졸작 두 편의 창작 과정을 여기에 밝힌 것이다.

부록

우리 시
바로 읽기

시의 해석

이 시의 이 말은 무엇을 뜻하는가?

이 질문은 시 쓰는 사람들에게 자주 받는 질문 중 하나이다. 사람들은 내가 교수이자 시인이라고 하니 이런 것쯤은 알고 있다고 생각하는 것 같다. 그러나 이런 질문을 자주 받으면서 '이거 정말 문제로구나' 하는 생각을 굳히게 한 질문이기도 하다. 이를테면 한용운의 '님' 같은 것이 그 좋은 예의 하나이다. 학생들은 님이라는 말이 지시하는 대상을 궁금해한다. 그래서 나는 그 대상에 대해 대답하기 전에 학생들 생각은 어떠냐고 반문해본다. 압도적 다수는 '조국'이라 말하고, 소수파는 '불교적 진리'라고 답한다. 미리 짐작했던 일이기는 하지만 이것은 곤란하다. 이 말은 '님'이 '조국'이나 '불교적 진리'가 아닌 다른 무엇을 가리키는 것인데도 학생들이 그 다른 무엇을 옳게 파악하지 못했다는 뜻이 아니다.

'님'이라는 말 속에 담겨 있는 의미를 하나로만 고정시켜 해석할 때 학생들의 대답이 오히려 정답에 가깝다. 직접 시를 쓰고 있는 사람들, 그리고 시를 전문적으로 감상하고 비평하는 사람들 간에도 한용운의 '님'은

'조국' 또는 '불교적 진리'를 가리킨다는 일종의 고정관념이 널리 퍼져 있기 때문이다. 순진한 학생들은 그런 시인이나 비평가들의 의견을 그대로 받아들였을 뿐이니 나무랄 게 없다. 그러니까 내가 곤란하다고 말한 사태의 책임은 학생들이 아니라 학생들을 그렇게 만든 사람들이 져야 할 것이다.

문제의 근원은 '님'의 의미를 하나로 고정시키려 한 데 있다. 편의상 '님'을 예로 들었지만 사실은 모든 언어가 하나의 고정된 의미에만 얽매어 있지는 않다. 이 말엔 물론 상당한 위험성이 내포되어 있다. 언어의 의미가 하나로 고정될 수 없는 것이라면 같은 말을 두고도 갑은 A, 을은 B라고 해석하는 따위의 혼란을 초래할 수 있기 때문이다. 그렇게 되면 언어를 통한 의사소통은 불가능해지고 따라서 언어는 와해될 수 있다. 그래서 사람들은 언어가 갖는 그 의미를 되도록 고정시키려 하고 있다. 의식적으로 그런다기보다도 언어란 원래 그런 것 아니냐는 타성적 믿음에 젖어 있는 것이다. 실제로 언어는 그러한 믿음을 뒷받침할 수 있는 일, 즉 의사소통을 위한 수단의 구실을 다하고 있다.

그러나 다시 보면 언어는 여전히 의미의 고정화를 거부하는 일면을 완강하게 고수한다. 그래서 이를테면 '꽃'이라는 말이 갑에게는 정원에 피어 있는 꽃, 을에게는 귀여운 막내딸 그리고 병에게는 애인을 뜻하기도 한다. '님'도 마찬가지이다. 박목월의 초기시 〈임에게 1〉은 그에 대한 하나의 예가 될 수 있다. 한용운보다는 훨씬 후배이지만 박목월 역시 일제 치하의 암흑기를 견디면서 이 시를 썼다.

첫 줄이 '냇사 애달픈 꿈꾸는 사람'으로 시작되는 이 시는 작중의 화자가 밤마다 혼자 눈물로 바위를 간다는 암담한 상황 제시를 거쳐 다음과 같이 끝나고 있다.

어느날에사

어둡고 아득한 바위에

절로 임과 하늘이 비치오리

— 박목월, 〈임에게 1〉 부분

'님'과 '임', 표기는 다르지만 같은 말이다. 그러니까 한용운의 님이 '조국'이나 '불교적 진리'를 가리키는 것이라면 박목월의 임도 동일하게 해석되어야 옳다. 하지만 현실적으로는 그런 해석이 나와 있지 않다. 오히려 일제강점기의 박목월은 조국이 처한 현실을 외면하고 자연과 순수 쪽으로 도피했다는, 내가 보기엔 적잖이 억울한 말을 듣고 있다. 같은 님인데도 이처럼 해석이 달라지는 까닭은 어디에 있을까?

이러한 의문에 대해서는 아마도 '문맥의 차이'라는 설명이 동원될 수 있을 것이다. 아닌 게 아니라 말은 앞뒤에 있는 다른 말과의 관계 여하로 그 의미가 달라진다. 기쁨을 나타내는 문맥 속에서의 장미와 슬픔을 나타내는 문맥 속에서의 장미는 분명 의미를 달리한다. 그리고 이 사실은 그 자체가 곧 언어 의미의 고정화를 부인하는 유력한 증거가 된다. 문맥이 달라지면 그에 따라 달라지는 언어의 의미가 가변적인 것임을 스스로 고백하고 있는 것이다.

이처럼 의미가 고정될 수 없는 언어에 의해 문맥이 형성된다. 그리고 그 문맥의 의미를 파악하는 일은 그 문맥을 형성하고 있는 언어의 의미를 파악할 때 가능하다.

그러나 이미 살펴본 대로 언어의 의미는 고정될 수 없으니 그 언어에 의존하고 있는 문맥의 의미도 고정될 수 없다. 그래서 실제로는 문맥의 해석도 사람에 따라 달라지곤 한다. 한용운의 '님' 역시 예외가 아니다. '조국'이라 하든 '불교적 진리'라 하든 간에 그의 그 '님'의 의미를 단일하게 고정시키지는 말아야 할 것이다.

여기서 또 한 가지 생각해야 할 것은 한용운의 '님'이 시의 언어poetic language라는 점이다. 이것은 이른바 시어poetic diction의 존재를 인정해야 한다는 이야기가 아니다. 시어라고 불리는 특수한 언어는 오래전에 죽었다. 그리고 시는 그처럼 죽은 언어가 아니라 살아 있는 언어, 즉 일상적으로 통용되고 있는 언어로 쓰인다. 그렇다고 해서 시가 일상의 언어를 그대로 문장화한 것이 아니라는 사실을 우리는 부인할 수 없다.

어려운 이야기를 꺼낼 것 없이 외형만 보더라도 일상의 언어는 끝없이 이어지고 또 끝없이 이어질 수 있는 것인데 반해 시는 우선 길이가 짧다. 그리고 이 길이의 짧음은 구구한 설명의 말들이 압축·생략된 결과이다. 따라서 시의 언어는 그 의미의 부하량負荷量이 일상적 언어보다 커질 수밖에 없다. 바꿔 말하면, 시의 언어란 바람을 잔뜩 불어넣은 공처럼 다양한 의미가 그 속에 압축된 언어인 것이다.

데메트리오스의 말을 빌리면 그러한 시의 언어는 먹이를 덮치기 직전에 몸을 웅크린 야수와도 같다. 웅크렸기 때문에 공격하는 힘이 더욱 커지는 것이다. 그래서 '시는 활짝 열려 있는 언어'라 할 수 있다.

알 사람은 알겠지만 이 말은 현대의 언어학자 제프리 닐 리치의 말과도 연결된다. 시의 의미론적 요점은 시가 '전면적으로' 의사소통을 하는 언어라는 데 있다는 것이 그의 의견이다.

전면적으로 의사소통을 하려면 의미의 빛살이 아무 데로나 뻗어 나갈 수 있게 활짝 열려 있어야 한다.

여기서 나는 앞에서 한 말을 수정해야 할 필요성을 느낀다. 나는 시는 짧기 때문에 언어가 갖는 의미의 압축이 불가피하다고 말했지만 실상 그것은 설명의 편의를 위한 방편이었다.

시가 짧은 것은 처음부터 짧아야만 시가 된다는 어떤 법칙이 있어서가 아니라 언어의 의미를 압축함에 따른 결과이다. 이 사실은 시인이란 족속들이 무슨 까닭으로 언어를 그렇게 압축하느냐는 질문을 유발한다. 보기에 따라서는 시인이 왜 시를 쓰느냐고 묻는 것과 같은 이 매우 중요한 질문의 대답은 언어의 압축이 빚어내는 효과가 그것을 대신해준다. 한마디로 말해서 그 효과는 어떤 기성 의미의 틀 속에 갇혀 있는 우리를 해방시키는 것이다.

일상의 언어는 사람들을 구속한다. 또는 구속하려 한다. 가령 '산'이라는 말이 있다고 가정할 때, 일상적 차원에서 그것이 우리에게 요구하고 있는 것은 바로 그 일상적 의미에 대한 복종이다. 그 요구를 받아들이면 천만 년이 흘러도 '산'은 사람들이 흔히 말하는 산 이상의 것이 될 수 없다. 바꿔 말하면 조상 대대로 이어져 내려오는, 그래서 이제는 낡을 대로 낡고 닳을 대로 닳아빠진 산의 그 기성의 의미 속에 오늘의 우리도 그대로 갇혀 있게 되는 것이다.

적절한 예가 될지 알 수 없지만 내 조그만 체험담 한 토막을 소개한다.

언젠가 중앙선을 타고 강원도 쪽으로 여행을 갈 때 차창 밖의 빽빽한 산들이 나에게는 마치 거구의 장정들이 스크럼을 짜고 열차를 에워싸고 있는 것처럼 느껴졌다. 그것은 일상의 언어가 가리키는 산이 아니었다. 일상적 굴레를 벗어나버린 새로운 산이었다.

앞에서 나는 시의 언어가 세계를 해방시킨다고 했지만, 때로는 이렇게 세계가 스스로 일상의 굴레를 벗어난 모습을 드러내기도 한다. 어느 날 갑자기 스크럼을 짠 장정들이 에워싸는 것으로 바뀌어버린 새로운 산의 의미를 확실하게 나 자신의 그것으로 만들고 싶었던 것이다.

그 의미는 언어에 의존한다. 그러므로 세계를 기성 의미의 굴레에서 해방시킨다는 것은 '세계의 의미를 새롭게 규정하는 새로운 언어가 창조

되어야 한다'는 뜻이 된다. 그렇다고 남들이 알아듣지 못하는 주문呪文 같은 언어를 만들 수는 없다. 그래서 시인은 이미 있는 언어를 그대로 쓰되 그것을 최대한 압축시킨다.

압축된 언어는 힘이 강해지기 때문에 그 속에 가득 들어 있는 다양한 의미의 빛살은 일상의 벽을 뚫고 나가서 새로운 의미의 공간을 창조하게 된다. 그것이 곧 새로운 세계임은 구태여 두말할 나위가 없다. 한용운의 '님'도 물론 그렇게 압축된, 그리고 성공적으로 압축된 언어이다. 그러한 님이 일대일의 대응 관계를 갖는 어떤 대상을 가리킨다면 오히려 이상하다.

그렇다면 시의 해석이란 불가능한 일이 아니냐는 반론이 나올 수 있다. 시에서 '님'은 무엇이고, '하늘'은 무엇이고, 또 '바람'은 무엇이라는 식으로 마치 수학의 방정식을 풀 듯이 해석할 수는 없다.

이 말은 명색이 시를 쓴다는 나 자신의 논리를 떠난 실감의 토로이기도 하다. 가령 A라는 말이 나의 시에 있어서는 B라는 뜻으로 해석되어야 한다는 생각을 해본 일이 없다. 굳이 말한다면 나의 시에 동원되는 모든 언어가 독자의 상상력에 불을 지를 수 있는 일종의 폭탄이 되었으면 하는 바람을 가질 뿐이다. 그 폭탄이 명중했을 때 타오르는 그 상상력의 불꽃이 시의 해석을 낳는다. 바꿔 말하면 시의 해석이란 독자들의 상상적 참여에 의한 제2의 창조 행위이기 때문에 나는 해석이란 말 자체를 달갑게 여기지 않는다.

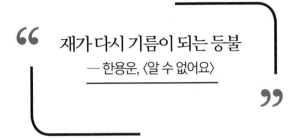

재가 다시 기름이 되는 등불
─ 한용운, 〈알 수 없어요〉

바람도 없는 공중에 수직垂直의 파문을 내이며 고요히 떨어지는 오동잎은 누구의 발자취입니까.

지리한 장마 끝에 서풍에 몰려가는 무서운 검은 구름의 터진 틈으로 언뜻언뜻 보이는 푸른 하늘은 누구의 얼굴입니까.

꽃도 없는 깊은 나무에 푸른 이끼를 거쳐서 옛 탑塔의 고요한 하늘을 스치는 알 수 없는 향기는 누구의 입김입니까.

근원은 알지도 못할 곳에서 나서 돌뿌리를 울리고 가늘게 흐르는 작은 시내는 구비구비 누구의 노래입니까.

연꽃 같은 발꿈치로 가이없는 바다를 밟고, 옥 같은 손으로 끝없는 하늘을 만지면서 떨어지는 해를 곱게 단장하는 저녁놀은 누구의 시詩입니까.

타고 남은 재가 다시 기름이 됩니다. 그칠 줄 모르고 타는 나의 가슴은 누구의 밤을 지키는 약한 등불입니까.

─ 한용운, 〈알 수 없어요〉 전문

전문을 인용한 한용운의 시 〈알 수 없어요〉는 모두 6행으로 되어 있다. 그리고 거기에는 연 구분이 없어서 한 편의 시가 한 연으로 된, 말하자면 단연시單聯詩라 할 수 있다. 또 운율 역시 이렇다 하고 내세울 만한 것을 갖지 않는다. 밖으로 드러난 문장의 형태는 오히려 산문에 가깝다. 그런 뜻에서 이 시는 산문시의 하나라고 규정할 수 있고, 또 실제로 그런 견해를 밝히고 있는 사람도 있다. 그러나 막상 산문시라고 규정하려 할 땐 약간 망설이게 된다. 왜냐하면 이 시는 두 가지 점에서 운율적 요소를 검출할 수가 있기 때문이다.

운율적 요소의 첫 번째로, 이 시는 4음보로 분석할 수 있는 음보율을 가졌다.

① 바람도 없는 / 공중에

② 수직垂直의 / 파문波紋을 / 내이며 / 고요히

③ 떨어지는 / 오동잎은 / 누구의 / 발자취입니까.

④ 지리한 / 장마 끝에 / 서풍에 / 몰려가는

⑤ 무거운 / 검은 구름의 / 터진 / 틈으로

⑥ 언뜻언뜻 보이는 / 푸른 하늘은 / 누구의 / 얼굴입니까.

2행까지를 음보율로 분석하면 위와 같다. 결과는 보다시피 한 행이 3행씩으로 나눠지는 한 연을 이루면서 4음보의 음보율을 드러내고 있다. ①의 경우는 예외적으로 2음보지만 4음보는 2음보의 중첩이라 할 수 있기 때문에 상통한다고 보아도 무방하다. 그리고 이 ①도 ②와 합쳐서 '바람도 없는 공중에 / 수직垂直의 / 파문波紋을 / 내이며 고요히'로 읽으면 역시 4음보로 분석할 수 있다.

편의상 2행까지를 분석해보았지만 6행으로 이루어진 이 시 전체가 모두 그렇게 분석될 수 있는 음보율을 지니고 있으며, 이 4음보의 음보율은 한국시의 전통적 율격의 하나라고 지적되고 있다.

운율적 요소의 두 번째는 이 시의 각 행이 '입니까'로 끝나고 있는 점이다. 같은 말을 되풀이하고 있는 것은 우연의 소치일 수 없다. 작자가 의도적으로 만들어낸 것이다. 그리하여 그것은 결과적으로 일종의 각운脚韻 구실을 하고 있다. 각운이 빚어내는 음악적 효과는 산문에선 기대할 수 없는 것이다.

그러나 위에서 살핀 두 개의 운율적 요소는 뚜렷하게 틀을 잡고 있는 것이 아니다. 그것은 일반화될 수 있는 정형율이 아니라 이 시가 그 혼자만의 것으로 속에 감추고 있는 내재율인 것이다. 이런 내재율은 자유시의 몫이다. 따라서 우리는 이 시를 자유시라고 규정한다.

일반 산문이라고 해서 전혀 내재율이 없는 것은 아니다. 운문과 산문의 운율은 '정도의 차이'일 뿐이며, "훈련된 귀는 산문 속에서도 운율을 찾아낸다"는 영국의 문예비평가 리처드 그린 몰턴의 말은 그것을 뒷받침하고 있다. 그러나 이 시가 속에 감추고 있는 그 내재율은 산문과 혼동될 수 없는 점을 지니고 있다. 그것은 앞에 말한 각 행이 '입니까'로 끝나기 때문에 빚어지는 각운 효과이다.

산문은 내재율을 갖더라도 이렇게 의도적으로 같은 종결어미를 반복해서 음악적 효과를 노리지는 않는다. 게다가 이 시는 그 한 행 한 행이 각각 독립된 문장을 이루고 있다(6행은 예외다). 산문으로 친다면 이 시는 문장 하나가 끝날 때마다 행갈이를 하고 있는 셈이다. 산문은 절대로 그런 행갈이를 해서는 안 된다는 명문의 금지 규정이 있는 것은 아니지만 그래도 이 산문의 행갈이는 일반적 관례에 어긋난다. 산문은 문장 단위가 아니라 의미의 단락을 단위로 해서 행갈이를 한다. 그렇기 때문에 이 시가 자유시로 규정되는 까닭은 더욱 보완된다.

그러나 이 시를 자유시가 아닌 산문시로 규정하는 견해도 있기 때문에 그에 따른 논란의 여지를 인정하지 않을 수 없다.

이제부터 이 시의 내용을 분석해보자. 이 시의 첫 행은 소리 없이 떨어지는 오동잎의 그 낙엽 현상을 기술하면서 그것이 누구의 발자취냐고 묻고 있다. 이 물음 속에 내포되어 있는 것은 떨어지는 오동잎을 누구의 발자취로 볼 수도 있는 것이 아니냐는 화자話者의 상상적 가정이다. 이러한 가정은 오동잎이 떨어진다는 그 무심한 자연현상을 결코 무심하게 보지 않고 어떤 인격체의 뜻있는 행위와 결부시키는 시각에 바탕을 두고 있다. 다시 말하면 화자는 오동잎이 그냥 떨어지는 것이 아니라, 누군지 알 수 없는 그 어떤 인격체의 뜻에 따라 떨어지는 것이라고 보고 있는 것이다. 이럴 때 그 인격체는 오동잎이 떨어진다는 그 자연현상을 주관하는 존재가 아닐 수 없다. 그런 존재를 사람들은 흔히 '절대자'라고 부른다. 그러니까 우리는 이 시의 첫 행에서 절대자를 만나게 되는 것이다.

2행 역시 그 기술 내용의 패턴이 1행과 같다. '무서운 검은 구름의 터진 틈으로 언뜻언뜻 보이는 푸른 하늘은 누구의 얼굴입니까'라고 묻는다. 차이가 있다면 '떨어지는 오동잎'이 '푸른 하늘'로 바뀌었지만 실상 그 두 가지는 자연현상이라는 점이 같다. 말하자면, 이 시의 1행과 2행은 같은 말을 달리 표현한 일종의 동어반복이라 할 수 있다. 그러고 보면 동어반복 현상은 1행과 2행에만 국한되지 않는다. 3행, 4행, 5행까지 역시 같은 패턴의 기술이 반복되고 있다. 이것을 좀 더 구체적으로 밝혀보면 3행의 경우는 '하늘을 스치는 알 수 없는 향기'가 '누구의 입김'으로, 또 4행의 경우는 '작은 시내'의 흐름이 '누구의 노래'로, 그리고 5행의 경우는 '저녁놀'이 '누구의 시'로 비유되고 있는 것이다.

이렇게 다섯 번이나 되풀이하고 있는 '누구'가 절대자를 뜻하고 있다는 사실은 앞에서 이미 지적한 바 있다. 그리고 이것도 이미 지적한 일이지만 그 절대자는 대자연을 주관한다. 떨어지는 오동잎이 그의 발자취가 되고(1행), 푸른 하늘이 그의 얼굴이 되고(2행), 향기가 그의 입김이 되고(3행), 작은 시내가 그의 노래가 되고(4행), 저녁놀이 그의 시가 되는(5행) 까닭이 모두 거기 있다.

이 시의 화자는 이러한 절대자의 존재에 대해 조금씩 각도를 달리하면서 다섯 번이나 반복하여 언급하고 있다. 반복은 강조를 위한 수사법이다. 그러니까 이 시의 5행까지는 그 절대자의 모습을 그만큼 크게 부각시키는 기술이 아닐 수 없다. 그리고 그런 관점에서 본다면 이 시 각 행의 '입니까'란 설의형設疑型 종결어미도 몰라서 묻는 말이 아니라 강조의 함축을 갖는 수사법으로 이해할 수 있게 된다.

이런 경우 화자의 마음속엔 그 절대자의 품에 안기고자 하는 일종의 종교적 귀의심이 우러나지 않을 수 없다. 그런 뜻에서 이 시를 종교적 성향이 짙은 작품이라고 할 수 있다. 작자 한용운은 승려이기 때문에 종교적 성향이 짙은 작품을 쓴다는 것은 오히려 당연한 귀결이라 하겠다. 여기서 우리는 이 시가 노래하고 있는 그 절대자를 쉽게 부처와 연결시킬 수 있고, 화자가 찬탄이 어린 경건한 어조로 말하고 있는 '누구'는 부처의 대명사라 할 수도 있다.

그 부처를 역사적으로 실재했던 인격의 석가모니라고만 생각하면 혼란이 일어나기 쉽다. 왜냐하면 석가모니는 부처이긴 하지만 '떨어지는 오동잎'이 '발자취'가 되고 '푸른 하늘'이 '얼굴'이 되는 자연과는 구별되는 존재이기 때문이다. 그러나 불교에는 이런 혼란을 바로잡아 줄 수 있는 사상이 있다. 그것은 부처의 몸을 법신法身, 보신報身, 화신化身으로 나누는 삼신三身의 사상이다. 여기에서 법신은 역사적 인격으로서의 부처가 아니라 우주에 두루 차 있는 최고의 진리로서의 부처를 말한다.

한용운이 쓴《불교대전佛敎大全》의 〈화엄경華嚴經〉을 풀이한 대목에 보면 그 법신은 '법계法界에 충만하여 일체 중생 앞에 두루 나타난 것'이라고 되어 있다. 또 같은《불교대전》의 〈기신론起信論〉에 관한 대목에는 '법신은 평등하여 모든 곳에 두루 있어 꾸밈이 없으므로 자연이라 한다'는 구절이 있다. 요컨대 우주의 삼라만상이 모두 최고의 진리인 그 법신의 표현인 것이다.

〈반야심경般若心經〉에는 '색즉시공 공즉시색色卽是空 空卽是色'이라는 유명한 구절이 있다. 쉽게 말하면 색은 언제나 변하고 있는 현상이요, 공은 불변의 본질, 즉 플라톤의 이데아와 같은 것이다. 그러니까 이 구절은 플라톤의 경우처럼 현상과 본질을 구분하지 않고 그 두 가지를 동일시하는 사상을 드러낸다. 우주의 삼라만상이 모두 법신(본질)의 표현으로 이해되는 것도 현상과 본질을 동일시한 결과라 하겠다.

법신이 가득 차 있는 이 세계를 불교에서는 '화엄진여華嚴眞如의 세계'라고 말한다. 그러나 이 시는 그 화엄진여의 세계에 대한 찬탄으로만 일관되어 있는 것이 아니다. 6행을 보면 그 사실을 알 수 있다. '타고 남은 재가 다시 기름이 됩니다. 그칠 줄을 모르고 타는 나의 가슴은 누구의 밤을 지키는 약한 등불입니까'라는 이 6행은 우선 그 언급 대상부터가 5행까지와는 판이하다. 5행까지는 자연이 그 대상이었는데 이 6행에서는 그것이 인간의 마음으로 바뀌고 있다. 그나마도 마음은 캄캄한 어둠 속에서 등불처럼 타고 있는 간절한 마음이다. 타고 남은 재가 다시 기름이 된다니 오죽이나 간절한 마음인가! 그렇게 간절한 마음은 '누구의 밤을 지키는 등불'로 비유되어 있다. 여기서의 '누구'는 5행까지에서 다섯 번 언급된 그 '누구'와 동일한 대상이다. 즉 우주에 편만해 있는 진리가 인격화된 절대자, 불교적 용어를 빌리면 부처의 법신이라 할 수 있는 존재인 것이다.

이러한 절대자를 '님'이라고 부를 수도 있다. 실상 '절대자'란 말은 위압감이 강해서 그 품에 안겨 맛볼 수 있는 푸근한 안식감이 덜하다. '님'이라는 말은 그런 아쉬움을 해소하면서 거기에 다시 정감적 효과를 크게 보탠다. 이 시의 6행에 표현되어 있는 간절함은 정감이 농도 짙게 배어 있는 심리 상태이다. 따라서 이 시에 등장하는 '누구'는 '절대자'보다 '님'으로 풀이되는 편이 더 적절하다고 말할 수 있다. 그 사실을 스스로 의식한 듯 한용운 자신도 다른 시에서는 '님'이라는 말을 자주 쓰고 있다. 타고 남은 재가 다시 기름이 되는 간절한 마음은 바로 그 님을 향한 뜨거운 사모이다.

그러나 님은 한낮의 밝음이 아니라 밤의 어둠 속에 있다. 이것은 님이 고난을 겪고 있는 상태, 달리 말하면 진리가 온 세상에 환히 드러나지 못하고 가려져 있음을 뜻한다. 따라서 님을 간절히 사모하는 화자는 고난받는 님을 지키기 위해 어둠을 밝히는 등불을 켜지 않을 수 없다. 화자는 위대한 존재가 아니기 때문에 그것은 작고 약한 등불이다. 그러나 그는 그야말로 온갖 정성을 다해 그 등불을 켜고 있다. 불교적 용어를 빌리면 대원력大願力의 등불이다. 타고 남은 재가 다시 기름이 된다는 구절 속에는 그러한 함축도 내포되어 있다.

님의 진리를 가리는 밤의 어둠은 두 말할 나위 없이 밖으로부터 가해진 압력이다. 그리고 밤은 어떤 특정한 시간을 의미한다. 따라서 우리는 그 어둠을 시대 상황의 압력이라고 풀이할 수 있다. 이때 우리가 쉽게 떠올릴 수 있는 것은 한용운이 이 시를 쓸 무렵(1920년대 중반) 우리 민족이 겪었던 일제 식민 통치의 고난이다. 그러다 보니 승려이면서 다른 한편으론 불굴의 항일지사였던 한용운이 고난의 시대 상황을 밤의 어둠으로 표상했을 가능성이 높다.

당시 한용운의 신분을 고려하면 '님은 우주에 편만한 화엄진여의 진리가 아니고 민족이나 조국이란 말인가'라는 의문을 제기할 수 있다. 그러나 한용운이 이런 의문을 노린 것은 아니다.

불교적 관점에 의하면 얼핏 별개의 것으로 보이는 님과 민족은 둘이 아닌 하나로 일체화될 수 있다. '모든 중생이 부처의 성품을 가졌다(일절 중생 실유불성—切衆生 悉有佛性)'는 불교의 가르침 속에는 그럴 수 있는 길이 열려 있다. 그것은 한 번 미망迷妄을 깨치기만 하면 중생이 곧 부처라는 사상을 바탕으로 하는 것이기 때문에 중생과 부처는 본질적 차이를 가질 수 없다고 보는 것이다. 민족도 그러한 중생이다. 따라서 민족의 고난은 님이 겪는 밤의 어둠으로 직결된다.

이와 같이 민족과 님을 일체화시켜 그에 대한 간절한 사모의 마음을 '지칠 줄을 모르고 타는 등불'로 이미지화한 것이 이 시의 제6행이다. 자연현상을 빌려 님의 '발자취'와 '얼굴'과 '입김'과 '노래'와 '시'를 노래한 5행까지의 님에 대한 그 경건한 찬미는 여기서 절정에 이르게 된다. 님은 종교적 함축을 갖는 대상인 만큼 그에 대한 사모는 물론 구도 정신의 표현으로 해석할 수 있다. 그리고 그것은 이 시의 주제를 한마디로 요약하고자 할 때의 그 대답이 될 수 있는 것이다. 그러나 그렇게 추구하는 진리가 님과 중생을 일체화시키는 불교 사상에 바탕을 두고 있다는 사실도 아울러 기억할 필요가 있다.

있음과 없음의 소용돌이

— 박두진, 〈유전도〉

바람과 구름이 구름과 강물이

강물과 바다가 꼬리 물고 있다.

바다가 햇살을 달빛이 번개를 노을이 강바람을 꼬리 물고 있다.

언덕과 사막, 산악과 도시, 궁전과 움막들이,

있는 것들은 무너지고

무너진 것들은 흘러가고 있다.

아우성과 침묵이, 영화와 몰락이,

횡포한 자와 비겁한 자,

짓밟는 자와 짓밟힌 자,

빼앗는 자와 빼앗긴 자,

말하고 싶은 자와 말하지 못하게 하는 자,

아부하는 자와 바로 말하는 자,

파계자와 성도자가,

천년씩 천 번을, 만년씩 만 번도 더,

무너지며 일어서며 영겁 속에 사그라져,

흙이 되고 물이 되고 바람이 되어 흐르고 있다.

노여움도, 자랑도, 오만도, 겸손도,

사랑도, 미움도,

아름다움과 추,

지혜와 어리석음

쫓던 자와 쫓기던 자,

죽이던 자와 죽던 자,

총칼도, 보습도,

비밀 암호도, 경서도,

짐승의 뼈도 사람의 뼈도 한데 묻혀 있다.

난 것은 죽고 죽은 것에서 다시 나,

소용돌이 소용돌이

저절로의 흐름,

침묵에서 침묵으로의 영원한 있음,

있는 것도 없는 것도

모두 거기 있고 없는,

해와 달 하늘 땅 꼬리 이어 도는,

천의 억의 영겁 천지 바람 불고 있다.

— 박두진, 〈유전도〉 전문

　박두진의 이 시 〈유전도流轉圖〉는 연 구분이 없는 33행의 자유시이다. 그리고 그것은 일관된 율격으로 4음보의 음보율을 유지하고 있다. 우선 서두의 3행만 보더라도 음보율이 쉽게 드러난다.

① 바람과 / 구름이 / 구름과 / 강물이
② 강물과 / 바다가 / 꼬리 물고 / 있다.
③ 바다가 햇살을 / 달빛이 번개를 / 노을이 강바람을 / 꼬리 물고 있다.

위와 같이 분석해볼 수 있는 것이 서두 3행의 음보율이다. 그리고 그러한 음보율이 끝까지 지속되기 때문에 이 시는 눈으로 읽기보다도 소리 내어 낭송하기 알맞게 되어 있다. 그만큼 음악성이 높다.

자세히 살펴보면 한두 군데 2음보로 분석될 수 있는 대목이 있지만 2음보는 4음보를 둘로 나눈 형태이기 때문에 동질적인 것이라 해도 무방하다. 낭송하기에 알맞은 이러한 음악성은 초기 시부터 뚜렷하게 드러나는 박두진의 중요한 특성의 하나이다. 그의 초기 대표작 〈해〉는 그것을 입증하는 좋은 예가 될 수 있다.

> 해야 솟아라. 해야 솟아라. 맑게 씻은 얼굴 고운 해야 솟아라. 산 넘어 산 넘어서 어둠을 살라먹고, 산 넘어서 밤새도록 어둠을 살라먹고, 이글이글 애띤 얼굴 고운 해야 솟아라.

> ─ 박두진, 〈해〉 부분

위에 그 첫 연을 인용한 〈해〉는 산문시인데도 보다시피 도도한 리듬을 만들어내고 있다. 그리고 우리는 이 리듬을 〈유전도〉에서 다시 만난다.

〈유전도〉는 제목이 가리키는 바 그대로 만물의 유전상을 노래하고 있는 작품이다. '바람과 구름이 구름과 강물이 / 강물과 바다가 꼬리 물고 있다'는 2행까지의 기술만 하더라도 그것을 읽어내는 근거가 될 수 있다. 강물과 바다가 서로 꼬리를 물고 있다는 것은 강물이 바다가 되고 바다가 강물이 되는 형국을 의미한다. 따라서 우리는 강물과 바다가 고정된 형태를 지니지 않고 유전한다고 하지 않을 수 없게 된다.

　강물이 바다가 되고 바다가 강물이 되는 이 유전 현상은 시인의 상상력이 만들어낸 허구가 아니라 엄연한 현실이다. 강물이 바다로 흘러드는 것을 모르는 사람은 아무도 없다. 그리고 강으로 역류하는 법이 없는 바다도 증발한 수증기가 다시 비가 되어 강으로 흘러드는 것이다. 그 비는 구름의 변형인데, 구름은 또 바람이라는 공기의 유동 없이는 생겨날 수 없다. 이러한 인식의 뒷받침을 받고 있는 것이 이 시의 첫 행이다.

　비단 강물과 바다뿐 아니라 세계를 형성하는 자연과 인간사는 그 모두가 유전하고 있다. 유전의 기본적 의미는 변화이다. 그 변화는 시간의 흐름과 보조를 같이한다. 그러므로 만사 만물의 유전은 한시도 멈추지 않고 끊임없이 진행한다. 얼핏 불변의 고형물로 보이는 쇠붙이나 바위도 그 점에 있어서는 예외일 수 없다. 다만 변화의 속도가 느려서 육안으로 식별이 잘 안 될 뿐이다.

　변화는 변화 이전 상태의 소멸을 가져온다. 강물이 바다로 흘러들면 그 강물은 더이상 강물이 될 수 없다. 그래서 박두진은 이 시의 4행부터 6행까지에서 '언덕과 사막, 산악과 도시, 궁전과 움막들이 / 있는 것들은 무너지고 / 무너진 것들은 흘러가고 있다'고 노래한다.

　변화에 의한 변화 이전 상태의 소멸은 무너짐으로 비유될 수 있다. 그리고 그 무너짐은 또 끊임없이 계속되는 일이기 때문에 흐름으로 비유될 수 있다. 사실 그렇다. '언덕', '사막', '산악'으로 표상되는 모든 자연과 도시, '궁전', '움막'으로 표상되는 모든 인공은 시간의 흐름 속에서 변화를 거듭하고 있다. 그리하여 언덕은 주택단지가 되고 궁전은 잡초 우거진 폐허가 되는 예를 우리는 얼마든지 목도하고 있다. 어제의 움막이 오늘 거대한 고층 빌딩으로 바뀌는 것도 같은 예에 속하는 것이다. 여기서 우리는 만물만사의 유전상을 거듭 확인하게 된다.

인간이라고 하는 유한한 생명체도 유전의 예외일 수 없다. 스핑크스의 수수께끼에서 보다시피 아침에는 네 발, 낮에는 두 발, 저녁에는 세 발로 모습을 바꾸어 걷는 존재가 인간이다. 그리고 그는 마침내 한 줌의 흙으로 돌아가고 만다. 그러한 인간의 현실적 유형은 다양하기 짝이 없다. 이 시의 7행 이하에는 그 다양한 인간의 모습들이 제시되어 있다.

좀 구체적으로 소개하면 8행부터 등장하는 '횡포한 자와 비겁한 자 / 짓밟는 자와 짓밟힌 자 / 빼앗는 자와 빼앗긴 자 / 말하고 싶은 자와 말하지 못하게 하는 자 / 아부하는 자와 바로 말하는 자 / 파계자와 성도자'가 그들이다. 인칭 대명사를 쓰지 않는 7행도 '아우성치는 자와 침묵하는 자, 영화를 누리는 자와 몰락한 자'를 가리키고 있음이 분명하다. 그러나 이처럼 다양한 인간들도 언젠가는 한 줌의 흙으로 돌아가지 않을 수 없다. 그들의 영화와 몰락, 횡포와 비겁, 빼앗음과 빼앗김, 파계와 성도는 모두 흙으로 돌아가는 그 변화의 과정인 것이다.

게다가 그 변화는 시작도 없고 끝도 없다. 이 시의 14~15행의 기술을 빌리면 '천 년씩 천 번을, 만 년씩 만 번도 더 / 무너지며 일어서며 영겁 속에 사그라져'가는 무한 반복의 변화이다. 인간의 삶이 자자손손으로 계승되고 있는 것은 이를 실증한다. 그 계승 과정에서 인간은 때로는 무너지고 때로는 일어서면서 '영겁 속에서 사그라져' 가게 된다. 한 줌의 흙으로 돌아가는 죽음은 이 사그라짐의 단적인 표상이 아닐 수 없다. 그러나 그 흙도 또한 유전의 테두리를 벗어나지 못한다. 흙은 물에 녹을 수도 있고 먼지가 되어 바람에 휘날릴 수도 있는 것이다. 그러므로 '영겁 속에 사그라져' 간 모든 인간은 또 16행의 기술처럼 '흙이 되고 물이 되고 바람이 되어' 흐른다고 할 수밖에 없는 것이다. 흐른다는 이 말은 물론 유전을 뜻한다.

17행부터 24행까지는 다시금 인간의 다양한 모습이 제시된다. 노여워하는 자, 자랑하는 자, 오만한 자, 겸손한 자 등이 그것이다. 그들 중에는 총칼을 휘두르는 자와 보습을 든 자, 비밀 암호를 만든 자와 경서를 지은 자도 있다(23~24행). 그리고 그들 역시 죽음을 면치 못해 무덤 속에는 '짐승의 뼈도 사람의 뼈도 한데 묻혀'(25행) 있게 된다.

그러나 이 죽음을 '끝'이라고 속단해서는 안 된다. 만사만물이 유전하는 것이라면 죽음 역시 유전의 한 과정일 수밖에 없다. 그러므로 죽음은 언젠가 다시 삶이 되어 나타날 가능성을 안게 된다. 인간의 음식물 섭취 행위는 이러한 사리事理의 이해를 돕는 예가 될 수 있다. 곡물이든 고기든 인간이 무언가를 먹는다는 것은 그 열매, 그 짐승의 죽음을 뜻하는 것이다. 그러나 그렇게 섭취된 음식물은 인간에게 새로운 생명력을 부여한다. 죽음이 삶으로 바뀌는 일은 그리하여 현실이 되는 것이다.

사람이 짐승의 고기를 먹지 않으면 본질적으로는 같은 일이 일어난다. 필경 썩어서 거름이 된 그것은 하다못해 잡초의 생명 속에라도 스며들어 되살아날 수 있다. 버려진 열매가 썩어서 새로운 싹으로 눈뜨게 되는 것이 같은 사리의 표현임은 구태여 두말할 나위가 없다. 한 줌의 흙으로 돌아간다 했지만 인간의 죽음인들 어찌 그 예외가 될 것인가. 말이 흙이지 실상 흙은 '언덕과 사막, 산악과 도시, 궁전과 움막'(4행)을 있게 하는 기반이요, 또 그 속에서 살고 있는 인간의 가장 근원적인 모태가 된다. 죽음이 끝이 아니라 새로운 시작으로 인식되는 까닭은 여기에 있다. '난 것은 모두 죽고 죽은 것에서 다시 나'란 이 시의 26행의 기술은 그러한 인식에 뿌리를 두고 있는 것이다.

난 것은 모두 죽고 죽은 것에서 다시 난다면 탄생과 죽음은 이 시의 서두에 제시된 강물과 바다의 경우처럼 서로 꼬리를 물고 있는 것이 아닐 수 없다. 그렇게 서로 꼬리를 물고 빙글빙글 돌아가는 탄생과 죽음의 되풀이하는 소용돌이를 방불케 한다. 그 소용돌이는 누가 만든 것이 아니라 저절로 생겨난다. 그리고 그것은 또 오직 침묵으로 일관하면서 그냥 그렇게 있다. '소용돌이 소용돌이 / 저절로의 흐름 / 침묵에서 침묵으로의 영원한 있음'이란 27~29행의 기술은 그것을 가리키는 대목이다.

탄생은 있음을, 죽음은 없음을 뜻한다고 볼 수 있다. 그러니까 탄생과 죽음이 꼬리를 물고 돌아가는 소용돌이 속에서는 있음과 없음을 가르는 본질적인 차이도 찾아볼 수 없게 된다. 이 시의 30~31행은 그러한 경지를 '있는 것도 없는 것도 모두 거기 있고 없는' 상태라고 말하고 있다. '해와 달 하늘 땅이 꼬리 이어도는'(32행) 것과도 같은 이 기막힌 소용돌이, 즉 만사 만물의 유전은 앞에서 말한 대로 끝날 날이 없다. 그래서 이 시는 '천의 억의 영겁'을 두고 천지엔 온통 바람만 불고 있다는 맺음말을 얻게 되는 것이다.

우리는 박두진의 시 〈유전도〉의 내용을 배열된 행의 순서대로 분석해 보았다. 그리하여 우리는 이 시가 만물의 유전상을 다양하게 노래하고 있다는 사실을 확인하게 되었다.

'유전'이란 이 말은 원래가 불교 용어이다. 그리고 그것이 불교에서 차지하는 비중은 매우 크다. 그러므로 우리는 이 시의 내용을 불교 사상과 연결시켜 재정리해볼 필요가 있다.

불교에서는 일곱 가지 진여眞如가 있다고 말하는데 그중 첫째로 손꼽히는 것이 유전진여이다. 진여란 우주 만유에 보편한 불변의 본체, 즉 영원한 진리를 뜻한다. 그러한 진여의 첫째로 손꼽히는 것이 유전이라면 그 비중의 크기는 능히 짐작하고도 남음이 있다.

이처럼 유전이 큰 비중을 갖는 것은 그것이 불교의 핵심적 개념의 하나인 '제행무상諸行無常'과 상통하기 때문이다. 만유는 그 어떤 것도 항구성을 갖지 않고 시시각각으로 생멸 변화를 거듭한다는 이 제행무상은 유전의 다른 표현이 아닐 수 없다. 앞에서 말한 대로 변화는 변화 이전 상태의 소멸을 가져온다. 그러나 소멸은 완전한 무화無化를 뜻하는 것이 아니다. 만일 그것이 완전한 무화를 뜻한다면 한 번의 변화 다음에는 다시 변화할 것이 없으므로 변화는 오래전에 끝났어야 할 것이다. 그러나 현실적으로는 여전히 변화가 거듭되고 있다. 이것은 변화에 의한 변화 이전 상태의 소멸이 대상의 완전한 무화가 아니라 그 전신轉身임을 뜻하는 것이다. 강물은 바다로, 바다는 수증기로, 수증기는 비로, 비는 강물로, 그렇게 전신하는 경우를 생각하면 된다. 그렇기 때문에 변화는 끝없이 계속되어 제행무상과 유전진여의 사상을 뒷받침하게 되는 것이다.

위의 '강물 → 바다 → 강물'의 예에서 보다시피 끝없는 변화의 계속은 순환 관계를 형성하게 된다. 그 관계를 바탕으로 해서 종교적 통찰과 철학적 깊이와 논리적 체계를 갖춘 것이 불교의 윤회 사상이다. 그리고 거기서 다시 발전하여 연기緣起 사상이 나오게 된다. 윤회 사상이나 연기 사상은 기본적으로 의존성의 원리에 입각해 있다. 우주의 만유는 그 모두가 독자적 실체로 존재하는 것이 아니라 이것이 있음으로 저것이 있고, 저것이 있음으로 이것이 있다는 상대적 관계 속에 존재한다는 것이 의존성의 원리이다. 강물이 있음으로 바다가 있고 바다가 있음으로 강물이 있다는 그러한 관계도 의존성의 원리를 웅변하고 있다. 그러므로 강물과 바다는 둘이면서 하나요, 하나면서 둘인 것이다.

강물과 바다를 삶과 죽음, 있음과 없음으로 바꿔놓아도 결과는 같다. 삶이 없으면 죽음이 없고 죽음이 없으면 삶이 없는 것과 마찬가지로 있음이 없으면 없음이 없고 없음이 없으면 있음이 또한 없는 것이다. '생사일여生死一如', '유무상통有無相通'이란 선적禪的인 사상이 여기서 도출된다.

그리고 이것은 현상이 본질이요, 본질이 현상이란 뜻으로 풀이될 수 있는 〈반야심경〉의 '색즉시공 공즉시색色卽是空 空卽是色'이란 사상과도 이어질 수 있다.

만물 유전의 인식이 이러한 불교 사상의 중요한 뿌리를 이루고 있음은 구태여 두말할 나위가 없다. 만물은 끊임없이 유전하기 때문에 윤회하고 연기하는 것이다. 이 시 〈유전도〉에서 그러한 유전의 실상을 노래하고 있는 시인 박두진은 독실한 기독교도로 널리 알려져 있다. 그럼에도 불구하고 그가 〈유전도〉와 같은 시를 썼다는 것은 불교 사상이 그만큼 폭넓은 내포를 가졌기 때문이라 할 수 있다.

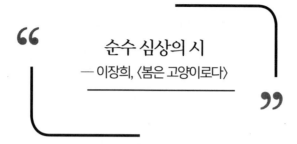
〈봄은 고양이로다〉라는 시가 대표작으로 꼽히는 고월 이장희는 1900년에 태어나서 1929년에 죽은, 대구 출신의 시인이다. 그의 죽음은 자살이었다. 일제 치하에서 중추원 참의를 지낸 아버지(병학)를 둔 고월은 어릴 때 신동이란 말을 들었다. 그러나 그는 다섯 살 때 어머니를 여의고 계모 슬하에서 배다른 여러 동생들과 함께 자라면서 숱한 심리적 갈등을 겪었다. 게다가 그는 또 강한 결벽증과 비타협적인 성격을 지니고 있었기 때문에 친구를 잘 사귀지도 못했다. 그리하여 극도로 예민해진 신경이 환상만을 키우는 폐쇄적 삶을 살아간 것이다. 이런 경우, 환상은 그의 고독감을 심화시킨다. 고월의 자살은 이러한 고독감의 심화가 빚어낸 비극이라 하겠다.

집안이 넉넉했던 고월의 아버지는 아들을 멀리 일본의 교토중학京都中學으로 보내 공부시켰다. 재학 중 고월은 교지에 일본글로 된 시를 발표하여 재능을 인정받았다고 전해진다. 그러나 원래가 비사교적이었던 그는 작품 발표를 서둘지도 않았고, 또 그런 기회를 얻지도 못한 채 중학을 마치고 대구로 돌아와 주로 집 안에 들어앉아 살았다. 이러한 그의 이름이 시단에 알려지게 된 것은 1924년 5월 《금성》 제3호의 지면을 통해서이다. 양주동이 실질적 편집 책임자였던 《금성》은 일본의 와세다대학早稻田大學에 다니던 우리나라 유학생들이 중심이 되어 만든 문학 동인지였다. 그러니까 교토중학 출신자로서는 그 학교 인연부터가 거리가 멀다 할 수밖에 없는 이 잡지에, 더구나 비사교적인 고월이 스스로 동인이 되기를 자청했을 리는 없다. 이러한 고월을 《금성》의 동인으로 끌어들인 것은 백기만이다. 백기만 역시 대구 출신으로, 고월의 몇 안 되는 친구 중 한 사람인 그는 《금성》이 창간된 때부터 그 동인으로 참가하고 있었다. 그러한 백기만의 권유와 소개로 고월은 《금성》 제3호에 다섯 편의 시를 발표한 것이다. 〈봄은 고양이로다〉는 그중의 한 편이다.

꽃가루와 같이 부드러운 고양이의 털에
고운 봄의 향기가 어리우도다.

금방울과 같이 호동그란 고양이의 눈에
미친 봄의 불길이 흐르도다.

고요히 다물은 고양이의 입술에
포근한 봄 졸음이 떠돌아라.

날카롭게 쭉 뻗은 고양이의 수염에
푸른 봄의 생기가 뛰놀아라.

— 이장희, 〈봄은 고양이로다〉 전문

편의상 먼저 그 시의 전문을 옮겼다. 보다시피 4연 8행으로 된 짧은 이 시는 봄이라는 계절을 고양이로 비유해놓고 있다.

첫 연은 '고양이의 털'을 통해 봄의 그 부드러운 감촉을 드러낸다. 시의 본문에서는 후각의 대상인 '향기'라는 말이 쓰였지만 '고양이의 털'이라는 비유 때문에 그 '향기'는 촉각의 대상으로 바뀌고 있다. 그러니까 이 고양이의 털은 촉각과 후각을 갖는 일종의 공감각적 심상인 셈이다. 그랬거나 말았거나 화창한 봄날의 부드러움 따위는 누구나 다 아는 진부한 느낌이 아니냐는 반론이 나올는지 모른다. 그러나 사람들이 누구나 그런 부드러움을 느낀다 하더라도 그것을 바로 '고양이의 털과 같은 부드러움'이라고 아주 구체적으로 심상화해낸다는 것은 쉬운 일이 아니다.

둘째 연은 봄이 다시 '고양이의 눈'으로 비유된다. 겉으로 볼 때 고양이의 그 눈은 호동그란 금방울 모양을 하고 있다. 그러나 이 금방울을 겉모양대로만 보아서는 안 된다. 겉모양의 귀여움에도 불구하고 좀 더 유심히 들여다보면, 그 속에는 겉모양과는 아주 딴판인 어떤 뜨거운 불길이 간직되어 있다. 때론 그것은 사람들에게 섬뜩한 느낌을 갖게 한다.

실제로 나는 고양이의 눈에서 그러한 섬뜩함을 여러 번 느낀 적이 있다. 봄이라는 계절은 고양이의 눈처럼 섬뜩한 그 무엇, 즉 '미친 불길'을 품고 있다는 사실을 이 둘째 연은 선명한 심상으로 보여준다.

셋째 연이 표현하고 있는 것은 봄의 노곤한 권태감이다. 시의 본문을 그대로 빌리면 '포근한 봄 졸음'인 것도 수많은 사람들이 자주 경험해온 봄의 속성이다. 그러니까 진부하다면 진부하다 할 수 있는 권태감이 여기서는 '고양이의 입술'이란 기발한 심상을 통해 구체화됨으로써 달리 예를 찾기 어려운 표현 효과를 거두고 있다.

넷째 연에서는 봄의 권태감이 다시 일전하여 '푸른 생기'를 드러낸다. 만물이 소생하는 봄이라는 계절은 물론 생기와 무관할 수 없다. 그러나 어떤 생기냐고 묻는다면 대답이 얼른 떠오르지 않는 그 생기가 그야말로 생기 있게 살아나고 있는 것이 이 구절이다. '날카롭게 뻗은 고양이의 수염'이란 심상이 바로 그 일을 해내고 있다.

이렇게 연별로 분석해본 시 〈봄은 고양이로다〉는 각 연이 저마다 봄의 특징 하나씩을 선명하게 드러내주고 있다.

첫 연은 '부드러움', 둘째 연은 '불길', 셋째 연은 '권태감', 넷째 연은 '생기'라고 말할 수 있다. 그러니까 이 시는 봄이라는 대상을 네 개의 시각으로 바라본 것이라 하겠다. 시각이 다른 만큼 그 모양도 다른 것이 될 수밖에 없는 그 네 개의 특징을 결합시켜 하나의 구조로 만들어낸 것이 〈봄은 고양이로다〉라는 시이다. 그러한 결합의 과정을 다시 살펴보면 재미있는 현상 하나가 눈에 띈다. 그것은 이 시의 각 연이 앞뒤의 다른 연에 대해 대구對句적 성격을 지니고 있다는 점이다. 첫 연의 '부드러움'에 대한 둘째 연의 '불길', 둘째 연의 불길에 대한 셋째 연의 '권태감', 그리고 그 권태감에 대한 넷째 연의 '생기'가 그렇다. 첫 연의 부드러움과 셋째 연의 권태감은 그 성질이 마이너스(-)적인 것인 데 비해 둘째 연의 불길과 넷째 연의 생기는 플러스(+)적인 것이라 할 수 있다. 그러니까 이 시는 연 배치가 '-, +, -, +'의 심상 결합을 보이고 있다. 이 결합은 시인의 치밀한 구성 의식이 초래한 결과가 아닐 수 없다.

이러한 구성 의식은 시인으로 하여금 감정의 흐름에 몸을 내맡기지 않도록 억제하는 작용을 하게 된다. 그것도 그럴 것이 감정은 그 자체가 이미 구성 의식을 등진 자유로운 유동체이기 때문이다. 따라서 그런 경우 시는 자연히 주정主情이 아닌 주지主知적 성격을 띠게 된다. 고월의 〈봄은 고양이로다〉는 감정을 극도로 절제하면서 대상의 객관적 심상화를 기하고 있는 것이 그 중요한 특징이라고 지적될 수 있는 작품이다. 이러한 특징은 현대의 모더니즘, 특히 심상의 표현에 주력하는 이미지즘으로 직결된다. 따라서 고월 이장희는 우리나라 현대시의 역사에서 모더니즘과 이미지즘의 선구자란 영예를 차지하기 마땅한 인물이다.

실상 고월이 작품 활동을 한 1920년대의 한국시는 백조파의 영탄과 카프파의 정치적 구호를 그 주조로 하고 있었다. 그리고 당시에 방계의 흐름이었던 한용운이나 김소월의 시도 그것이 현대성을 갖추었다 하기에는 어려웠다. 그리하여 당시의 한국시는 어떤 유파의 것이든 시의 표현을 그 내용에 종속시키는 경향을 보였던 것이다.

그런 가운데서 고월은 혼자 내용이 아닌 표현을 취했다. 앞에서 보다시피 〈봄은 고양이로다〉가 감정이나 관념을 철저하게 배제하고 있는 것이 그 좋은 예가 된다. 같은 말의 되풀이가 되지만, 그 시가 독자에게 제시하고 있는 것은 고양이를 매개로 해서 감각적으로 파악된 봄의 심상, 그것도 그 자체로써 자립하는 순수 심상인 것이다. 이때의 그 매개체인 고양이가 우리시의 전통에서는 낯선 사물이란 사실도 놀라움에 값한다. 낯선 사물을 시적으로 소화할 수 있는 능력을 가진 시인이 많으면 많을수록 그 나라의 시는 다양한 발전을 이룩할 수 있음이다.

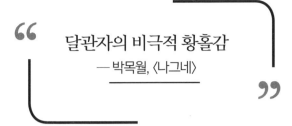

달관자의 비극적 황홀감
― 박목월, 〈나그네〉

강江나루 건너서
밀밭 길을

구름에 달 가듯이
가는 나그네

길은 외줄기
남도南道 삼백 리三百里

술 익는 마을마다
타는 저녁놀

구름에 달 가듯이
가는 나그네

― 박목월, 〈나그네〉 전문

박목월의 〈나그네〉는 형식면을 살필 때 모두 5연 10행으로 되어 있고 또 각 연은 2행으로 되어 있다. 이렇게 시의 각 연과 행수가 고르게 배열되어 있는 것은 시인이 이 시의 형식에 어떤 규칙성을 부여하겠다고 작정했기 때문이다. 그것을 염두에 두고 이 시를 다시 한 번 읽어보면 율격에 있어서도 동일한 의식이 반영되어 있다는 것을 어렵잖게 발견할 수 있다. 한국시의 율격은 음수율과 음보율로 대별된다.

서로 개념이 다른 그 두 가지 율격의 어느 쪽을 기준으로 보더라도 이 시는 일정한 규칙성을 구현하고 있다. 먼저 음수율의 경우, 이 시는 2, 4, 5연의 음절 배열이 7·5조의 음수율을 만들어내고 있다. 그러니까 나머지 1, 3연은 7·5조가 아니라는 뜻이기도 하지만 실은 그 두 연 역시 아주 자의적인 음절 배열은 아니고 7·5조를 약간 변형시킨 것이다. 이러한 변형은 처음부터 끝까지 같은 음수율이 반복될 때 생겨날 수 있는 단조로움을 깨뜨리기 위해 흔히 사용된다. 따라서 이 시는 음수율로 볼 때 7·5조를 기본 율격으로 하는 규칙성을 준수하고 있는 것이라 하겠다.

음보율은 어떤지 살펴보자. 음보율은 원래 서구시의 율격 분석을 위한 방법이었지만 60년대부터는 한국시에도 그것이 많이 원용되고 있다. 재래적인 음수율만을 적용할 때 우리의 고전시가나 민요의 율격은 도저히 정리가 되지 않을 만큼 많은 변칙을 안고 있다고 해서 새롭게 도입된 방법이 바로 음보율이다.

이 시에서 그 음보율을 찾는다면 그것은 3음보와 4음보의 두 가지 율격으로 분석할 수 있다. 3음보라 할 때는 연을 단위로 해서 각 연의 첫 행을 2음보, 둘째 행을 1음보로 읽어야 할 것이고 또 4음보라 할 때는 둘째 행 역시 2음보로 읽어야 할 것이다. 그러면 전자는 한 연이 3음보가 되고 후자는 2음보 중첩의 4음보가 된다. 이러한 두 가지 음보의 어느 쪽을 취해도 이 시는 그 음보율이 또한 일정한 규칙성을 추구한다.

그러나 두 가지 음보율 중에서 하나를 택한다면 3음보 쪽이 낫다. 왜냐하면 3음보는 우리나라 민요의 기본 율격이고, 또 그러한 민요의 가락을 계승한 것으로 판단되기 때문이다. 판단이라 했지만 박목월은 이 시를 포함한 초기시 전체가 민요의 가락을 계승하고 있다는, 이제는 거의 정설화된 평가를 받고 있는 시인이다. 그러므로 이 시는 음보율에 있어서도 3음보의 율격을 준수하고 있다고 규정할 수 있다.

그러나 이러한 율격의 규칙성과 또 앞에서 지적한 각 연과 행 수의 고른 배열 때문에 이 시를 정형시라고 할 수는 없다. 그것은 그 규칙적인 형식이 시조의 경우처럼 시는 으레 그렇게 써야 한다는 뜻으로 미리 정해져 있는 틀을 그대로 답습한 것이 아니라 이 시만의 것이기 때문이다. 그것은 이 시가 자유시라는 사실을 말해주고 있다. 규칙적인 것이든 아니든 간에 그 자체만이 갖는 독창적 형식을 만들어내는 시는 자유시이다.

위와 같은 형식 속에 담겨 있는 내용, 즉 시의 의미를 살펴보자. 시에는 반드시 소재가 있다. 시의 재료인 소재는 하나만이 아니라 여러 개가 있다. 이 시에서 찾는다면 '밀밭 길', '나그네', '외줄기 길', '저녁놀' 등이 그에 해당한다. 그러나 그중에서 비중이 제일 큰, 흔히 제재라고 불리는 중심 소재는 '나그네'가 아닐 수 없다. 그것은 말을 극도로 아끼고 있는 이 시가 2연과 5연에서 나그네를 두 번이나 등장시키고 있는 것을 통해 쉽게 입증된다.

제재는 그것이 바로 시의 주제는 아니지만 주제와 직결되는 소재이다. 따라서 눈여겨볼 필요가 있다. 해석이란 이 말을 설명적 진술이란 뜻으로만 받아들여서는 안 된다. 일체의 설명적 진술을 배제하고 다만 어떤 정황만을 제시해도 그것은 그 정황을 구성하는 사물에 대한 해석이 될 수 있는 것이다. 그리고 실제로 이 시는 설명적 진술 없이 제재인 나그네가 어떤 정황 속에서 어떤 상태로 있는가를 보여만 주고 있다.

　시의 본문을 읽어가면서 그 정황과 상태를 좀 더 구체적으로 살펴보면 먼저 나그네가 등장하는 공간은 '강나루 건너서 / 밀밭 길'이다. 이러한 공간은 우리에게 문득 고향을 생각하게 하는 외진 시골이 아닐 수 없다. 말하자면 향토적 정취가 서린 공간인 것이다. 거기서 나그네는 '구름에 달 가듯이'(2연) 가고 있다. 가고 있는 나그네의 모습을 보여주는 이 구절은 그가 어떤 나그네인가를 알려주는 대목이다. 하늘에 떠 있는 달은 그 자체가 이미 세속 초월의 함축을 갖는 이미지라 하겠다. 그러한 달이 가볍게 구름을 헤치면서 가듯 나그네도 밀밭 길을 그렇게 가고 있는 것이다. 그러니까 나그네는 세속을 초월한 달관자로서 우리 앞에 그 모습을 나타내게 된다. 하지만 언제나 혼자인 그의 가슴속에는 고독감에 뿌리를 둔 애수가 깃들어 있다. 그러므로 제2연 '구름에 달 가듯이 / 가는 나그네'는 초월과 애수라는 복합적 함축을 갖는 인물로 해석할 수 있다.

　그 나그네는 밀밭 길을 거쳐 계속 걸음을 옮기고 있다. 그 길은 외줄기로 뻗은 '남도 삼백 리' 길이라고 이 시의 3연은 밝히고 있다. 남도의 사전적 의미는 경기도 이남의 충청, 경상, 전라 3도를 가리키는 것이지만, 시에서는 꼭 그렇게 생각할 필요가 없다. 나그네가 가는 길, 또는 가야 할 길의 아득함이 작자에게는 삼백 리 정도로 느껴지는 심정적 거리라는 사실을 뜻하고 있다.

　이렇게 아득한 남도 삼백 리 길을 혼자 가고 있는 나그네에게는, 그 초월과 달관에도 불구하고 외로움과 애수가 한층 농도 짙게 가슴을 채우지 않을 수 없다. 그러므로 외줄기 길은 외로움과 애수를 표상하는 기능도 맡고 있는 이미지인 것이다.

　그러나 나그네의 이러한 감정 상태는 단순히 그를 슬픔에만 젖게 하지는 않는다. 그는 이미 세속을 초월한 달관자이기 때문에 슬픔을 차원 높게 승화시켜 오히려 황홀감을 느끼게 한다. '술 익는 마을마다 / 타는 저녁놀'이란 제4연이 표상하고 있는 것은 슬픔의 승화에 의한 그러한 비극적 황홀감이다.

'붉게 타는 저녁놀'과 '익어가는 술'이라는 두 가지 이미지는 모두 그것이 왜 그렇게 해석되는가를 밝혀주는 열쇠가 된다. 왜냐하면 저녁놀은 하루해의 종말이란 비극적 사실을 황홀감을 느낄 만큼 장엄하게 장식하는 현상이고, 또 술 역시 사람을 황홀한 도취경으로 이끄는 물질이기 때문이다. 따라서 우리는 작자가 아무런 설명 없이 내놓은 이 두 이미지를 통해 나그네의 그 비극적 황홀감을 유추적으로 읽어낼 수 있게 된다.

다음에 이어지는 제5연은 그 표면구조가 2연과 같다. 즉 '구름에 달 가듯이 / 가는 나그네'란 구절이 되풀이되고 있다. 그러나 그 속에 실려 있는 내용의 질량은 같은 것이라 할 수가 없다. 5연의 나그네는 4연의 술과 저녁놀이 표상하는 비극적 황홀감을 겪었지만 2연의 나그네는 그렇지 않다는 점이 그 차이의 핵심이다. 그러므로 이 시의 2연과 5연은 겉모양은 같아도 내용에 있어서는 점층법적 효과를 노린 구절이라 하겠다. 아니 어디 그 두 연뿐인가.

실은 이 시 전체가 그런 점층법적 구조를 이루고 있다. 1연은 나그네의 등장, 2연은 나그네의 초월성, 3연은 갈 길 아득한 그의 고독과 애수, 4연은 그의 비극적 황홀감 그리고 5연은 되풀이에 의한 강조적 마무리라고 읽어보면, 각 연이 차례로 한 단계씩 그 정감을 고양시키고 있는 점층법 구조가 드러난다. 따라서 이 시가 노래하고 있는 것은 세속을 초월한 달관의 바탕 위에서 자신의 사무치는 고독과 애수를 비극적 황홀감으로 승화시킨 나그네의 모습이라고 요약할 수 있다.

여기서 알아두어야 할 것은 그 나그네가 전통적인 한국인이라는 사실이다. 왜냐하면, 첫째는 '강나루', '밀밭 길', '남도 삼백 리 길' 등 나그네의 정황을 구성하는 소재들이 모두 한국의 향토적 정취를 진하게 풍기는 이미지이기 때문이고, 둘째는 이 시의 율격이 또한 한국민요의 기본 율격인 3음보이기 때문이다. 그리고 이러한 사실을 통해 우리는 또 이 시가 형식과 내용을 잘 조화시킨 작품이라고 평가할 수 있다.

존재의 조명照明
— 김춘수, 〈꽃〉

　시는 자의적인 언어의 집합물이 아니다. 시인이 언어를 의도적으로 선택 배열한 결과는 한 편의 시가 되어 우리 앞에 제시된다. 이때 이 시인의 의도는 물론 그의 정신의 통제를 받는다. 여기서 시는 시인의 정신세계를 담는 일종의 그릇이란 생각이 우러날 수 있게 된다. 이처럼 시를 그릇으로 보게 되면 독자의 관심은 자연, 시보다도 시인 쪽으로 기울게 된다. 중요한 것은 그릇이 아니라 그 속에 담긴 내용물, 즉 시인의 정신이기 때문이다. 그러나 이러한 접근 방법은 그것이 비록 값진 성과를 거둔다 할지라도 시를 필경 수단으로 전락시킬 우려가 있다.

　수단은 얼마든지 대체가 가능하다. 만년필의 잉크가 떨어졌을 땐 볼펜으로 써도 그만이다. 볼펜은 다시 연필이나 컴퓨터로 바뀔 수 있다. 시가 수단으로 전락할 경우에도 사정은 마찬가지이다. 그리고 어차피 시인의 정신세계를 담은 그릇일 바에야 구태여 시라는 까다로운 그릇을 고집할 까닭도 없다. 이러한 논리를 연장시키면 시는 그 존립의 근거마저 위협을 받게 된다.

시의 존립 근거를 위협하는 시에의 접근이 바람직한 것일 수는 없다. 새로운 방법을 찾아야 할 것이다. 문제 발생이 시의 수단화에 있었다는 사실을 생각하면 그 새로운 방법을 찾기는 과히 어렵지 않다. 시의 독자성을 보장하는 방법, 시를 시 그 자체로 읽는 방법이 그것이다. 이러한 방법에 의하면 시는 시인으로부터도 일단 분리되어 하나의 완결된 언어 조직으로 남는다. 완결된 언어 조직인 만큼 그때의 시는 부분들의 구조적 결합에 의한 유기적 통일체인 것이다. 그러므로 우리시에 대한 접근은 그 유기체의 부분들을 분석하고 그 결과를 전체적 의미의 조명으로 종합해야 할 것이다.

이러한 작업의 전제가 되는 시와 시인의 분리를 너무 단순하게 받아들여서는 안 된다. 시인은 시의 산모이기 때문에 양자의 관계는 끊을 수 없는 숙명이다. 그러나 지금 우리 앞에 놓여 있는 것이 한 편의 시인 이상 그 관계는 시 자체 질서의 테두리를 벗어나지 못한다. 시와 시인의 분리란 시의 독자적 질서의 존중을 뜻하는 말이다. 이러한 시의 독자적 질서가 구현하고 있는 의미의 보다 깊이 있는 파악을 위해서는 물론 그 산모도 알아볼 필요가 있다. 그러나 그러한 시인에 대한 관심은 그 자체가 목적이 아니라 시를 이해하기 위한 보조 수단이다.

우리도 시 한 편을 읽어보자. 읽을 작품은 김춘수의 〈꽃〉이다.

내가 그의 이름을 불러 주기 전에는
그는 다만
하나의 몸짓에 지나지 않았다.

내가 그의 이름을 불러 주었을 때
그는 나에게로 와서

꽃이 되었다.

내가 그의 이름을 불러 준 것처럼
나의 이 빛깔과 향기에 알맞는
누가 나의 이름을 불러다오.
그에게로 가서 나도
그의 꽃이 되고 싶다.

우리들은 모두
무엇이 되고 싶다.
나는 너에게 너는 나에게
잊혀지지 않는 하나의 의미가 되고 싶다.

— 김춘수, 〈꽃〉 전문

전문 4연 15행으로 되어 있는 이 시의 제재, 즉 주제로 직결되는 재료
는 제목이 가리키는 바 그대로 '꽃'이다. 2연과 3연에 각각 꽃이라는 말
이 나오고 있고 또 그것이 통사론적統辭論的으로 의미의 핵심부를 이루고
있는 것을 보면 그러한 사실은 분명히 드러난다.

꽃은 실재하는 구체적 사물이 아니다. 실재하는 것은 장미나 모란이나
국화와 같은 어느 특정한 종류의 꽃일 뿐이다. 꽃이라는 말은 이 특정한
종류의 꽃들이 저마다 갖는 그 개별성을 지워버리고 다만 그 공통성만을
추출해낸 결과를 가리킨다. 따라서 꽃은 하나의 추상적 관념이 아닐 수
없다. 여기서 우리는 꽃을 제재로 한 이 시의 그 기본 성격이 관념적인 것
임을 짐작할 수 있다. 이러한 짐작으로 미루어보아 우리가 이용할 수 있
는 참고자료의 하나는 김춘수 자신이 쓴 자기 시의 역정에 대한 회고문

이다.

〈의미에서 무의미까지〉라는 제목을 붙인 그 글에서 그는 '나이 서른을 넘고서야 둑이 끊긴 듯 한꺼번에 관념의 무진 기갈이 휩쓸어 왔다'고 말하고 있다. 그리하여 그는 '세상 모든 것을 환원과 제일인第一因으로 파악해야 하는 관념의 포로'가 되어 30대의 10년 가까이를 지나게 되었다는 것이다. 김춘수는 1922년생이니까 이 기간은 50년대에 해당한다. 그리고 우리가 읽고 있는 시 〈꽃〉은 1952년도 작품이다. 그러니까 그것이 관념적인 시일 것이라는 우리의 짐작은 작자인 김춘수 자신의 입을 통해서도 어느 정도 알 수 있다. 그러나 아직 본문도 제대로 읽지 않은 상태에서 성급한 단정을 내려서는 안 된다.

> 내가 그의 이름을 불러 주기 전에는
>
> 그는 다만
>
> 하나의 몸짓에 지나지 않았다.
>
> ― 김춘수, 〈꽃〉 부분

이것이 본문의 제1연이다. 그리고 이 첫 연을 읽고 우리가 쉽게 깨닫게 되는 것은 구체적인 대상이 떠오르지 않는다는 점이다. 첫머리의 '나'는 다른 시에서도 흔히 보는 작중의 화자이지만 '그'는 누구인가? 나이도 성별도 알 수가 없다. 심지어 그것이 사람인지, 사람이 아닌 의인화된 사물인지도 알 수가 없다. 굳이 말한다면 그것은 알 수 없는 하나의 몸짓일 뿐이다. '하나의 몸짓'이란 이 구절은 '그'의 이러한 알쏭달쏭함을 작자 자신도 알고 있다는 증거이다. 아니 알고 있다기보다도 작자 자신의 인식(그에 대한) 자체가 아직은 그 단계밖에 가 있지 않음을 뜻한다. 그러니까 이 시 첫 연에서 '그'는 다만 작중 화자인 '나'에 대응하는 객체를 가리키는 대명사일 뿐 더 이상의 구체성을 갖지 않는 대상이다. 그런 뜻에서 그것은 곧 관념적 대상이 아닐 수 없다. 이러한 '그'의 관념성은 이 시에서 꽃이라는 제재가 시사하는 관념적 성격으로 쉽게 연결된다. 그리고 그 당연한 귀결로서 우리는 작자의 어떤 관념이 이 시에 기탁寄託되어 있으리란 짐작을 더욱 굳힐 수 있는 것이다. 그 관념의 내용은 무엇인가?

작자가 시에 기탁하고 있는 관념의 내용을 밝혀주는 것은 이 시의 둘째 연이다.

> 내가 그의 이름을 불러 주었을 때
>
> 그는 나에게로 와서
>
> 꽃이 되었다.
>
> — 김춘수, 〈꽃〉 부분

이처럼 3행으로 된 둘째 연은 정체불명의 대명사 '그'가 '꽃'으로 바뀐 모습을 보여준다. 물론 꽃은 앞에서 말한 대로 감각을 통해 지각할 수 있는 구체적 대상이 아니다. 그러나 꽃이 된 '그'의 모습은 '하나의 몸짓' 이었을 때의 그것보다 훨씬 뚜렷하다. 그리고 설령 구체성을 갖지 않는다 하더라도 이 꽃이 현화식물顯花植物의 경우 어떤 대상의 정수, 또는 가장 아름다운 핵심을 뜻한다는 것은 두말할 나위가 없다. 그러니까 '그'의 '꽃'으로의 변모는 대수롭지 않은 막연한 '몸짓'이 꽃으로 비유될 수 있는 귀중한 의미의 대상물이 되었음을 뜻하게 된다. 일종의 기적과도 같은 이 놀라운 변화를 가능케 한 것은 '내가 그의 이름을 불러 주었을 때'라는 구절에 드러나 있는 작중 화자의 '그'에 대한 호명이다.

이 이름은 '그'가 전부터 가지고 있었던 것은 아니다. 전부터 이름을 가지고 있었다면 '그'는 막연한 '하나의 몸짓'이었을 리가 없다. 여러 사람이 모여 있을 때 어떤 특정인의 이름을 부르면 바로 그 특정인이 자신의 구체적 모습을 우리 앞에 내밀 듯 이름은 대상을 구체화시킨다. 이러한 이름의 밑바탕에는 대상을 그 이름에 합당한 것으로 보는 인식이 깔려 있다.

어떤 대상을 산이라는 이름으로 부른다는 것은 그 대상을 우리가 산이라고 인식한 결과이다. 그러니까 이 시의 화자가 '그'의 이름을 불러서 '하나의 몸짓'에 불과했던 '그'를 '꽃'이 되게 한 것도 '그'라는 정체불명의 대상을 화자가 '꽃'으로 인식하게 되었다는 뜻이다.

이러한 인식은 아무렇게나 되는 것이 아니다. 그것은 사물의 본질 파악으로 직결된다. 우리가 사물의 본질을 파악했을 때 그 파악의 결과를 그대로 나타내는 것이 이름이다. 이때 우리가 인식하는 그 사물은 물론 그것을 인식하는 주체인 우리들 자신도 '존재'라는 사실을 부인할 수 없다. 그래서 사물의 본질 파악을 문제 삼는 인식론은 자연 존재를 근원적으로 문제 삼는 존재론의 필요성을 불러오게 된다.

존재론을 시의 영역으로 끌어들여 그 해명의 열쇠로 삼은 것은 하이데거이다. "시인은 신들의 이름을 부르고 만물을 그 본질에 따라서 이름 짓는다. (중략) 이렇게 이름 짓는 가운데 존재하는 것의 본질을 규정해주고 그리하여 존재하는 것을 존재하는 것이라고 인식하기에 이른다"는 하이데거의 말 속에는 그 자신의 존재론적 시학이 잘 요약되어 있다. 이때의 '이름'은 두말할 것도 없이 언어이다. 그래서 그는 또 '언어는 존재의 집이다'라는 유명한 명제를 내세우게 되었던 것이다.

하이데거의 시학을 염두에 두고 시 〈꽃〉의 둘째 연을 다시 읽어보면 그 의미는 보다 뚜렷하게 드러난다. 즉 작중 화자는 '하나의 몸짓'에 불과한 '그'를 〈꽃〉이라고 이름 지어 부름으로써 정체불명이었던 존재 '그'의 본질을 밝히게 된 것이다. 작자가 이 시에 기탁한 관념은 이러한 존재론이 아닐 수 없다. 다른 사람들이 이 시에 대해 존재론적 접근을 시도하고 있는 것도 여기에 기인한다.

'꽃'이 된 '그'가 존재인 것처럼 그것을 '꽃'이라고 인식하는 주체인 나 자신 또한 존재이다. 그리고 나 역시 그 존재의 본질을 밝혀주는 어떤 호명자를 기다리지 않을 수 없다.

이 시의 셋째 연은 기다림의 갈망을 표현하고 있다. 특히 셋째 연의 3행 이하, '누가 나의 이름을 불러 다오 / 그에게로 가서 나도 / 그의 꽃이 되고 싶다'는 구절이 그렇다. 누가 그렇게 이름을 불러주기 이전의 '나'는 둘째 연까지의 '그'가 그랬던 것처럼 정체불명의 존재이다. '나의 이 빛깔과 향기에 알맞는'이란 구절의 '빛깔과 향기'는 그러니까 '꽃'이 되기 이전의 '그'를 표상했던 '하나의 몸짓'과 같다. 그 '빛깔과 향기'에 적절한 이름, 즉 그 본질을 밝혀주는 이름이 불릴 때 '나'도 '꽃'이 되는 것이다.

여기서 우리는 '꽃'이 결코 단순한 사물이 아님을 깨닫게 된다. 그것은 필경 관념일 수밖에 없는 존재의 본질을 표상하는 비유이다. 이러한 사실은 꽃 자체가 하나의 추상물이기 때문에 이 시의 성격도 관념적인 것으로 되기 쉽다는 우리의 짐작이 빗나가지 않았음을 뒷받침하고 있다.

비유는 표현의 편의를 위한 수단이다. 적어도 그런 속성을 저버릴 수 없는 것이 비유이다. 그러므로 표현하고자 하는 내용이 손상되지 않는 한 하나의 비유는 다른 비유로 바뀔 수도 있다. 이 시의 넷째 연은 그러한 비유의 바뀜을 보여준다. '우리들은 모두 / 무엇이 되고 싶다'는 구절에 있어서의 '무엇'이나 또 마지막 구절에 나오는 '잊혀지지 않는 하나의 의미'가 그것이다. 그것들은 모두 '꽃'이라는 비유가 달리 표현된 제2, 제3의 비유인 것이다. 따라서 그것들이 의미하는 내용은 '꽃'의 경우와 동일한 존재의 본질이 아닐 수 없다. 그리고 또 그렇게 본다면 마지막 구절의 '잊혀지지 않는 하나의 의미'란 셋째 연가지의 '꽃'으로 비유된 존재의 본질을 좀 더 구체적으로 설명한 말임을 우리는 쉽게 이해할 수 있다.

이러한 본질의 구현은 물론 '그'나 '나'만의 소망일 수 없다. 모든 존재가 다 같이 그 본질의 구현을 바라고 있다. '우리들은 모두 / 무엇이 되고 싶다'는 구절은 그러한 소망을 표현하고 있다. 그 소망을 성취하기 위해서는 모든 존재를 저마다 그 본질대로 이름 불러주는 호명자가 있어야 할 것이다.

그런데 누가 그 호명자인가? 호명자는 따로 있는 것이 아니라 우리들 모두가 그렇게 될 수 있고 또 되어야 할 것이다. 처음에는 작중 화자 개인으로부터 시작된 호명이 넷째 연에 와서는 모든 존재를 대상으로 하는 호명으로 발전하며 이 시는 끝난다. 이미 여러 번 되풀이한 대로 존재의 호명이란 그 존재의 본질을 밝히는 조명 행위인 것이다. 그러한 조명 의식은 이 시에서 그 의미의 핵심을 이룬다.

그러니까 이 시의 '무엇이 되고 싶다', '의미가 되고 싶다' 하는 넷째 연의 그 소망을 나타내는 의존 형용사는 실상 우리들 자신에게 그런 호명자가 되기를 권고하는, 아니 그보다도 차라리 그 당위성을 강조하는 함의를 갖는다고 할 것이다.

두 편의 시

— 변영로의 〈논개〉와
이상화의 〈빼앗긴 들에도 봄은 오는가〉

　며칠 전 잠깐 진주에 들렀다. 사실은 진주가 경유지여서 골목길에 차를 세워놓고 커피 한 잔 마시고 지나갔을 뿐이다. 그러나 이 정도로 잠깐 들르는 것이라도 일단 진주에 발을 들여놓게 되면 남강의 흐름이 절로 눈에 들어온다. 남강은 아담한 옛 도시의 한복판을 가로질러 흐르기 때문에 외지에서 이곳으로 들어오는 사람은 일부러 눈을 감지 않는 한 보지 않으려야 않을 수 없는 강이다.

　진주가 고향인 내 경우는 당연한 일이지만, 이 남강에 숱한 추억이 서려 있다. 일부러 눈을 감기는커녕 일부러 눈을 크게 뜨고 그 물줄기를 바라보았다. 그러나 이제는 옛 물이 아니다. '주야로 흐르니 옛 물이 있을소냐'고 노래한 황진이도 생각해보았을 리 만무한 구체적 변화가 나타나 있었다. 남강은 진양호의 댐이 수량을 줄여놓아 옛날의 맑음과 깊이를 모두 잃어버렸다. 그래서 몹시 초라해져버린 현실의 남강 위에 옛날의 그 맑음과 깊이를 그대로 지닌 추억의 남강이 오버랩되어 흘러가고 있었다. 그 물줄기를 굽어보는 촉석루, 그 바로 밑 강물 속의 의암에서 왜장의 목을 안고 강물 속으로 몸을 날린 논개…… . 이쯤 되면 웬만한 사람은 수주 변영로의 유명한 〈논개〉의 그 전행은 몰라도 세 번이나 반복하고 있는 그 후렴은 떠오를 것이다.

> 아! 강낭콩꽃보다도 더 푸른
> 그 물결 위에
> 양귀비꽃보다도 더 붉은
> 그 마음 흘러라.
>
> ─변영로, 〈논개〉 부분

중학 시절의 나는 실제로 남강 가에서 이 구절을 자주 외우곤 했다. 그리고 그것이 버릇이 된 듯, 진주를 떠난 이후 오늘 현재까지 남강을 생각할 때면 으레 이 구절이 떠오른다. 이것은 내가 〈논개〉라는 시를 그만큼 좋아했다는 뜻이다. 나는 좋아하는 작품이 생기면 명작은 아닐망정 이렇다 할 흠절은 없다고 생각해서 스스럼없이 받아들인다. 그러나 이번의 진주 걸음에선 사정이 달랐다. 남강의 물줄기가 시야에 펼쳐지자 〈논개〉의 후렴이 떠오르긴 했지만 그 끝에 조그만 물음표 하나가 꼬리처럼 매달려서 나의 암송을 방해했던 것이다. 꼬리표엔 이렇게 쓰여 있었다. 강낭콩꽃보다도 푸르다는 비유는 이상하지 않은가?

솔직히 말하면 이것은 내가 작년 여름부터 품어온 의문이다. 그때 딸애가 여름방학 숙제로 자연 관찰을 한답시고 화분에 강낭콩을 심은 것이 문제의 발단이다.

강낭콩은 제대로 싹트고 제대로 자라서 제대로 꽃을 피웠다. 서너 송이가 다닥다닥 붙은 연한 자줏빛의 조그만 꽃이었다. 그것을 보는 순간

나에게는 가벼운 놀라움과 함께 평소 입에 익은 〈논개〉의 그 후렴이 떠올랐다. '강낭콩꽃보다도 더 푸른 / 그 물결'이란 구절에 감화되어 아주 새파란 것으로만 알았던 강낭콩꽃이 연한 자줏빛을 하고 있다는 것은 놀라움이 아닐 수 없었다. 하지만 그 강낭콩은 별종일지도 몰랐다.

나는 사전을 찾아보았다. 결과는 놀라움의 해소가 아니라 가중이었다. 국어사전엔 강낭콩꽃이 흰빛 또는 약간의 자줏빛이라고 했고 백과사전엔 흰빛 또는 연분홍빛이라고 기술되어 있었기 때문이다. 이 의문의 명울은 일 년 동안 잠복해 있다가 며칠 전 그 진주 걸음 때 다시 밖으로 불거져 나와서 나에게 이 글을 쓰게 하고 있다. 의문의 귀착점은 물론 '강낭콩꽃보다도 더 푸른 / 그 물결'이란 비유에 대한 불신이다. 이왕 불신이란 말이 나왔으니 우회하지 말고 털어놓는 것이 좋겠다.

〈논개〉의 후렴 비유는 잘못된 것이다. 설령 백보를 양보한다 하더라도 그것은 적절한 비유가 아니다. 비유라고 했지만 이 비유가 구조가 단순한 직유라는 사실과 직유의 기본 성격 같은 것은 누구나 다 아는 일이기에 여기서 새삼 되풀이할 것이 없다. 다만 한 가지 기억해야 할 것은 후렴속 직유가 강물의 푸르름을 강조하기 위한 표현이란 점이다. 그렇다면 강물의 푸르름과 병치된 강낭콩꽃은 '보다'라는 그 비교급 토씨가 가리키는 그대로 보다 푸른 것이 되어야 옳다. 하지만 현실의 강낭콩꽃은 흰빛이 아니면 연한 자줏빛 또는 연분홍빛이다.

이런 강낭콩꽃을 통해 강물의 푸르름을, 그것도 논개의 혼령이 깃든 남강물의 푸르름을 강조한다는 것은 상식에 어긋난다. 이렇게 말하면 문제의 후렴의 후단 '양귀비꽃보다도 더 붉은 / 그 마음'을 들고 나와 양귀비꽃인들 어디 붉기만 하냐고 반문할 사람이 있을지 모른다.

양귀비꽃은 흰 것이 있고 분홍이 있고 자줏빛이 있다. 그리고 이 구절에 그대로 들어맞는 아주 새빨간 양귀비꽃은 없다고 나는 알고 있다. 그러나 양귀비꽃은 예로부터 뛰어난 미인을 상징하는 대상물이 되어온 게 사실이다. 그리고 모든 아름다운 것은 붉은빛으로 표상되어온 것도 우리가 다 아는 바이다. 그야말로 각양각색의 꽃을 그냥 하나로 뭉뚱그려서 '꽃처럼 붉은 울음'이라고 한 서정주의 〈문둥이〉가 아무런 저항감 없이 수용되는 까닭도 꽃의 그 아름다움과 붉은빛이 서로 상통하는 감수성의 전통에 기인한다. 미인을 상징하는 양귀비꽃이 붉은 빛깔로 표상되는 것은 오히려 당연하다.

강낭콩꽃과 푸른 빛깔 사이에는 유감스럽게도 이러한 관계가 존재하지 않는다. 게다가 그 강낭콩꽃은 또 모양이 너무 작아서 유유한 강물의 흐름과는 어울리지 않는 대상이다. 여기까지 쓰다 보니 초현실주의자 로베르 데스노스의 〈밤의 자살자〉에 나오는 '석탄처럼 하얗게'라는 엉뚱한 직유 하나가 생각난다. 그러나 이것은 직유에 있어서 원관념과 보조관념의 유사성을 고의적으로 파괴하려는 초현실주의 특유의 수법이기 때문에 강낭콩꽃과 강물의 푸르름을 연결시킨 〈논개〉의 어색함을 변호하는 자료가 될 수는 없다.

유명하기로 치면 이상화의 〈빼앗긴 들에도 봄은 오는가〉 역시 〈논개〉 못지않게 유명한 작품이다. 나는 이 작품에 대해 제법 뭘 아는 체하고 해설문까지 쓴 일이 있다. 그러나 사전을 펼쳐놓고 이 작품을 좀 꼼꼼하게 재독하고 나서는 전에 쓴 그 해설문의 엉성함을 자인하지 않을 수 없었다. 그것은 이 시의 17행, '맨드라미 들마꽃에도 인사를 해야지' 하는 구절이다.

이 시의 계절적 배경은 제목이 말해주는 그대로 봄이다. 11행, '종다리는 울타리 너머 아가씨같이 구름 뒤에서 반갑다 웃네'라든가, 바로 그다음 행의 '고맙게 잘 자란 보리밭아!'라든가, 또 16행의 '마른 논을 안고 도는 착한 도랑……' 같은 구절이 그러한 계절적 배경을 더욱 구체적으로 부각시키고 있다. 종다리가 울고, 보리가 자라고, 마른 논을 안고 도랑물이 흐르는 이 봄철에 한여름부터 가을까지 피는 꽃 맨드라미가 등장한다는 것은 분명 고개가 갸웃거려지는 일이다.

이때의 맨드라미를 꽃이 아닌 그 모종이라 한다면 그런 대로 뜻이 통할 수는 있다. 그러나 이 시의 작중 화자는 집 안에 있지 않고 들판에 나와 있다. 그리고 알다시피 맨드라미는 집 안의 담장 밑에서 자라지 들판에서 자라지 않는 초본이다. 다시 말하면 맨드라미는 화자의 눈에 보이지 않는다.

그리고 또 한 가지 이상한 것은 들마꽃의 등장이다. 사전에도 나와 있지 않은 이 들마꽃이 정확하게 어떤 꽃을 가리키는 말인지, 물론 내가 알 턱이 없다. 다만 들에 피는 메꽃, 또는 마꽃의 사투리가 아닌가 하는 짐작을 가질 뿐이다. 이 짐작을 일단 그럴싸한 것으로 받아들인다면 메꽃이나 마꽃이 모두 이 시의 계절적 배경과는 인연이 멀다. 그것만은 나도 잘 알고 있는 이 두 가지 다년생 만초蔓草는 종다리 우짖는 봄이 아니라 한여름, 전자는 들판에 후자는 주로 산기슭에 피는 꽃이다. 그러니까 이 메꽃과 마꽃에도 시 〈빼앗긴 들에도 봄은 오는가〉의 화자는 인사를 할 도리가 없다. 그러나 여러 시화집에 수록되어 있는 이 시의 제17행은 분명히 '나비 제비야 깝치지 마라. 맨드라미 들마꽃에도 인사를 해야지'라고 되어 있다. 시인의 실수가 아닐 수 없다.

실수에는 문책이 따르게 마련이다. 그 문책이 엄격한 것일 때는 단어 한마디, 토씨 하나도 소홀히 할 수 없는 시인이 어찌 이런 실수를 저지른단 말이냐 하게 될 것이다. 하지만 나는 이런 엄격주의를 취하고 싶지 않다. 이상화 시인은 맨드라미나 메꽃 또는 마꽃의 개화 시기를 잠시 깜박한, 말하자면 사실 인식의 착오로 해서 이런 실수를 저지른 게 아닐까. 〈논개〉의 강낭콩꽃도 그 강낭콩꽃의 빛깔에 대한 순간적인 인식 착오가 빚어낸 실수라고 본다. 정말 실수라고 한다면 그들을 이해할 수는 있다. 더구나 그 두 편의 시는 한국시의 문학 청년기라 할 수 있는 1920년대 중반기에 씌어진 것이다. 그 무렵의 시의 일반적 수준을 생각하면 〈논개〉와 〈빼앗긴 들에도 봄은 오는가〉의 실수는 오히려 애교라 할 수도 있다. 그리고 이런 실수는 두 시인의 다른 작품에 영향을 주는 것이 아니다.

그러나 곤란한 것은 이들이 저지른 일을 실수인 줄도 모르고 50년 이상 말없이 지내온 후배들이다. 그 가운데는 구석자리에 있는 내 자신도 물론 포함된다. 직접 확인해본 일은 없지만 나는 이 두 편의 시가 중·고등학교의 국어 교과서에 실린 적이 있다는 말을 들었다. 교과서에 실려 있다는 사실이 무엇을 뜻하는지는 여기서 구태여 설명할 필요가 없는 일이다. 그런 작품의 문제 구절을 교과서 편찬자들은 어떻게 해석했고, 또 선생님들은 교실에서 어떻게 가르쳤을까 하는 궁금증을 억누를 수 없다.

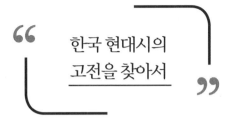

한국 현대시의 고전을 찾아서

   고전이란 무엇인가? 일반적으로는 우선 오래된 작품을 꼽는다. 그러나 오래된 작품이라 해서 모두 고전이 되는 것은 아니다. 비록 오래된 작품이라 할지라도 무가치한 작품은 상대할 필요가 없다. 우리말로 고전이라고 번역한 영어 '클래식classic'은 '최고 수준의 작품'이란 뜻을 갖는다. 이러한 고전의 그 고전다운 가치를 보장하는 중요한 척도가 시간이다. 셰익스피어가 〈소네트 65번〉에서 노래한 그대로 시간이 부수지 못할 철문은 없다. '시간은 모든 것을 비웃지만 피라미드는 시간을 비웃는다'면서 고대 이집트인들이 건조한 피라미드조차도 시간의 마멸 작용을 감당하지 못한다고 이 시는 강조한다. 한 편의 문학작품이 이러한 시간의 흐름에 떠밀려가지 않고 그 생명을 지속한다면 우리는 그 가치를 신뢰할 수 있다. '오래된 작품이 곧 고전'이란 통념의 배후에는 이 점에 대한 고려가 깔려 있다고 보아야 할 것이다.

   그러나 달리 생각하면 그 가치 때문이 아니라 우연히 베풀어진 보존의 혜택으로 후세에 전해지는 작품도 없으란 법은 없다. 그러므로 우리가 고전을 말할 때는 역시 오래된 것이라는 조건보다 가치의 조건에 중점을 두고 그것을 가려내지 않으면 안 된다. 시간의 조건을 일단 뒷전으로 돌리고 있는 '현대의 고전'이란 명제는 이러한 사실을 바탕으로 해서 성립되는 것이다.

여기에서 문학작품의 가치란 또 무엇인가 하는 질문을 제기할 수 있다. 이것은 문학의 본질 규명을 선행 조건으로 하는 질문이다. 그리고 '시에 대한 정의의 역사는 오류의 역사다'라는 엘리엇의 말이 시사하다시피 이것은 가벼운 입놀림을 허락하지 않는 질문이기도 하다. 그러나 과거 오류의 역사가 아무리 어지러운 미로를 만들어놓고 있다 해도 문학은 인간 경험의 의미 있는 재구성물이라는 사실은 부인할 수 없다. 독자는 작품을 읽음으로써 그렇게 재구성된 인간 경험을 추체험한다.

경험이란 삶의 다른 이름이다. 그러니까 쉽게 말하면 책읽기는 작품에 표현된 타인의 인생을 자기 것으로 만드는 행위이다. 독자의 인생은 그만큼 심화 확대된다. 이러한 독자를 만나지 못했을 때의 문학작품은 활자가 인쇄된 종이 뭉치에 불과하다. 독자와의 만남을 통해 그 종이 뭉치는 비로소 문학이란 가치의 실체로 탈바꿈한다. 그 만남이 독자에게 가져다준 인생의 심화 확대, 즉 추체험이 갖는 의미의 중량에 따라 작품의 가치는 결정되는 것이다. 우리는 그런 가치가 시대를 초월할 정도로 큰 작품을 고전이라 한다.

한국의 현대시를 대상으로 그런 고전 작품 서너 편을 골라보려는 것이 이 글의 목적이다. 현대시의 역사 자체가 겨우 80년 안팎인 우리의 처지를 생각할 때 이것은 모험이 아닐 수 없다. 모험에 따르는 위험 부담을 조금이라도 덜기 위해 '그런 작품'이라는 말은 잘못임을 솔직히 자백해야 하겠다. '그런 작품'이 아니라 '그럴 가능성이 있다'고 생각하는 작품일 뿐이다.

먼저 만해 한용운의 〈님의 침묵〉을 들고 싶다. 이 시에 대해서는 그동안 쏟아져 나온 찬사가 하도 많아서 또 그것이냐는 느낌이 들지만, 찬사는 그 자체가 이 작품의 고전성을 뒷받침하는 유력한 자료가 되기도 한다. 이 시가 정확하게 언제 쓰였는지 나는 알지 못한다. 그러나 이 시가 첫머리에 실려 있는 만해의 시집 《님의 침묵》이 1926년 5월에 상재되었다는 사실과 또 그 시집의 후기라 할 수 있는 '독자에게'의 끝에 1925년 8월 29일이란 집필 날짜가 밝혀져 있는 점으로 미루어 이 작품 역시 1925년경에 씌어진 것이 아닌가 하는 짐작이 될 뿐이다. 이 짐작이 맞다면 이 작품은 오늘 현재까지만 해도 실제로 100년 가까이 수명을 누리고 있다는 이야기가 된다. 100년이라는 세월은 세대가 완전히 세 번 바뀌는 기간에 해당한다. 그러니까 할아버지가 읽었던 이 작품을 오늘은 성인이 된 손자가 읽고 있는 셈이다.

이와 함께 우리가 또 한 가지 고려해야 할 것은 80년으로 통칭되는 한국 현대시사가 초창기 15~16년간은 일종의 습작기로 간주되어야 한다는 점이다. 그 습작기를 제외해버린 나머지 기간을 한국 현대시사의 실질적 내용이라고 본다면, 이 시가 오늘까지 누리고 있는 수명은 바로 그 한국 현대시사의 실질 적용을 이루는 기간과 거의 맞먹는다. 다시 말하면 〈님의 침묵〉은 한국 현대시사가 실질적으로 막을 올린 그 무렵에 태어나서 이후 줄곧 그 시사와 더불어 생명을 같이하고 있는 것이다.

생명력은 시의 가치에서 우러난다. 그 가치는 그것을 읽은 독자의 추체험을 통해 구체화된다. 그러면 〈님의 침묵〉이 독자에게 얻게 하는 추체험의 내용과 그 의미는 무엇일까? 한마디로 말해서 〈님의 침묵〉은 이별의 노래이다. '님은 갔습니다 아아 사랑하는 님은 갔습니다'라는 첫 행에서부터 그것은 뚜렷하게 드러나 있다. 사랑하는 님과의 이별은 슬프다. 그래서 이 시의 6행에는 '사랑하는 사람의 일이라 만날 때에 떠날 것을 염려하고 경계하지 아니한 것은 아니지만 이별은 뜻밖의 일이 되고 놀란 가슴은 새로운 슬픔에 터집니다'라는 기술이 나온다.

그러나 바로 그다음에 이어지는 7행은 그 슬픔이 다시 만나는 재회의 희망으로 전환되는 기적을 보여준다. '이별을 쓸데없는 눈물의 원천을 만들고 마는 것은 스스로 사랑을 깨치는 것인 줄 아는 까닭에 걷잡을 수 없는 슬픔의 힘을 옮겨서 새 희망의 정수박이에 들어부었습니다'라는 구절이 그것이다. '이별을 쓸데없는 눈물의 원천을 만들고'의 문법적 오류는 '원천을'을 '원천으로'로 고쳐 읽으면 쉽게 해소된다. 일종의 오자인 셈이다. 그리고 이러한 전환의 밑바탕에는 '만날 때에 떠날 것을 염려하는 것과 같이 떠날 때에 다시 만날 것을 믿습니다'라는 8행의 사상이 있다. 그래서 만해는 '님은 갔지마는 나는 님을 보내지 아니하였습니다'라고 노래한 것이다.

이러한 시각에 의하면 이별은 단순한 슬픔이 아니라 새로운 사랑의 확인이요, 또 그 성취를 기약하는 희망과 믿음의 계기라는 의미를 갖는다. 누구나가 겪었고 또 겪을 수 있는 이별이란 경험은 여기서 그야말로 새롭고도 깊이 있는 모습을 드러낸다.

만해의 〈님의 침묵〉을 통해 우리가 추체험하게 되는 이러한 이별의 의미는 우리들 자신의 이별 경험이나 또 이별과 관련된 여러 가지 인생 경험을 그만큼 의미 있게 심화 확대시켜 주는 것이라고 생각한다. 이 시를 현대의 고전으로 평가하는 가장 큰 요건은 이것이다. 그러므로 이 시가 쓰인 때의 시대적 배경이나 '님'이 무엇을 상징하느냐 따위의 논의에 나는 특별히 얽매이지 않는다.

두 번째로 드는 작품은 이상李箱의 〈오감도 1〉이다. 연작 〈오감도〉를 대표한다고 보고 선택한 이 시는 1934년의 첫 발표 때 '미친놈 잠꼬대'라는 비난을 들었다. 그리고 오늘날도 어조는 약간 부드러워졌지만 일부에서 여전히 그 난해성을 비판하고 있다.

사실 이 시는 어렵다. 정상적으로는 '조감도'라야 할 것을 일부러 '오감도'라고 틀리게 써놓은 그 제목부터가 그러하다. 게다가 '제일의아해가무섭다고그리오. / 제이의아해도무섭다고그리오. / 제십삼의아해도……' 하고 '제삼의아해'까지 이어지는 동어 반복은 의미도 종잡기 어려울 뿐 아니라 시의 표현 관행도 완전히 무시한 것이어서 당혹감을 금치 못하게 한다. 어디 그뿐인가. 첫머리 두 줄에선 '십삼인의아해가도로를질주하오. / (길은막다른골목길이적당하오.)'라고 했던 것을 마지막 두 줄에선 거꾸로 뒤집어 '(길은뚫린골목이라도적당하오). / 십삼인의아해가도로를질주하지아니하여도좋소'라고 모순 구조를 드러내고 있다. 이러한 이 시를 앞뒤가 맞게 해석하여 그 의미를 논리적으로 재구성한다는 것은 불가능한 일이다. 그래서 그동안 여러 사람이 시도했던 이 시의 해석은 실제로 설득력을 발휘하지 못했다.

그러나 그러한 해석의 실패를 안타까워할 필요는 없다. '조감도'를 일부러 '오감도'라고 틀리게 쓴 데서도 드러나다시피 이 시는 해석의 손길이 미치지 않는 곳에 자리 잡고 있는 것이다. 윤재근의 말을 빌리면 그것은 '의미화의 부정'이라고 규정할 수 있는 현상이다.

문제의 핵심은 이상이 왜 자기 시의 의미화를 부정했느냐 하는 데 있다. 그 이유를 밝히기 위해 우리가 먼저 생각해야 할 것은 의미를 의미로서 존립케 하는 일정한 사고 질서가 있다는 사실이다. 물론 기성의 것일 수밖에 없는 이 질서의 테두리를 벗어나면 의미는 스스로를 지탱하지 못하고 파괴되어버린다. 이를테면 물이 낮은 데서 높은 데로 흐른다면 그것은 높은 데서 낮은 데로 흐르기 마련인 물의 공인된 속성과 또 그것을 바탕으로 하는 기존 사고 질서의 테두리를 벗어나기 때문에 의미를 형성할 수 없는 것이다. 의미의 파괴란 이를 두고 하는 말이다.

그 결과는 우리의 사고 질서를 혼란시킨다. 그러나 혼란은 동시에 이미 틀이 잡혀 있는 사고 질서의 테두리를 확장시키는 계기가 되기도 한다. 이러한 사고 영역의 확장이 인생과 세계의 심화 확대로 직결된다는 것은 구태여 두말할 나위가 없다. 이상의 의미화의 부정은 바로 여기에 뿌리를 두고 있다.

그는 이 시를 통해 그 이전까지의 한국시가 그 속에 갇혀 있던 사고 질서의 앙시앵 레짐을 깨뜨리고 그 영역을 새롭게 확대시킨 것이다. 그리고 이것은 앞에서 말한 대로 인생과 세계의 확대를 뜻한다. 어려운 말 할 것 없이 시를 읽는 것도 인생의 한 영위임을 생각한다면 이야기는 좀 더 쉽게 풀린다. 이상의 〈오감도〉 때문에 우리의 인생은 '미친놈 잠꼬대' 같은 시까지도 진지하게 받아들일 수 있을 만큼 그 폭을 넓히게 된 것이다.

세 번째로 나는 청마 유치환의 〈수首〉를 손꼽는다. 일제강점기 말기에 가중된 압제를 피해 도망치듯 멀리 북만주로 이주했던 청마가 1942년에 발표한 이 시는 효수된 비적의 머리 두 개를 소재로 하고 있다.

시의 본문을 인용하면 '이 작은 가성街城 네거리에 / 비적匪賊의 머리 두 개 높이 내걸려 있나니 / 그 검푸른 얼굴은 말라 소년같이 작고 / 반쯤 뜬 눈은 / 먼 한천寒天에 모호模糊히 저물은 삭북朔北의 산하를 바라보고 있도다'라는 구절이 그것을 밝혀주는 대목이다.

바로 이 사실, 즉 이 시가 그 끔찍한 효수 광경을 중심 소재로 다루고 있는 것부터가 내게는 커다란 충격을 안겨준다. 80년대의 현대시사를 통틀어 이처럼 효수 광경에 표현을 부여한 작품은 청마의 이 시가 유일

할 것이다. 그리고 독서량이 빈약하기 때문에 목소리가 움츠러들기는 하지만 외국시에서도 나는 이런 예를 본 적이 없다. 그러므로 청마의 이 시는 우선 소재 면에 있어서 한국 현대시를 획기적으로 새로운 지평 위에 서게 한 작품이라 할 수 있다.

물론 시와 시의 소재는 엄격하게 구별하지 않으면 안 된다. 시는 소재 그 자체가 아니라 시인이 소재를 기술적으로 처리한 결과인 것이다. 그러나 이 점을 백 번 옳다고 할지라도 시는 담화의 한 양식이며 때문에 필연적으로 갖게 마련인 언급의 대상, 즉 소재가 그 담화의 내용과 성격을 그 나름대로 제약하게 된다는 것도 우리는 결코 부정할 수 없다. 그렇기에 이를테면 전통적 서정시는 주로 자연이나 전통적 풍물을 노래하고 또 모더니스트들은 현대의 도시 문명을 즐겨 시의 소재로 택하게 된다.

청마의 '효수된 머리'라는 소재도 이런 관점에서 평가해야 마땅한 의의를 갖는다. 다른 시인들은 누구도 관심을 보낸 적 없는 대상, 아니 그 끔찍함 때문에 오히려 고개를 돌렸던 대상을 대담하게 작품화함으로써 한국시의 지평을 그만큼 확대시킨 것이 청마의 〈수〉이다.

소재의 선택이란 그 소재에 대한 시인의 정신적 조명을 뜻한다. 그리고 이 조명은 또 시인의 정신이 그 소재의 자아화를 시도한 결과이다. 그러므로 〈수〉의 소재인 효수된 머리는 청마의 정신이 그 끔찍함을 능히 감당하고 소화할 수 있는 힘을 가졌다는 증거이다. 이런 경우 우리가 기대할 수 있는 청마 정신의 내포는 어떤 핍박, 어떤 절망과도 당당하게 정면으로 대결해나가려는 굳건하고 가열한 의지일 것이다.

청마는 이 시에서 '질서를 보전하려면 인명도 계구鷄狗와 같을 수 있도다 / (중략) / 힘으로써 힘을 제함은 또한 / 먼 원시에서 이어온 피의 법도로다'라고 노래하고 있다. 죽음 앞에서조차 감정의 흔들림을 전혀 보이지 않고 오히려 '피의 법도'를 내세우는 청마의 이 가열한 정신 역시 청마

이외의 다른 시인은 일찍이 보여주지 못한 것이다. 그리고 우리는 이러한 ⟨수⟩를 통해 인간의 삶을 '피의 법도'라는 시각에서 바라볼 수 있는 새로운 개안을 얻게 된다. 그것이 뜻하는 것은 우리들 각자 세계의 심화 확대인 것이다.

이형기 시인의 시 쓰기 강의

1판 1쇄   2018년 11월 12일
1판 4쇄   2022년 1월 27일

지은이   이형기

펴낸이   임지현
펴낸곳   (주)문학사상
주소   경기도 파주시 회동길 363-8, 201호(10881)
등록   1973년 3월 21일 제1-137호

전화   031) 946-8503
팩스   031) 955-9912
홈페이지   www.munsa.co.kr
이메일   munsa@munsa.co.kr

ISBN 978-89-7012-993-8 (03800)